TODO EL TIEMPO DEL MUNDO

E. L. DOCTOROW

TODO EL TIEMPO DEL MUNDO

Traducción de
Carlos Milla e Isabel Ferrer

miscelánea

Título original:
All the Time in the World

Copyright © 1979, 1980 by E. L. Doctorow

Primera edición: mayo de 2012

© de la traducción: Carlos Milla Soler
e Isabel Ferrer Marrades

© de esta edición: Roca Editorial de Libros, S. L.
Av. Marquès de l'Argentera, 17, pral.
08003 Barcelona
www.miscelaneaeditores.com
info@miscelaneaeditores.com

Impreso por Egedsa
Roís de Corella 12-16, nave 1
Sabadell (Barcelona)

ISBN: 978-84-938644-6-0
Depósito legal: B. 8.540-2012
Código IBIC: FA

A Donald Doctorow

Índice

Prefacio

Una novela puede nacer en tu cabeza en forma de imagen evocadora, fragmento de conversación, pasaje musical, cierto incidente en la vida de alguien sobre el que has leído, una ira imperiosa, pero, sea como sea, en forma de algo que propone un mundo con significado. Y por tanto el acto de escribir tiene carácter de exploración. Escribes para averiguar qué escribes. Y mientras trabajas, las frases pasan a ser generadoras; el libro prefigurado en esa imagen, en ese retazo de conversación, empieza a aflorar y participa él mismo en su composición, diciéndote qué es y cómo debe realizarse.

En cambio, un relato suele presentarse como una situación, hallándose los personajes y el escenario irrevocablemente unidos a ella. Los relatos se imponen, se anuncian a sí mismos, su voz y sus circunstancias están ya decididos y son inmutables. No se trata de encontrar el camino para llegar a ellos; han llegado por propia iniciativa y, más o menos enteros, exigiéndote que lo dejes todo y los escribas antes de que se desvanezcan como se desvanecen los sueños.

Cada forma narrativa viene acompañada de sus propias satisfacciones: en el caso del relato, el gran peso de las frases, habiendo tan pocas como hay; el beneficio rápido de una inversión estética.

Al reunir los relatos para este volumen, veo que aquí no hay ningún Winesburg donde excavar en busca de humanidad. Estas son composiciones de amplio espectro, transcurren en todo Estados Unidos, desde la ciudad de Nueva York hasta las zonas residenciales de las afueras, hasta el sur y el Medio Oeste y el Lejano Oeste. Uno se desarrolla en Europa y otro en ningún lugar reconocible. No sé si los relatos reunidos en un único volumen deben tener un sello común, o una misma línea, que los relacione entre sí. Pero si estas composiciones no están unificadas por la geografía y se desplazan en el tiempo, como es aquí el caso —desde finales del siglo XIX hasta un momento del futuro—; o están narradas como testimonios, dotadas de omnisciencia autoral o presentadas engañosamente en lo que se conoce como estilo indirecto libre; lo que sí puede unificarlas es la segregación temática de sus protagonistas. Un relato, por su propia dimensión, debe centrarse en personas que, por una u otra razón, se diferencian claramente de su entorno: personas enzarzadas en alguna forma de liza con el mundo imperante.

Estos relatos han sido escritos en el transcurso de muchos años. Para mí, cada uno de ellos tiene su propia luz, aunque no espero que esa luz sea visible para el lector. Es posible que yo solo haya proyectado mi estado de ánimo en el momento de su composición o les haya atribuido la luz del sitio donde casualmente me encontraba al plasmarlos. Pero he agrupado los relatos en paquetes de luz mental similar, un principio de orden tan arbitrario como cualquier otro.

E. L. DOCTOROW
Noviembre de 2010

WAKEFIELD

La gente dirá que dejé a mi mujer, y supongo que, si nos atenemos a los hechos, eso es lo que hice, pero ¿dónde estuvo la intencionalidad? En ningún momento tuve el propósito de abandonarla. Si acabé en el desván del garaje, con todos los muebles viejos y los excrementos de mapache, fue por una serie de circunstancias anómalas —y es así como empecé a abandonarla; sin saberlo, claro está—, pese a que bien habría podido entrar por la puerta como venía haciendo a diario después del trabajo a lo largo de los catorce años y dos hijas de nuestro matrimonio. Diana consideraría que la última vez que me vio fue cuando, esa misma mañana, arrimó el coche a la acera junto a la estación y pisó el freno, yo me apeé y, antes de cerrar la puerta, me incliné con una sonrisa enigmática para despedirme... Consideraría que fue entonces cuando la abandoné. El hecho es que yo estaba dispuesto a correr un tupido velo, y otro hecho es que esa misma tarde llegué con la clara intención de entrar en la casa que yo... que nosotros habíamos comprado para criar a nuestros hijos. Y para ser del todo sincero, recuerdo que sentía en la sangre la clase de efervescencia que uno experimenta en la anticipación del sexo, porque las discusiones conyugales ejercían ese efecto en mí.

Cualquiera puede tener un cambio radical de parecer, eso está claro, y no veo, pues, por qué algo así, junto con todo lo demás, habría de ser impropio de mí. ¿Acaso no podía un hombre, después de una vida responsable y conforme a las reglas, verse de pronto arrancado de su rutina y distraído por un ruido en su jardín trasero, y apartarse entonces de una puerta para entrar en otra como primer paso en la transformación de su vida? Y he ahí en qué me transformé: algo que no concuerda precisamente con la idea de perfidia masculina al uso.

Diré aquí que en este momento mi amor por Diana es más auténtico que en toda nuestra vida juntos, incluido el día de nuestra boda, cuando estaba tan extraordinariamente hermosa con sus encajes blancos, y el sol, filtrándose a través del vitral, proyectaba una gargantilla irisada en su cuello.

Volviendo a la tarde de la que hablaba... en fin, aquello que pasó con el tren de las 5:38, cuando el último vagón, el que casualmente yo ocupaba, no arrancó con el resto del convoy. Aun teniendo en cuenta el lamentable estado de la red ferroviaria de este país, ya me dirás tú cuándo ha pasado una cosa así. El vagón lleno, y nos quedamos todos allí en la súbita oscuridad, mirándonos los unos a los otros en busca de una explicación mientras el resto del tren se adentraba en el túnel y desaparecía. Fue el andén de hormigón desnudo, bajo la luz de los fluorescentes, lo que aumentó la impresión de encarcelamiento. Alguien se echó a reír, pero enseguida varios pasajeros se levantaron y aporrearon las puertas y ventanas hasta que un hombre uniformado bajó por la rampa y, llevándose las manos ahuecadas a las sienes, se quedó mirándonos.

Y cuando por fin llego a casa, una hora y media más tarde, quedo casi cegado por los faros de todos los 4x4 y los taxis que esperan ante la estación: este plano de iluminación lateral tiene lugar bajo un cielo anormalmente negro, porque, resulta, hay un apagón en el pueblo.

En fin, aquello fue un contratiempo que no tuvo nada que ver. Yo eso lo sabía, pero cuando uno está cansado después de una larga jornada e intenta llegar a casa, se produce en la mente una especie de efecto Doppler, y piensa que estas circunstancias inconexas son la trayectoria de una civilización en franco declive.

Me dispuse a emprender a pie el camino de regreso a casa. Una vez que se alejó la procesión de furgonetas de los viajeros del tren de cercanías con sus faros deslumbrantes, todo quedó en silencio y a oscuras: las primorosas tiendas de la calle Mayor, el juzgado, las gasolineras guarnecidas de setos, el edificio gótico del colegio de secundaria detrás del lago. Al poco ya había dejado atrás el centro del pueblo y recorría las sinuosas calles residenciales. Mi barrio se hallaba en una zona antigua del pueblo, de casas grandes, en su mayoría victorianas, con mansardas y porches circundantes y garajes independientes que en otro tiempo habían sido cuadras. Cada casa estaba situada en lo alto de una loma o muy apartada de la calle, con hileras de estilizados árboles a modo de líneas divisorias entre las fincas: precisamente la clase de arraigada solidez económica en la que me sentía a gusto. Pero ahora el barrio entero parecía rebosar de exagerada presencia. Yo era consciente de la arbitrariedad de los lugares. ¿Por qué aquí y no en otro sitio? Una sensación muy inquietante, de desorientación.

El parpadeo de una vela o el vaivén del haz de una linterna que veía en cada ventana me indujeron a concebir los hogares como aquello que proporcionaba a las familias el medio para llevar una vida furtiva. No había luna, y bajo el estrato de nubes a escasa altura un viento cortante poco propio de esa época del año agitaba los viejos arces noruegos que flanqueaban la calle y dejaban caer una tenue lluvia de retoños de primavera en mis hombros y mi pelo. Percibí esa lluvia como una especie de escarnio.

Sí, ciertamente con ideas como estas en la cabeza cualquier hombre se apresuraría a llegar al calor de su hogar. Avivé el paso, y sin duda habría doblado por el camino de acceso y subido por la escalera del porche si no hubiese echado una ojeada a través de la verja de la entrada para coches y visto moverse cerca del garaje lo que me pareció una sombra. Me dirigí, pues, hacia allí pisando sonoramente en la gravilla para ahuyentar lo que fuese que había visto, ya que supuse que era un animal.

Convivíamos con animales. No me refiero solo a los perros y los gatos: ciervos y conejos se alimentaban regularmente de las flores del jardín, teníamos gansos de Canadá, alguna que otra mofeta, los ocasionales zorros rojos... Esta vez resultó ser un mapache. Uno grande. Ese animal nunca me ha gustado, con esas garras prensiles suyas. Siempre me ha parecido un pariente cercano, más que el propio simio. Levanté el maletín como para arrojárselo, y la criatura corrió a esconderse detrás del garaje.

La perseguí; no la quería en mi propiedad. Al pie de la escalera exterior que subía al desván del garaje, retrocedió, silbando y enseñando los dientes y blandiendo las patas delanteras en dirección a mí. Los mapaches pueden padecer la rabia, y a este se lo veía enloquecido, con los ojos relucientes e hilos de saliva, como pegamento líquido, colgando de ambos lados de la mandíbula. Cogí una piedra y eso bastó: la criatura se alejó corriendo hacia los bambús que bordeaban el jardín trasero de nuestro vecino, el doctor Sondervan, que era psiquiatra y una reconocida autoridad en síndrome de Down y otras desventuras genéticas.

Y de pronto lo entendí: arriba, en el espacio abuhardillado sobre el garaje donde guardábamos todos los objetos imaginables, residían tres crías de mapache, y a eso se debía todo aquel alboroto. No me explicaba cómo había llegado allí esa familia de mapaches. Primero vi sus ojos, sus varios ojos. Gimotearon y brincaron entre los muebles apilados, pequeños bultos como pelotas en la oscuridad, hasta que por fin conseguí ahuyentarlos por la puerta y escalera abajo, hacia donde su madre, cabía suponer, los recuperaría.

Encendí el móvil para tener al menos un poco de luz.

El desván estaba atestado de alfombras enrolladas y cachivaches y cajas con apuntes y trabajos de la época universitaria, el baúl del ajuar heredado por mi mujer, piezas de un equipo estéreo antiguo, un escritorio roto, tableros de juego desechados, los palos de golf de su difunto padre, cunas plegadas y demás. Éramos una familia rica en historia, aunque todavía joven. Me sentí ridículamente justificado, como si acabase de librar una batalla y recuperar mi reino de manos de los invasores. Pero acto seguido se impuso la melancolía; allí dentro había suficiente pasado acumulado para entristecerme, tal como siempre me entristecen las reliquias del pasado, incluidas las fotografías.

Una espesa capa de polvo lo cubría todo. El ojo de buey de la parte delantera no se abría y las ventanas laterales estaban atascadas, como inmovilizadas por las telarañas que se adherían a los marcos. Había que ventilar aquel espacio con urgencia. Realizando un gran esfuerzo, desplacé objetos de un lado a otro y pude abrir la puerta del todo. Me quedé un momento en lo alto de la escalera para respirar aire fresco, y fue entonces cuando advertí la luz de una vela a través de los bambús situados entre nuestra propiedad y la de detrás, la casa del mencionado doctor Sondervan. El médico alojaba allí a varios pacientes jóvenes. Eso formaba parte de su método experimental, no poco controvertido entre sus colegas, consistente en enseñar a los pacientes quehaceres domésticos y tareas sencillas que exigían la interacción con personas normales. Yo salí en defensa de Sondervan cuando varios vecinos se opusieron a su petición de instalar allí su pequeño sanatorio, aunque debo decir que, en privado, el hecho de que deficientes mentales vivieran en la casa de al lado ponía nerviosa a Diana, como madre de dos niñas que era. Por supuesto, nunca se había producido el menor problema.

Yo estaba cansado después de una larga jornada —en parte fue por eso, pero más probablemente porque yo mismo sufría algún trastorno mental difuso—, pero el caso es que busqué a tientas y encontré una mecedora con el asiento roto cuya rejilla siempre había querido reparar. En la total oscuridad y con la luz de las velas desvaneciéndose poco a poco en mi cabeza, me senté y, si bien mi intención era descansar solo un momento, me dormí. Y cuando desperté, fue por la luz que entraba a través de las ventanas polvorientas. Había dormido toda la noche.

La causa de nuestra última discusión fue lo que, según yo, había sido el coqueteo de Diana con un invitado en una fiesta celebrada en un jardín trasero el fin de semana anterior.

No coqueteaba, dijo ella.

Ibas descaradamente a por él.

Solo en tu peculiar imaginación, Wakefield.

Eso era típico de ella cuando discutíamos: llamarme por el apellido. Yo ya no era Howard; era Wakefield. Era una de sus adaptaciones feministas del estilo machito que yo tanto detestaba.

Hiciste un comentario insinuante, dije, y entrechocaste tu copa con la suya.

No fue un comentario insinuante, repuso Diana. Fue un corte mío en respuesta a una estupidez que dijo, por si quieres saberlo. Todo el mundo se rio menos tú. Me disculpo por sentirme bien de vez en cuando, Wakefield. Procuraré no sentirme así nunca más.

No es la primera vez que haces un comentario insinuante en presencia de tu marido. Y luego lo niegas todo.

Déjame en paz, por favor. Bien sabe Dios que me has amordazado hasta tal punto que he perdido por completo la seguridad en mí misma. Ya no me relaciono con la gente. Estoy demasiado ocupada preguntándome si digo lo correcto.

Estabas relacionándote con él, eso desde luego.

¿Crees que con la clase de relación que tengo contigo sentiría algún interés en empezar otra? Yo solo quiero llegar al final del día; solo pienso en eso, en llegar al final del día.

Probablemente eso era verdad. En el tren de camino a la ciudad tuve que admitir para mis adentros que yo había iniciado la discusión adrede, movido por cierto espíritu de contradicción y con una sensación de erotismo. En realidad la acusaba de algo que no creía. Era yo quien me acercaba a la gente con ese fin. Le había atribuido a ella mi propia mirada errante. Ese es el fundamento de los celos, ¿o no? La sensación de que tu falsedad congénita es universal. Sí me irritó verla conversar con otro hombre que tenía una copa de vino blanco en la mano, y su inocente cordialidad, que cualquier hombre, y no solo yo, podía interpretar como una invitación. El individuo no era especialmente atractivo. Pero me molestó que hablara con él casi como si yo no estuviera allí a su lado.

Diana poseía una elegancia natural y aparentaba menos edad de la que tenía. Aún se movía como la bailarina que había sido en su época universitaria, con los pies apuntados ligeramente hacia fuera, la cabeza erguida, el andar más un deslizarse que un movimiento paso a paso. Incluso después del embarazo de las gemelas seguía tan menuda y esbelta como cuando la conocí.

Y ahora, en la primera luz del nuevo día, me sumí en el mayor desconcierto por la situación que yo mismo había creado. No voy a afirmar que mis pensamientos en ese momento fueran racionales. Pero realmente sentí que habría sido un error entrar en la casa y explicar la secuencia de acontecimientos que me había llevado a pasar la noche en el desván del garaje. Sin duda Diana había estado en vela hasta altas horas, paseándose de aquí para allá, preocupada por lo que podía haberme ocurrido. Mi aspecto, y su sensación de alivio, la encolerizarían. O bien pensaría que yo había estado con otra mujer, o bien, si llegaba a dar crédito a mi historia, se le antojaría tan extraña como para considerarla una especie de punto de inflexión en nuestra vida matrimonial. Al fin y al cabo habíamos mantenido esa discusión el día anterior. Ella percibiría lo que yo me dije a mí mismo que no podía ser verdad: que había sucedido algo que auguraba un fracaso conyugal. Y luego las gemelas, adolescentes en ciernes, que normalmente me veían como aquel con quien tenían la desgracia de convivir bajo el mismo techo, un motivo de vergüenza ante sus amigos, un bicho raro que no sabía nada de su música… En fin, el distanciamiento de las gemelas se manifestaría de una manera clara y sibilante. Pensé en madre e hijas como el equipo rival. El equipo local. Llegué a la conclusión de que, por el momento, prefería no vivir la escena que acababa de imaginar. Quizá más tarde, pensé, pero ahora no. Me faltaba por descubrir mi talento para el abandono del hogar.

Cuando bajé por la escalera y oriné entre los bambús, el aire fresco del amanecer me acogió con una suave brisa. Los mapaches no estaban a la vista. Tenía la espalda entumecida y empezaba a sentir las primeras punzadas de hambre, pero de-

bía admitir, de hecho, que en ese momento no
dichado. ¿Qué tiene la familia de tan sacrosa.
que uno deba vivir en ella toda una vida, por insatis.
esa vida sea?

Desde la sombra del garaje contemplé el jardín trasero, co.
sus arces noruegos, los abedules ladeados, los viejos manzanos
cuyas ramas rozaban las ventanas de la sala de estar, y por primera vez, o esa sensación tuve, vi el esplendor verde de aquel
terreno como algo indiferente a la vida humana y totalmente
ajeno a la mansión victoriana asentada en él. El sol aún no había salido y una red ondulada de bruma flotaba sobre la hierba,
salpicada aquí y allá por relucientes gotas de rocío. En el viejo
manzano habían empezado a brotar flores blancas, e interpreté
la tenue luz del cielo como la tímida iluminación de un mundo
al que aún debía presentarme.

En ese momento, supongo, habría podido abrir la puerta
de atrás y entrar furtivamente en la cocina sin peligro, seguro de
que en la casa todos dormían. Pero opté por levantar la tapa
del contenedor de la basura y encontré mi cena intacta de la
noche anterior, echada boca abajo sobre una bolsa de plástico y
conservada en un círculo perfectamente intacto, como si siguiera en el plato —una chuleta de ternera a la plancha, media patata al horno, con la piel a la vista, y un montículo de ensalada verde aliñada con aceite—, así que pude imaginar la
expresión en el rostro de Diana cuando salió y se acercó allí,
todavía enfadada por nuestra discusión de esa mañana, y se
deshizo de la comida, ya fría, que había preparado estúpida-
mente para ese marido suyo.

Me pregunté entonces a qué hora se le había agotado la paciencia. Esa sería una medida de la poca o mucha licencia que
me concedía. Otra mujer me habría guardado la cena en la nevera, pero yo vivía sometido al juicio de Diana; me iluminaba

omo una luz que nunca se apagaba en la celda de una cárcel. Que si a mí su trabajo no me interesaba. Que si era desconsiderado y condescendiente con su madre. Que si malgastaba hermosos fines de semana de otoño viendo absurdos partidos de fútbol por televisión. Que si no accedía a pintar los dormitorios. Y si ella era tan feminista, ¿por qué le daba tanta importancia a que yo le abriera una puerta o la ayudara con el abrigo?

Lo único que tuve que hacer fue plantarme delante de casa en el frío del amanecer para ver las cosas en su totalidad: Diana pensaba que se había casado con el hombre equivocado. Naturalmente, yo daba por hecho que no era la persona más fácil del mundo con quien congeniar. Pero incluso ella tenía que reconocer que nunca era aburrido. Y por muchos problemas que tuviéramos, el sexo, el eje de nuestras vidas, no era uno de ellos. ¿Me hallaba yo bajo la ilusión óptica de que eso era la base de un matrimonio sólido?

Habida cuenta de estas reflexiones fui incapaz de acercarme a la puerta y anunciar que estaba en casa. Convertí en desayuno la chuleta de ternera acartonada y la patata, sentado detrás del garaje, donde nadie me veía.

Yo había conocido a Diana cuando ella salía con mi mejor amigo, Dirk Morrison, compañero de estudios desde secundaria. Como Diana estaba con él, me fijé más en ella de lo que me habría fijado en otras circunstancias. Percibí que era guapa, cómo no, muy atractiva, con una sonrisa encantadora, pelo castaño claro recogido en una coleta y lo que a simple vista podía considerarse un buen cuerpo, pero en cierto modo fue el interés de Dirk por ella, a todas luces de una intensidad extrema, lo que me llevó a ver a Diana como una relación potencialmente seria para mí. Al principio ella no quería salir conmigo, pero cuando le dije que tenía permiso de Dirk para pedírselo, cedió, por resentimiento y obviamente dolida. Por supuesto, yo le había mentido. Cuando al final Dirk y ella descubrieron mi perfidia, el resentimiento se propagó, y en la posterior competición, de varios meses, la pobre se sintió dividida entre nosotros dos y, en resumidas cuentas, configuramos el *ménage* más desdichado que imaginarse pueda. Éramos unos críos, los tres... Yo, apenas recién salido de la facultad de derecho de Harvard. Dirk, con un empleo de principiante en Wall Street. Y Diana, haciendo un doctorado en historia del arte. Los tres jóvenes, ufanos residentes del Upper East Side. A veces Diana se negaba a verme, o se negaba a ver a Dirk, o se negaba a vernos a los dos. En retrospectiva, es obvio que todo esto era lo normal, claro está: veinteañeros a la deriva en sus mareas hormonales, a punto de desembarcar en una u otra orilla.

Ignoraba si, antes de irrumpir yo en su relación, Diana se acostaba con Dirk. Ahora sí sabía que no se acostaba con ninguno de los dos. Un día, en un arranque de genialidad, dije a Dirk que había pasado la noche anterior con ella. Cuando se encaró con Diana, ella lo negó, claro está, y él, haciendo gala de su escasa perspicacia y su nula comprensión de la clase de persona con quien trataba, no la creyó. Ese fue su error fatal, que agravó intentando obligarla a someterse a él. Diana no era virgen —a nuestra edad nadie lo era—, pero, como descubrí más tarde, tampoco tenía mucha experiencia, pese a que, por ese rasgo de inocencia sexy que he mencionado, podría haberse pensado fácilmente que sí la tenía. En cualquier caso, uno no intentaba forzar a una mujer así si esperaba volver a verla. Su segundo error, de Dirk, antes de desaparecer de nuestras vidas para siempre, fue darme de puñetazos. Aunque yo era más alto, él era más robusto. Y me asestó un par de buenos golpes antes de que alguien me lo quitara de encima. Fue la primera y última vez que me han pegado, aunque me han amenazado unas cuantas veces desde entonces. Pero mi ojo a la virulé empujó hacia una tierna resolución los sentimientos de Diana por mí. Quizá comprendió que toda mi astucia táctica daba la medida de mi devoción y, cuando sus labios fríos rozaron mi mejilla amoratada, no pude imaginar momento más feliz en mi vida.

Cuando llevábamos casados un año y parte de la energía había abandonado la relación, me pregunté si no habría sido la rivalidad por Diana lo que avivó mi pasión. ¿Habría estado tan loco por ella si no hubiese sido la novia de mi mejor amigo? Pero un día se quedó embarazada y todo un despliegue de sentimientos entró en nuestro matrimonio y, conforme se hinchaba su vientre, empezó a estar más radiante que nunca. A mí siempre me había gustado dibujar —me tomé muy en serio el dibujo hasta el primer año en Harvard— y mis conocimientos de arte eran una de las cosas que la habían atraído de mí. Ahora me permitía dibujarla mientras posaba desnuda, con sus pequeños pechos agrandados como fruta y su vientre magníficamente maduro, reclinada sobre unos almohadones con las manos detrás de la cabeza y ladeada sobre una cadera con las piernas un poco flexionadas pero muy juntas por pudor, como *La maja* de Goya.

Pasé ese primer día mirando por el ojo de buey, atento a la secuencia de sucesos que tendrían lugar cuando fuese ya evidente que yo había desaparecido. Primero, Diana sacaría a las niñas para enviarlas al colegio. Después, en cuanto el autobús doblase la esquina, telefonearía a mi bufete y constataría que mi secretaria me había visto salir a la hora de siempre la noche anterior. Pediría que la avisaran cuando yo llegase al trabajo,

manteniendo un tono de voz no solo controlado sino porfia-
damente alegre, como si hubiera llamado por un asunto familiar sin importancia. Me dije que el pánico solo haría mella después de una o dos llamadas a aquellos de nuestros amigos que,
a su juicio, podían saber algo. Consultaría el reloj y, a eso de las
once, se armaría de valor y se pondría en contacto con la policía.

Me equivoqué en mi cálculo por media hora. El coche patrulla se detuvo en el camino de acceso a las once y media, según
mi reloj. Diana recibió a los agentes en la puerta trasera. Nuestra policía local, bien pagada y cortés, no se diferencia mucho de
nosotros en lo que se refiere a su remota relación con la delincuencia. Pero sabía que los agentes anotarían una descripción,
pedirían una foto y demás, a fin de distribuir un aviso de persona desaparecida. Sin embargo, cuando volvieron al coche, vi
a través del parabrisas que sonreían: ¿dónde se encontraba a los
maridos desaparecidos si no en St Bart's, bebiendo *piña coladas*
en compañía de sus *chiquitas*?

Ahora solo faltaba la madre de Diana, y llegó de la ciudad
con su Escalade blanco a mediodía: la viuda Babs, que se había opuesto al matrimonio, y muy posiblemente ahora lo recordaría. Babs era lo que Diana, Dios no lo quisiera, podía llegar a ser con treinta años más: alzada sobre unos tacones altos,
ceramizada, liposuccionada, desvaricosada, con una lacia mata
de pelo dorado tan reluciente y dura como el cacahuete cara-
melizado.

En los días posteriores pararon coches ante la casa a todas
horas, a medida que amigos y colegas se acercaban por allí para
ofrecer apoyo y consuelo a Diana, como si yo hubiera muerto.
Esos desgraciados, casi incapaces de refrenar su entusiasmo,
convertían en víctimas a mi mujer y mis hijas. ¿Y cuántos de

los maridos se abalanzarían sobre ella a la primera oportunidad? Pensé en irrumpir por la puerta —Wakefield resucitado— solo por ver la expresión de sus rostros.

Finalmente las aguas volvieron a su cauce en la casa. No se encendían muchas luces. De vez en cuando veía a alguien por un momento en una ventana sin llegar a saber quién era. Una mañana, después de detenerse el autobús escolar para recoger a las gemelas, se abrieron las puertas del garaje debajo de mí y Diana subió a su coche y volvió a su empleo de conservadora en el museo de arte del condado. Yo tenía hambre, viviendo como vivía de los desechos extraídos de nuestra basura y de la basura de los vecinos, y además a esas alturas olía bastante mal, así que entré sigilosamente en la casa e hice uso de sus comodidades. Comí galletas saladas y frutos secos de la despensa. Cuando me duché, tomé la precaución de escurrir la toalla, meterla en la secadora y devolverla, debidamente plegada, al armario de la ropa blanca. Robé unos cuantos calcetines y calzoncillos partiendo de la hipótesis de que, habiendo cajones llenos, la desaparición de unos pocos pasaría inadvertida. Pensé en llevarme una camisa limpia y otro par de zapatos, pero decidí que eso sería arriesgado.

En esta etapa aún me preocupaba el dinero. ¿Qué haría cuando hubiera gastado la escasa cantidad de efectivo que llevaba en la cartera? Si quería esfumarme por completo, no podía usar las tarjetas de crédito. Podía extender un cheque con fecha anterior y cobrarlo en la sucursal de nuestro banco en el centro, pero, al llegar el extracto mensual, Diana se daría cuenta y pensaría que mi abandono de la familia había sido premeditado, cosa que, claro está, no era cierta.

Una mañana temprano, a esa hora del día en que las flores del manzano despiden su delicioso perfume, Diana salió al jardín trasero. La observé desde mi estudio encima del garaje. Cogió una flor de la rama y se la acercó a la mejilla. Luego miró alrededor, como si hubiera oído algo. Se volvió en una y otra dirección, posando de hecho la mirada en el garaje. Permaneció allí como si aguzara el oído, con la cabeza un poco ladeada, y tuve la sensación de que casi sabía dónde estaba yo, de que había percibido mi presencia. Contuve la respiración. Al cabo de un momento, se dio media vuelta y entró de nuevo, y la puerta se cerró y oí el chasquido del pestillo. Ese sonoro chasquido fue definitivo. En mi imaginación sonó como la señal de mi liberación a otro mundo.

Me palpé el asomo de barba en el mentón. ¿Quién era ese individuo? Ni siquiera me había parado a pensar en lo que había dejado atrás en el bufete: los casos, los clientes, mis obligaciones como socio. Casi me dio vueltas la cabeza. Ya no cogería más el tren. Debajo de mí, en el garaje, estaba mi preciado descapotable plateado, un BMW 325. ¿De qué me servía ahora? Experimenté una sensación de desafío impropia de mí, como si estuviera a punto de bramar y aporrearme el pecho. No necesitaba a los amigos y conocidos acumulados a lo largo de los años. Ya no me hacía falta cambiar de camisa ni tener el rostro afeitado y suave. No viviría con tarjetas de crédito, ni con teléfonos móviles. Viviría como pudiera de lo que encontrara o creara por mí mismo. Si eso hubiera sido un simple abandono de mi esposa y mis hijas, habría escrito una nota a Diana recomendándole que se buscara un buen abogado, habría cogido mi coche del garaje y me habría marchado a Manhattan. Habría tomado una habitación en un hotel e ido a trabajar a la mañana siguiente. Eso podía hacerlo cualquiera, cualquiera podía fugarse, podía llegar muy lejos y aun así seguir siendo la misma persona. Eso no tenía nada de especial. Lo mío era distinto. Este extraño barrio residencial era un hábitat en el que debería mantenerme como una persona extraviada en una selva, como un náufrago en una isla. No huiría de él: lo haría mío. Ese era el juego, si es que era un juego. Ese era el desafío. No solo había abandonado mi casa; había abandonado el sistema. Esa vida visible en el ojo resplandeciente del mapache prensil era lo que yo deseaba, y nunca había sentido convicción tan absoluta, como si las diversas imágenes fantasmales de mí mismo se hubiesen resuelto en esta forma final de quien era ahora: clara y firmemente el Howard Wakefield que estaba destinado a ser.

Pese a toda mi exaltación, no se me escapó el hecho de que tal vez hubiera abandonado a mi mujer, pero eso no me impedía vigilarla.

Por necesidad, me convertí en una criatura nocturna. Dormía en el desván del garaje de día y salía por la noche. Vivía alerta y sensible a la meteorología y la intensidad de la luz de la luna. En mis desplazamientos iba de jardín en jardín, sin fiarme nunca de las aceras y las calles. Descubrí muchas cosas sobre la gente del vecindario: qué comía, cuándo se iba a dormir. Conforme la primavera dio paso al verano y la gente se marchó de vacaciones, hubo más casas vacías y disminuyeron mis opciones a la hora de hacer incursiones provechosas en los cubos de basura. Pero, por otra parte, había menos perros que me ladraran al pasar bajo los árboles y, allí donde el perro era grande, también lo era la puerta para el perro, y yo podía entrar a rastras y hacer uso de la comida enlatada y envasada de las despensas. Nunca me llevé nada salvo comida. Aunque no muy en serio, veía en mi situación cierta equivalencia con la del indio cazador de búfalos, que sacrificaba al animal por su carne y su piel y después daba gracias a su alma en las alturas. Ciertamente no me hacía ilusiones acerca de la moralidad de mi comportamiento.

Mi ropa empezó a dar señales de desgaste y a romperse. Me había dejado crecer la barba y el pelo. Al acercarse agosto, pensé que si Diana quería hacer lo mismo que habíamos hecho durante muchos años alquilaría la casa que nos gustaba en el Cabo e iría a pasar allí el mes con las niñas. En mi guarida del garaje me esforcé al máximo por devolver las cosas a su desorden inicial. Planeé dormir al raso hasta que subieran allí a buscar los chalecos salvavidas, el tubo flotador, las aletas de buceo, las cañas de pescar y el resto de trastos veraniegos que yo, muy obedientemente, había comprado. Con una honda sensación de desposeído, me alejé del vecindario para buscar un lugar donde dormir y, al descubrir un descampado todo lo silvestre que podía desear, comprendí que apenas había empezado a aprovechar los recursos disponibles. Tardé un momento en entender, bajo la tenue luz de una luna en cuarto creciente, que me hallaba en el espacio del pueblo destinado a reserva natural, un sitio adonde llevaban a los niños de primaria para formarse una idea de cómo era un universo sin asfalto. Yo mismo había llevado allí a mis hijas. Mi bufete había representado a la viuda rica que había donado esa parcela al pueblo en su testamento a condición de que la conservaran siempre tal como estaba. Ahora se cernía ante mí su auténtico estado silvestre. El suelo era blando y húmedo; en los senderos había ramas caídas atravesadas; oía las cigarras autohipnóticas y obsesivas, los eructos de las ranas toro; y supe, con un sentido animal desarrollado solo recientemente, que había criaturas de cuarto patas cerca. En el rincón más profundo de este bosque encontré una pequeña charca. Debía de alimentarla un arroyo subterráneo, porque el agua estaba fría y cristalina. Me desnudé y me bañé y volví a vestirme sin secarme. Esa noche dormí en el hueco del tronco de un viejo arce muerto. No puedo decir que durmiera bien; las mariposas nocturnas me rozaban la cara y notaba alrededor un continuo revuelo de vida desconocida. La verdad es que estuve francamente incómodo, pero tomé la determinación de perseverar hasta que noches como aquella fueran normales para mí.

Pero cuando Diana y las niñas se fueron de vacaciones y pude recuperar mi camastro en el desván del garaje, me sentí miserablemente solo.

Con ese nuevo aspecto de hombre a las puertas de la muerte decidí que, en mis idas y venidas, tenía tantas probabilidades de que me reconocieran como de que no. Más delgado, llevaba la barba larga y una melena que me caía a los lados de la cara. Al crecerme el pelo me di cuenta de que antes, cuando me lo cortaba en la peluquería, se me disimulaban las canas, ya muy abundantes. Mi barba era más canosa aún. Con mis harapos, me llegaba hasta la zona comercial y hacía uso de los servicios sociales del pueblo. En la biblioteca pública, que no por casualidad disponía de un lavabo de caballeros bien cuidado, leía la prensa diaria como si me informara de la vida en otro planeta. Tenía la impresión de que me pegaba más leer la prensa que sentarme ante uno de los ordenadores de la biblioteca.

Si hacía buen tiempo me instalaba plácidamente en un banco de las galerías comerciales. No mendigaba; si lo hubiese hecho los guardias de seguridad me habrían echado. Permanecía allí sentado con las piernas cruzadas y la cabeza erguida, y transmitía carácter. Mi semblante regio indicaba a los transeúntes que era un excéntrico con delirios. Los niños se acercaban, instados por sus madres, y me ponían unas monedas o un billete de un dólar en las manos. Así, de vez en cuando podía disfrutar de una comida caliente en Burger King o de un café en Starbucks. Haciéndome pasar por mudo, señalaba lo que quería.

Estas expediciones al centro eran para mí escapadas temerarias. Necesitaba demostrarme que era capaz de correr riesgos. Si bien no llevaba ningún documento de identidad, siempre existía la posibilidad de que alguien, incluso la propia Diana si regresaba antes de las vacaciones, pudiera acercarse y reconocerme. Casi deseaba que me descubriera.

Pero al cabo estas excursiones dejaron de ser una novedad para mí y recuperé mi soledad residencial. Me entregué al abandono de mis responsabilidades como a una disciplina religiosa; era como un monje que había hecho votos en una orden dedicada a la reafirmación del mundo original de Dios.

Las ardillas se desplazaban por los cables telefónicos con las colas ondeando como pulsaciones de señales. Los mapaches levantaban las tapas de los cubos de basura dejados en el bordillo de la acera para la recogida de la mañana. Si me adelantaba a ellos en un cubo, sabían de inmediato que allí ya no quedaba nada. Cada noche una mofeta hacía su ronda como un vigilante, repitiendo la misma ruta: pasaba por delante del garaje, atravesaba los bambús y cruzaba en diagonal el jardín trasero del doctor Sondervan hasta desaparecer al final de su camino de acceso. En la charca de la reserva, mis ocasionales baños eran observados por una almizclera con cola de rata, enlodada y lustrosa. Sus ojos oscuros relucían a la luz de la luna. Solo cuando yo salía de la charca se zambullía ella, en silencio, sin alterar en apariencia el agua. Casi todas las mañanas llegaban cuervos invasores, veinte o treinta a la vez, que salían del cielo y luego se alejaban entre graznidos; como si hubiera altavoces colgados de los árboles. A veces los cuervos callaban y enviaban misiones de reconocimiento: uno o dos de ellos volaban en círculo y se posaban en la calle para examinar el envoltorio de un caramelo o los restos de un contenedor de basura que los basureros no habían vaciado del todo. Una ardilla muerta daba ocasión a un banquete, una gran masa negra de plumas en continuo aleteo y cabezas oscilantes despojando de carne los huesos del cádaver del animal. Juntos, constituían una especie de estado corvino y, si había algún disidente, yo no lo detecté. Me disgustaba que ahuyentasen a los pájaros de menor tamaño, por ejemplo un par de cardenales que anidaban en el jardín trasero y no tenían la envergadura de esas aves negras y voraces que desaparecían tan pronto como llegaban, marchándose con poderoso vuelo a la calle de al lado o al pueblo más cercano.

Siempre había gatos domésticos merodeando, claro está, y perros que ladraban bien entrada la noche en una casa u otra, pero yo no los consideraba auténticos. Estaban a resguardo; vivían bajo la autoridad de seres humanos.

Una noche a principios de otoño, con el suelo húmedo de la reserva natural alfombrado de hojas caídas, examinaba agachado una serpiente muerta de unos treinta centímetros de longitud cuyo color en vida, pensé, quizá fuera el verde, cuando, al erguirme, sentí que algo me rozaba lo alto de la cabeza. Al alzar la vista, vi una lechuza de una palidez espectral que plegaba las alas contra el cuerpo y desaparecía en el interior de un árbol. El contacto sedoso del ala de la lechuza en mi cuero cabelludo me produjo un escalofrío.

Esas criaturas y yo éramos alimento el uno para el otro o no lo éramos. Todo se reducía a eso. Yo lo era presuntamente por mi soledad, un amante no correspondido tan intrascendente para todos ellos como ellos lo habían sido para mí en otro tiempo.

● ● ●

Diana siempre se sintió cómoda con su cuerpo y no se preocupaba por taparse delante de nuestras hijas. No le importaba que la vieran desnuda, y cuando sugerí que quizá no fuese lo mejor para las niñas, contestó que, muy al contrario, era instructivo para ellas ver con qué naturalidad y desinhibición podía aceptar una mujer su existencia física. Ya, ¿y si se trata de un hombre? ¿Y si me vieran a mí pasearme en cueros?, dije. Diana respondió: Vamos, Howard. ¿Don Pudibundo, desnudo? Imposible.

En nuestro dormitorio, Diana, cuando se vestía o desvestía, parecía indiferente a si las persianas estaban bajadas o no. Siempre era yo quien las bajaba. ¿A quién intentas atraer?, le decía, y ella contestaba: A ese hombre tan guapo que hay allí en el manzano. Pero parecía tan ajena al efecto de su desnudez en la ventana del dormitorio como cuando atraía a los hombres en las fiestas. Todo ese comportamiento era ambiguo y me daba que pensar.

Y ahora, aun sin necesidad de subirme al manzano, había encontrado varios puntos elevados en nuestros cuatro mil metros cuadrados que me permitían verla bastante bien por la noche, cuando se iba a la cama. Siempre se acostaba sola, me complació observar. A veces se acercaba a la ventana y contemplaba la oscuridad mientras se cepillaba el pelo. En esos momentos, al trasluz, yo veía su atractiva figura solo en silueta. Después se daba media vuelta y retrocedía hacia el interior de la habitación. Una chica de cintura alargada, hombros estrechos y nalgas prietas.

Curiosamente, ver a mi mujer desnuda solía inducirme a pensar en su situación económica. Lo hacía para quedarme con la tranquilidad de que ella no necesitaría vender la casa y trasladarse a otro sitio. Su salario en el museo era muy escaso, y teníamos una hipoteca, las matrículas del colegio de las gemelas… en fin, todos esos gastos ineludibles. Por otro lado, había abierto una cuenta de ahorro a su nombre e ingresado sumas regularmente. Tenía el dinero invertido en un fondo revocable del que los dos éramos titulares. Y yo había pagado una parte considerable de la hipoteca con mi bonificación como socio del bufete del año anterior. Tal vez se vería obligada a recortar el gasto en ropa y en todos los pequeños lujos de que disfrutaba, y a renunciar a su aspiración de revestir de mármol los cuartos de baño, pero eso no era ni mucho menos empobrecerse. El empobrecido era yo.

Mi espionaje no se limitaba a la hora de acostarse. Ahora, en otoño, cada día oscurecía antes. Me gustaba saber qué ocurría. Me agazapaba entre el follaje del jardín bajo las ventanas y escuchaba las conversaciones. Allí estaba ella en el comedor, ayudando a las gemelas con sus deberes. O estaban las tres preparando la cena. Ni una sola vez oí mencionar mi nombre. Cuando discutían, las oía desde el límite mismo de la propiedad, los chillidos y el pataleo de alguna de las gemelas. Un portazo. A veces Diana salía al porche trasero y encendía un cigarrillo, y allí se quedaba, sosteniéndose el codo, con la mano del cigarrillo apuntada al cielo. Eso era una novedad: había dejado de fumar hacía unos años. A veces salía por la noche y yo solo veía los colores parpadeantes del televisor en la sala de estar. No me gustaba que dejara solas a las gemelas. Vigilaba desde el ojo de buey de mi desván hasta que veía su coche subir por el camino de acceso.

En Halloween los niños, monísimos con sus disfraces, iban por la calle de porche en porche acompañados de sus padres. Diana se preparó para la invasión comprando toneladas de caramelos. En casa todas las luces estaban encendidas. Oí risas. Y por debajo de la ventana del desván de mi garaje pasaron unos cuantos pacientes del doctor Sondervan. Después de atravesar el bambú habían recorrido tranquilamente el camino de acceso, esos niños más grandes, con bolsas de supermercado para los tesoros entregados por vecinos un tanto inquietos que los recibirían en la puerta de su casa.

Cada dos semanas, los residentes en la zona sacaban los objetos duros no orgánicos para que se los llevara el servicio de recogida de basuras: televisores viejos, sillas rotas, cajas de libros de bolsillo, mesas rinconeras, lámparas estropeadas, juguetes que ya no interesaban a los niños y demás. Yo me había encontrado por este cauce un futón utilizable, solo un poco roto y manchado de semen, así como una vieja radio portátil que a lo mejor funcionaba si encontraba pilas. Echaba de menos la música más que ninguna otra cosa.

Esa noche salí a buscar unos zapatos. Los míos se habían gastado, se caían a pedazos. Era una noche húmeda; había llovido por la tarde y las hojas mojadas y lustrosas se adherían al suelo. Elegir el momento oportuno era vital: a eso de la una de la madrugada todo lo destinado a la basura ya estaba en la acera. A las dos, todo lo utilizable había desaparecido. Esas noches, gente de la zona sur del pueblo rondaba por allí en sus furgonetas viejas o en coches que se ladeaban, se detenía y, con el motor al ralentí, salía de un salto para evaluar los objetos, y los cogía uno por uno para examinarlos y ver si cumplían su alto nivel de exigencia.

A unas manzanas de mi base, por las sinuosas calles, avisté a la luz de una farola un filón prometedor: una pila anormalmente grande de chatarra abandonada en el bordillo que en una galería de arte de Chelsea habría pasado por una instalación. Revelaba la desesperación de alguien por mudarse: sillas amontonadas, cajas abiertas de juguetes y peluches, juegos de mesa, un sofá, un cabezal de latón, esquís, un escritorio que tenía una lámpara todavía sujeta con una abrazadera y, debajo de todo, varias capas de ropa de hombre y mujer humedeciéndose con el rocío. Yo, absorto en apartar cosas y escarbar bajo los trajes y vestidos, no oí la furgoneta acercarse, ni a los hombres salir, dos individuos, que de pronto aparecieron allí a mi lado, dos tipos con camisetas sin mangas para exhibir sus brazos musculosos. Hablaban entre ellos en una lengua extranjera y actuaban como si yo no estuviera, porque, abriéndose paso en el filón, cargaron los muebles para meterlos en la furgoneta, y las cajas de juguetes, los esquís y todo lo demás, y no tardaron en llegar a la pila de ropa bajo la que yo acababa de encontrar tres o cuatro cajas de zapatos; entonces me apartaron de un empujón para acceder a ellas. Un momento, pensé, tras hallar un par de zapatos de cuero punteado de cordones, blancos y marrones, que no eran de mi estilo en absoluto pero a la luz de la luna parecían recién salidos de un escaparate y más o menos de mi número. Me sacudí de los pies el par que llevaba, con la suela agujereada y suelta. En ese momento no tenía razones para pensar que aquellos recolectores de basura no eran más que gente zafia. De pronto advertí que los acompañaba una mujer, de brazos más anchos y robustos que los de ellos y, pese a tenerme delante, decidió que mi par de zapatos también debía pasar a sus manos. No, dije. ¡Son míos, míos! La caja estaba mojada y, al tirar cada uno de un lado, se rompió y los zapatos cayeron al suelo. Yo me adelanté a ella y los cogí. ¡Son míos!, exclamé, y los golpeé suela contra suela ante su cara. Ella soltó un alarido. Al cabo de un momento yo corría por la calle, perseguido por los dos hombres, que me lanzaban maldiciones o lo que interpreté como maldiciones: exabruptos sonoros y roncos que reverberaron entre los árboles y provocaron los ladridos de los perros en las casas oscuras.

Descubrí que corría bien, con un zapato enfundado en cada mano como aletas. Oí a mis espaldas fuertes jadeos, y de pronto un grito cuando uno de los hombres resbaló en las hojas mojadas del pavimento y cayó. Mientras corría, visualicé las toscas facciones de aquellos individuos y decidí que eran una madre y dos hijos. Supuse que comerciaban con los objetos que recogían. Eso era digno de admiración: un trabajo para acceder al sueño americano en el nivel más bajo de la escala. Pero yo los había cogido primero —los zapatos, quiero decir— y, conforme a la ley de salvamento, eran míos.

¡Son míos!, lo había dicho como un niño. ¡Míos, míos! Eran las primeras palabras que pronunciaba desde mi abandono del hogar hacía meses. Y cuando salieron de mi boca casi pensé que era otro quien hablaba.

El hecho de conocer el barrio era una ventaja para mí, y vencí a mis perseguidores atajando por jardines y caminos de acceso y verjas, maltratando mis tiernos pies mojados a cada paso. Oí un resuello rítmico y caí en la cuenta de que procedía de mi pecho dolorido. No me atreví a volver la vista atrás. Oí su furgoneta en alguna calle adyacente e imaginé a la madre, esa campesina robusta, al volante, escrutando por encima de los faros con la esperanza de verme. Ya me acercaba a mi estudio y me proponía acceder desde atrás por el jardín de mi vecino Sondervan. Pensé entonces que no me convenía que esa gente supiera dónde vivía. Si me veían subir por la escalera al desván del garaje, podían buscar venganza cuando les viniera en gana. Mi solución no fue del todo lógica: cuando me aproximaba a los bambús, giré y, agachándome, descendí los tres peldaños de piedra que conducían a la puerta del sótano de la casa de Sondervan.

La puerta no estaba cerrada con llave. Entré sigilosamente y, apoyando la espalda en la pared, me deslicé hasta el suelo e intenté recobrar el aliento. Al final de un pequeño pasillo había otra puerta, cuyo contorno se revelaba gracias a una luz encendida al otro lado. La puerta se abrió y tuve que levantar los brazos para protegerme del resplandor. Debía de ofrecer una imagen extraña, allí sentado con un zapato de cordón en cada mano, como si los zapatos se llevaran así, porque quienquiera que fuese el que había asomado por la puerta se echó a reír.

Fue así como comenzó mi trato con dos de los desdichados que vivían en el dormitorio del sótano al cuidado del doctor Sondervan.

Uno de ellos, un tal Herbert, tenía síndrome de Down. La otra, su compañera, se llamaba Emily: no sé qué tenía, pero no paraba de sonreír, ya fuera por una felicidad incesante o por una avería neurológica, pero cualquiera que fuese la causa, su expresión resultaba inquietantemente antinatural. Por lo que se refiere a esta chica dentuda de pelo muy ralo, me fue imposible calcular su edad: podía tener entre catorce y diecinueve años. Ella y Herbert, que era desproporcionadamente pequeño, con la cabeza redonda, los ojos oblicuos y una nariz que parecía la de un boxeador profesional, se distinguían de los otros cuatro pacientes allí acogidos, que, más distantes, aquella primera noche se limitaron a lanzarme una mirada de soslayo y en adelante permanecieron indiferentes a mí; eran adolescentes, aparentemente, tres chicos y una chica con un aspecto físico normal en comparación con Herbert y Emily, pero absortos en su propio mundo, sin mucho interés en lo que sucedía alrededor. Supuse que eran autistas o algo así, aunque yo no sabía nada sobre autismo, claro está, salvo lo poco que había leído en revistas o visto por la televisión.

Pero Herbert y Emily sintieron aprecio por mí nada más verme, allí sentado con los zapatos en las manos, como si hubieran encontrado a alguien aún más desventurado mentalmente, porque quizás ellos no supieran gran cosa, pero sí sabían que los zapatos debían ponerse en los pies. No preguntaron qué me había llevado hasta su puerta, pero me acogieron como uno haría con un gato extraviado. A partir de ese primer momento se mostraron solícitos y protectores, indicándome que repitiera sus nombres tras decírmelos para asegurarse de que los comprendía, y preguntándome después el mío. Howard, contesté, me llamo Howard.

Me dieron un vaso de agua, y Emily, con sus continuas risitas, me apartó de la frente un mechón de pelo sudoroso. Howard es un buen nombre, dijo. ¿No te encanta el otoño, Howard? A mí me encantan las hojas caídas, ¿a ti no?

Me quitaron los zapatos de las manos y me los calzaron en los pies mojados; Herbert, con la boca abierta como correspondía a su concentración, me ató los cordones, y Emily observó como si fuese una intervención quirúrgica. Bien hecho, Herbert, excelente trabajo, dijo. En cuanto consideré que podía marcharme sin peligro, insistieron en acompañarme a mi garaje y se quedaron mirando mientras yo subía por la escalera para asegurarse de que no me caía.

Así que ahora dos de los deficientes mentales del doctor Sondervan conocían mi presencia allí. El par de zapatos me saldría muy caro si se iban de la lengua respecto a Howard, el buen hombre que vivía en la casa de al lado, encima del garaje. No solo podían decir algo al médico, sino también al personal de este, las tres o cuatro mujeres que se ocupaban de la casa. En mi desván, mi hogar de facto, eché una ojeada alrededor. Lo único sensato era irse de allí. Pero ¿cómo? Mientras me debatía ante este dilema, permanecí vigilante de día y retrasé la hora de mis incursiones nocturnas hasta mucho después de apagarse sus luces.

Al cabo de un par de días, por la mañana, vi a Herbert y Emily y los otros en el jardín trasero. Estaban sentados en el suelo, y Sondervan les hablaba como a alumnos en una clase. El doctor era un hombre alto pero encorvado de más de setenta años, tenía una perilla gris y llevaba gafas negras con montura de concha. Nunca lo había visto sin chaqueta y corbata, y advertí que ahora, en consideración a la época del año, había añadido un jersey de manga corta que usaba a modo de chaleco. No oía lo que decía, pero sí oía su voz; una voz débil y aguda de anciano, así era, pero transmitía aplomo y una autoridad asumida casi con autosuficiencia. En un momento dado Herbert cogió un puñado de hojas caídas y las lanzó al aire de modo que cayeron en forma de lluvia sobre la cabeza de Emily. Ella, claro está, se echó a reír, interrumpiendo así la charla. El doctor lanzó una mirada iracunda. Qué normal era todo aquello. Si Herbert y Emily hubiesen revelado mi paradero, ¿acaso no habría tenido ya noticia de alguien… del propio Sondervan, o de Diana, o de la policía, o de todos ellos, y se me habría venido encima mi pequeño mundo? Comprendí que por la razón que fuese, quizá por un impulso disidente que tal vez ellos ni siquiera comprendían, los niños retrasados, si es que eran niños, habían decidido convertirme en su secreto.

Era extraño: en las ocasiones en que podían visitarme sin peligro, yo disfrutaba de su compañía. Descubrí que mi mente se encontraba a gusto en el limitado voltaje que requería la conversación con Herbert y Emily. Ellos sí veían las cosas, se daban cuenta de las cosas. Su emoción predominante era el asombro. Examinaban todo lo que había en el desván como si visitaran un museo. Herbert abría y cerraba una y otra vez los cierres de latón de mi maletín. Emily, escarbando en el baúl del ajuar de Diana, encontró un espejo de mano antiguo, de plata, en el que observarse. Quizá yo, después de tantos meses sin hablar con otro ser humano, estaba excesivamente receptivo, pero con mucho gusto expliqué cómo funcionaba un chaleco salvavidas y por qué el deporte del golf requería muchos palos, o cómo se formaban las telarañas, o por qué yo, una pieza más de la exposición, vivía en aquel desván. Les ofrecí la versión expurgada de eso: les expliqué que era un trotamundos, un ermitaño por decisión propia, y que ese desván era una parada más en el viaje de mi vida. Luego, para su tranquilidad, les aseguré que no tenía intención de marcharme hasta pasado mucho tiempo.

Me preocupaba que los echaran en falta en la casa, pero de algún modo sabían cuándo podían ausentarse sin peligro. Y me llevaban cosas, pequeños regalos en forma de comida y agua embotellada, sabiendo, sin que yo se lo explicara, que era una persona necesitada. Me traían un trozo de tarta y me observaban solemnemente mientras la comía. Herbert, con aquellos oscuros ojos almendrados en la cabeza esférica, tenía la mirada muy intensa. Se abrazaba los hombros y miraba atento el movimiento de mi mandíbula. Y Emily, claro está, parloteaba sin cesar, como si tuviera que hablar por los dos. ¿Verdad que está buena, Howard? ¿Te gusta la tarta? ¿Cuál te gusta más? Yo prefiero la de chocolate, aunque la de fresa también está muy buena.

Es posible que fueran enternecedores —y lo eran, arrastrándome al mundo de la normalidad sin remordimientos—, pero el hecho es que Herbert y Emily estuvieron allí cuando los necesité. Pese a lo mucho que había perfeccionado mis aptitudes para la supervivencia, no me había preparado para el invierno, en parte por cierta indiferencia residual a la meteorología propia de la clase media alta. Lo que tiraron a la basura en los cubos del vecindario después de Acción de Gracias me dio de comer holgadamente durante varios días, pero me moría de frío en mis expediciones en busca de alimento, y al cabo de menos de una semana el viento silbaba a través del revestimiento de mi escondite en el desván. Allí no tenía calefacción. El invierno, con sus diversos efectos, era una amenaza a mi forma de vida.

Maldije al propietario que yo había sido por descuidar el mantenimiento de ese espacio. Revolví entre los trastos con los que vivía y, descubriendo unas cortinas antiguas en el baúl del ajuar heredado de Diana, las extendí sobre el abrigo viejo que usaba a modo de manta. Calándome hasta las orejas el gorro de lana que había encontrado en la calle, me metía bajo estos patéticos cobertores sobre mi futón rescatado e intentaba evitar el castañeteo de dientes.

¿Cómo podría seguir al corriente de lo que sucedía en mi casa si, cuando empezaran las nevadas, todas y cada una de mis pisadas en el jardín dejarían un rastro incriminatorio y una prueba tan clara de que un merodeador rondaba por los alrededores de la casa que Diana llamaría a la policía local?

Durante una ola de frío seco tuve la tentación de entrar en mi casa por la puerta de atrás y calentarme junto a la caldera de mi sótano, pasando a salvo unas horas allí abajo entre la noche y el amanecer. Pero no estaba dispuesto a rendirme a mi antiguo ser. Todo cuanto hiciera lo haría tal como lo había hecho hasta entonces, lo que implicaba que también quedaba descartado acudir a un refugio para desamparados: tenía que haber alguno en el pueblo, probablemente en el lado sur, donde vivían los inmigrantes, los sin papeles y los obreros pobres. Y no era por una cuestión de principios: incluso los desamparados tienen nombre, historia y asistentes sociales inquisitivos. Si me hacía el sordo, si enmudecía, ¿no acabaría acaso ingresado en algún centro? Para eso mejor morir congelado. Por lo que sabía, tampoco era un final tan malo: te entraba una sensación de calor y te quedabas dormido.

Otra opción, que no prohibía ninguno de los votos que había hecho, era buscar cobijo en la casa del doctor Sondervan. Si bien es cierto que más de una vez entré furtivamente en el dormitorio del sótano para ir al baño, y en una ocasión incluso me arriesgué a darme una ducha mientras Herbert y Emily montaban guardia ante la puerta, y si bien otra vez, ya entrada la noche, me llevaron a la cocina oscura, cuyo olor a antiséptico fue una ofensa para mi olfato, y cuyo reloj, con su tictac, insinuaba una disciplina rayana en la tiranía, por lo que fue casi un gesto de cortesía para con ellos aceptar una manzana y una pata de pollo; no podía esperar en modo alguno pasar inadvertido como huésped nocturno en el sanatorio de aquel extraño médico.

Y fue así como, mientras cavilaba y me preocupaba y no hacía nada de utilidad, el invierno irrumpió con una brutal nevada que barrió las calles y penetró bramando en mi endeble refugio como un Dios justiciero del Antiguo Testamento.

No quedé aislado, claro está; solo me sentí como si así fuera. Pensé en lo portentoso que era un recurso evolutivo como la hibernación, y que, si los osos y los erizos y los murciélagos habían conseguido introducirlo en su repertorio, ¿por qué no nosotros?

De hecho, cuando la nieve azotó el revestimiento del garaje, se adhirió a él, sellando herméticamente las rendijas, y mi estudio pasó a ser un poco más acogedor, aunque eso no ocurrió a tiempo de impedir que enfermara. Pensé que había cogido frío cuando desperté con los ojos llorosos y escozor de garganta. Pero cuando intenté levantarme, era tal mi debilidad que no pude tenerme en pie. Incluso sentí el virus zumbando alegremente dentro de mí. Llega un momento en que tienes que admitir que estás enfermo. ¿Cómo no lo había previsto, estando como estaba desnutrido y mal preparado para el invierno?

En la vida me había sentido tan mal. Debía de tener mucha fiebre, porque me pasé fuera del mundo la mitad del tiempo. Conservo una imagen de dos jóvenes retrasados de pie en el umbral de la puerta mirándome alarmados. Quizá les dirigí un gesto lastimoso con mi mano huesuda y pálida. Y luego uno de ellos debió de regresar esa u otra noche, porque desperté a altas horas con una botella de agua caliente debajo de los pies. Y una vez al despertar —esta es la impresión más fantasmagórica de todas— encontré a Emily en mi cama, vestida, con los brazos y las piernas en torno a mí como para darme calor. Sin embargo, al mismo tiempo apretaba la pelvis rítmicamente contra mi cadera y me arrullaba y me besaba las mejillas barbudas.

Después de varios días descubrí que seguía con vida. Me levanté de mi mísero camastro y no me desplomé. Estaba un poco débil, pero me mantenía firme sobre los pies y tenía la cabeza despejada. Si uno puede sentirse purificado físicamente, como si lo hubieran desollado a restregones hasta dejar a la vista una segunda capa de piel, así me sentía yo. Me examiné en el espejo antiguo de plata: en qué individuo flaco y demacrado me había convertido, y sin embargo mi mirada irradiaba inteligencia. Decidí que había atravesado una crisis que era más una prueba del espíritu que un miserable virus. Me sentí bien: alto y delgado y más ágil. Había un bocadillo rancio y un vaso de leche congelada al lado de mi cama. Los tarros que me servían de orinales estaban vacíos y dispuestos en una reluciente hilera. El sol penetraba por el ojo de buey y proyectaba una imagen oblonga e irisada de sí mismo en el suelo del desván.

Envolviéndome con el abrigo salí al aire puro y frío de la mañana invernal, con cuidado de no resbalar en los peldaños helados. El hielo transparente envolvía los bambús. Busqué a mis amigos, alguna señal de ellos, pero no encontré siquiera una huella en la nieve del jardín de Sondervan. No vi salir humo de la chimenea, ni las luces en la puerta trasera del sótano que antes permanecían encendidas a todas horas del día y la noche. Así que se habían ido, todos, pacientes y personal. ¿Es posible llevarse de vacaciones de Navidad a toda una casa de personas con problemas mentales? ¿O habían conseguido por fin los vecinos que un tribunal fallara en contra del pequeño sanatorio de Sondervan? ¿Y el doctor? ¿Había huido a su consulta de la ciudad? No lo sabía.

Habían sido como duendecillos mientras me atendían durante mi enfermedad, Herbert y Emily, presentes pero ausentes.

Pasé ese día acostumbrándome al hecho de que volvía a estar solo en la plenitud de mi vida de ermitaño. No era una sensación desagradable. De algún modo me habían traspasado su infantilismo y, si bien me supo mal por ellos, privados ahora de su casa, por así decirlo, fue un alivio para mí volver a estar solo conmigo mismo, sin distracciones, sin compromisos. Esa noche reinicié mis rondas, y el botín fue bueno. Reuní una excelente cena y, para beber, fundí la nieve en mi boca.

Cuando el tiempo se apaciguó, y quedaron solo manchas de nieve en la tierra, reanudé la vigilancia nocturna de mi casa. Descubrí unos cuantos cambios sutiles. Diana se había hecho algo en el pelo, lo llevaba más corto; no estaba muy seguro de que le quedara bien. Tenía un andar más garboso. Las gemelas parecían haber crecido cuatro o cinco centímetros desde la última vez que había mirado por la ventana: estaban hechas unas auténticas señoritas. Ya no más discusiones, ya no más portazos. Madre e hijas parecían muy unidas, incluso felices. El abeto sin adornos del comedor me indicó que la Navidad aún no había llegado.

¿Por qué me asaltó todo eso como un presentimiento? Intranquilo, volví a subir a mi estudio. Sin proponérmelo, empecé a pensar en cuestiones legales. Sabía que, tras desaparecer y no ser hallado después de una búsqueda diligente, se me declararía ausente y Diana, en tanto cónyuge, pasaría a ser administradora provisional de mi patrimonio. Si ella no lo había solicitado, sin duda lo habría hecho uno de mis socios por ella. Lo que no recordaba era cuánto tiempo tenía que pasar para que se me declarara legalmente muerto y se aplicaran las disposiciones de mi testamento. ¿Era un año, dos años, cinco años? ¿Y por qué pensaba yo en eso? ¿«Cónyuge»? ¿«Búsqueda diligente»? ¿Por qué pensaba con esas palabras, ese vocabulario jurídico? Había erradicado el derecho de mi cabeza, había hecho tabla rasa. ¿Qué me pasaba, pues?

Entonces, movido por una desesperación en apariencia exultante, hice algo que aún no entiendo. Un par de veces al año un viejo afilador italiano aparecía con su camioneta, se acercaba a la puerta de atrás y preguntaba si teníamos algo que afilar. Llevaba en la furgoneta una muela a gas. Diana le daba los cuchillos de cocina, las tijeras del pollo y otras, incluso si no hacía falta afilarlas, solo porque sabía que él necesitaba trabajo. Creo que era el aire de Viejo Mundo de aquel afable buhonero lo que la atraía. Así que allí estaba yo, mirando por la ventana y observándolo acercarse por el camino de acceso, y esperar ante la puerta cuando Diana entró en la cocina para buscarle algo.

Al cabo de un momento me hallaba detrás de él con una amplia sonrisa; era un pobre vagabundo, alto, de pelo largo y barba gris hasta el pecho, en quien Diana, cuando volvió con un puñado de cuchillos, vería al ayudante del viejo italiano. Quería mirarla a los ojos, quería ver si me reconocía mínimamente. No sabía qué haría si llegaba a reconocerme; ni siquiera sabía si deseaba que me reconociese. No lo hizo. Se entregaron los cuchillos, se cerró la puerta y el viejo italiano, después de mirarme con expresión ceñuda y decir algo entre dientes en su propio idioma, regresó a su camioneta.

Ya otra vez en mi estudio, pensé en la mirada de ojos verdes de mi mujer, la información que asimiló, la opinión que se formó, todo en ese instante en que no me reconoció. Mientras yo, su legítimo marido, estaba allí de pie, sonriendo como un idiota. Decidí que era mejor que no me hubiese reconocido: lo contrario habría sido un desastre. Mi impulso diabólico había dado lugar a una buena broma. Pero mi decepción era como uno de esos cuchillos, después de afilarse, clavado en mi pecho.

Al cabo de uno o dos días, a última hora de la tarde, cuando el sol poniente enrojecía el cielo por encima de los grandes árboles, oí un coche entrar por el camino de acceso. Sonó un portazo y, cuando llegué a la ventana del desván, quienquiera que fuese había doblado ya la esquina hacia la parte delantera y desaparecido. Nunca había visto ese coche. Era un sedán de gama alta, un reluciente Mercedes negro. Mucho después de ponerse el sol y encenderse todas las luces en mi casa, vi que el coche continuaba allí. Volvía una y otra vez a la ventana, y allí seguía el coche. El hombre, quienquiera que fuese, iba a quedarse a cenar. Porque, claro está, yo sabía ya que era un hombre.

Había luna, así que era un poco arriesgado acercarme al comedor y mirar por la ventana. Las persianas estaban bajadas —¿qué pretendía esconder Diana?—, pero no del todo; quedaban tres o cuatro centímetros de luz por encima del alféizar. Cuando flexioné las piernas y eché una mirada al interior, vi la espalda del hombre, y la nuca y, al otro lado de la mesa, delante de él, a mi mujer con una sonrisa radiante, alzando su copa de vino como en apreciación de algún comentario de él. Oí las voces de las niñas; toda la familia estaba presente, pasándoselo en grande con el invitado, ese invitado especial, quienquiera que fuese.

Permanecí al acecho durante toda la cena; se tomaron su tiempo, los muy puñeteros, todos ellos, y luego llegaron el café y el postre, que a Diana le gustaba servir en el salón. Corriendo, circundé la casa hasta esa ventana y volví a verle la espalda a aquel hombre. Era un individuo bien trajeado, con una buena mata de pelo entrecano. Aunque no especialmente alto, sí era fornido, de aspecto fuerte. No era nadie de mi entorno: ni del bufete, ni uno de nuestros amigos que hubiera puesto la mira en Diana. ¿Era alguien a quien Diana había conocido? Tomé la determinación de montar guardia y cerciorarme de que no se quedaba después de la cena. Pero seguramente eso no estaba previsto, no con las gemelas en casa. Así y todo, permanecí junto a la ventana, pese a que la noche era fría y el frío arreciaba por momentos. Y por fin el hombre se marchó; cuando le entregaban el abrigo, yo me di media vuelta y corrí hacia la parte de atrás de la casa para ocupar mi posición en la esquina, desde donde se veía el camino de acceso. Mantuve la mirada fija en la parte delantera del coche y, cuando el hombre entró y se iluminó el habitáculo, alcancé a ver con total claridad su rostro: era mi antiguo mejor amigo, Dirk Morrison, el hombre a quien yo había quitado la novia, Diana, hacía una eternidad.

● ● ●

Los días siguientes fueron de mucho ajetreo. Me lavé lo mejor que pude con nieve fundida y me sequé con una de las toallas del doctor Sondervan, obsequio de Herbert y Emily. Saqué mi billetero del cajón superior del escritorio roto. En él estaba todo el dinero en efectivo con el que había vuelto a casa la noche del mapache, mis tarjetas de crédito, la tarjeta de la Seguridad Social, el carnet de conducir. Busqué mi talonario, las llaves de la casa y del coche: el lastre de todo ciudadano. A continuación me las ingenié para llegar al pueblo, atajando por el jardín de Sondervan hasta la manzana contigua y de allí hasta la zona comercial.

Mi primera parada fue la tienda de la organización benéfica Goodwill, donde cambié mis harapos por un traje marrón limpio y mínimamente aceptable, una camisa sin planchar, un abrigo, calcetines de lana y un par de zapatos de cordón que no me iban mejor que los otros pero eran más adecuados para la época del año. Las mujeres de Goodwill se asombraron al verme entrar, pero cuando me marché, vistos mis modales corteses y el claro esfuerzo que realizaba por mejorar mi imagen, me sonrieron con aprobación. Y no te olvides de hacerte un buen corte de pelo, querido, dijo una de ellas.

Esa era precisamente mi intención. Entré en una peluquería unisex en la idea de que mi melena hasta los hombros no los alarmaría tanto como a un barbero tradicional de toda la vida. Aun así, opusieron resistencia: no puede venir aquí sin pedir hora, dijo con desdén el peluquero jefe, ante lo cual planté dos billetes nuevos de cien dólares en la mesa junto a la caja y apareció de pronto una silla vacía. Escalonado y no muy corto, dije.

Me miré en el amplio espejo mientras, tijeretazo a tijeretazo, viajaba atrás en el tiempo. A cada mechón caído, asomaban más y más los desastrosos rasgos de mi antigua personalidad, hasta que tuve ante mí, mirándome fijamente, con las enormes orejas desnudas y todo, al eslabón perdido entre Howard Wakefield y yo. No obstante, se requería aún un afeitado para la metamorfosis, y eso exigió otros cincuenta dólares, ya que el afeitado no formaba parte del repertorio de esa pandilla de artistas. No sé cómo consiguieron unas tijeras grandes y una navaja y varios empleados se reunieron en torno a mí para acordar una estrategia. Yo preferí no mirar. Me recosté en la silla y me preparé para el degüello. Me daba igual. Me sentía decepcionado conmigo mismo y por la facilidad con que me aclimataba a la vieja vida. Era como si nunca la hubiese abandonado.

Finalmente, me erguí en la silla para ver el resultado, y era yo, sin duda, pálido y algo más flaco, con una expresión en la mirada quizás un poco más insistente y un nuevo pliegue de piel suelto bajo el mentón, Howard Wakefield renacido, un hombre del sistema.

Con eso bastó por aquel día.

Esa noche, con mi indumentaria desacostumbrada, me acerqué sigilosamente a la casa para ver si ocurría algo especial. ¿Otro visitante, quizás, un juez de paz acompañando a Dirk Morrison? Pero estaba todo tranquilo. No había coches extraños en el camino de acceso, y mi mujer estaba ante su tocador, no del todo desnuda en una nimia concesión al invierno. Algo sonaba en el aparato estéreo, su compositor preferido, Schubert, cuyos valores me había pregonado cuando éramos novios. Era un Impromptus interpretado por Dinu Lipatti, y me trajo a la memoria los viejos tiempos, antes de que esa música dejara de ser la nuestra. Me sentí como si se me hubiese abierto una arteria, y regresé corriendo al desván.

A la mañana siguiente las puertas del garaje se abrieron debajo de mí y observé mientras Diana, con las niñas detrás, retrocedía con el todoterreno por el camino de acceso. Claro: las compras de Navidad. Iban al centro comercial. También comerían allí. Esperé unos minutos, cogí las llaves del coche, bajé y encendí el motor de mi BMW. Arrancó de inmediato.

Me había llegado la noticia de que Dirk había amasado una fortuna a lo largo de los años. Cómo no, teniendo en cuenta que era gestor de fondos de inversión libres y aparecía mencionado en las páginas de negocios de los periódicos.

Me asombró comprobar que aún sabía conducir, y que recordaba todos los atajos para llegar a la autopista de Nueva York. Al cabo de una hora, la ciudad surgió ante mis ojos, y un instante después, o eso me pareció, me hallaba en ella, en medio de todo aquel estridente caos de almas desplazándose por los desfiladeros de la ciudad, cada una con un propósito augusto. Las había también bajo tierra, desplazándose ruidosamente por los pasillos y túneles del metro. Estaban también apiladas por encima de mi cabeza, a cuarenta o cincuenta pisos de altura. Era impresionante. Me encontraba en estado de shock y a duras penas conseguí maniobrar para entrar en un parking.

¿De verdad había trabajado en esa ciudad la mayor parte de mi vida adulta? ¿Tendría que volver a hacerlo?

Mi tienda de ropa de Madison Avenue seguía donde siempre y allí estaba mi dependiente, en el departamento de trajes, como si me esperara. Antes me había cortado el pelo y la barba y me había vestido con un atuendo medianamente presentable en Goodwill solo para que me permitieran cruzar aquella puerta. Me miró y cabeceó. Me hizo una seña. Acompáñeme, dijo.

Y así fue como esa noche, después de aparcar el BMW delante de la casa contigua, y tomarme la molestia de recuperar el maletín del desván, me planté ante la puerta con mi abrigo negro de cachemir y mi traje de mil rayas acompañados de una camisa de cuello italiano Turnbull & Asser, una sobria corbata de seda de Armani, tirantes con la bandera americana y zapatos ingleses negros Cole Haan de piel de becerro, y giré la llave en la cerradura.

Estaban encendidas todas las luces de la casa. Las oía en el comedor; estaban decorando el árbol de Navidad.

¿Hola?, grité. ¡Ya estoy en casa!

EDGEMONT DRIVE

¿Cómo era el coche?

No lo sé. Un coche viejo. ¿Qué más da?

Si un hombre se pasa tres días seguidos dentro de su coche delante de la casa, deberías ser capaz de describirlo.

Un coche americano.

Y dale.

Un coche más bien cuadrado, con el capó largo. Alargado, estilo carroza.

¿Un Ford?

Puede ser.

Bueno, un Cadillac no debía de ser, pues.

No. Parecía de lata. Un coche viejo, de un rojo descolorido. Tenía manchas de óxido grandes y redondas en los guardabarros y la puerta. Y llevaba dentro todas sus cosas. Parecía que tuviera allí todas sus pertenencias.

En fin, ¿y qué quieres que haga yo? ¿Quieres que me quede en casa y no vaya a trabajar?

No. No pasa nada.

Si no pasa nada, ¿por qué lo has mencionado?

No tenía que habértelo dicho.

¿Te ha mirado?

Por favor...

¿Lo ha hecho?

Al darme la vuelta, ha arrancado y se ha ido.

¿Qué quieres decir? O sea que antes de darte la vuelta...

He sentido su mirada. Estaba sacando las malas hierbas.

¿Estabas agachada?

Ya estamos otra vez.

¿Sabes que un bicho raro para delante de nuestra casa todas las mañanas y tú sales al jardín y te agachas?

Vale, fin de la conversación. Tengo cosas que hacer.

Tal vez pueda aparcar yo junto a la acera y verte arrancar las malas hierbas. Los dos, él y yo. Es algo digno de ver, desde luego. Verte ahí agachada en pantalón corto.

Contigo es imposible hablar de nada.

Era un Ford Falcon. Has dicho que era cuadrado, anguloso, como aplanado. Un Falcon. Lo fabricaron en los años sesenta. Cambio manual de tres velocidades incorporado a la columna de dirección. Solo noventa caballos.

Vale, estupendo. Lo sabes todo de coches.

Oye, señorita Jardinera, conocer el coche de un hombre es conocerlo a él. No es un conocimiento inútil.

Muy bien.

Ese tío es un inmigrante de Tijuana.

Pero ¿qué dices?

¿Quién si no iba a tener una tartana de hace cuarenta años? Anda buscando trabajo. Anda buscando algo que robar. Anda buscando algo de la señora de las piernas blancas que se agacha en su jardín.

Estás mal de la cabeza, te crees que lo sabes todo...

Mañana por la mañana no iré a trabajar.

Los inmigrantes no tienen el pelo canoso y largo, ni bajan

la ventanilla para que yo les vea la cara sonrosada y los ojos claros.

¡Vaya, vaya! Ahora sí vamos por buen camino.

Como no se marche de aquí, voy a tomar nota de su matrícula. La policía lo identificará y comprobará si lo conocen de algo…

¿Va a llamar a la policía?

Sí.

¿Por qué?

¿Y por qué no, si usted no se marcha? Váyase a aparcar a otro sitio. Le doy una oportunidad.

¿Qué delito he cometido?

No se haga el tonto. Para empezar, no me gusta ver un montón de chatarra delante de mi casa.

Lo siento, es el único coche que tengo.

Ya me hago cargo de que si conduce un trasto así es porque no le queda más remedio. Y con todas esas bolsas y maletas… ¿Es que vende algo que lleva en el maletero?

No. Estas son mis cosas. No me gustaría desprenderme de nada.

Se lo digo porque en este barrio nadie necesita nada de lo que pueda llevar en la parte de atrás de su coche.

Bueno, lamento que hayamos empezado con mal pie.

Pues sí, así ha sido. No soy muy amable cuando un pervertido decide acosar a mi mujer.

Vaya, me temo que ha llegado usted a una conclusión equivocada.

¿Ah, sí?

Yo no pretendía molestar a nadie, pero debería haberme dado cuenta de que aparcando delante de su casa llamaría la atención.

En eso no se equivoca.

Si algo acecho, es la propia casa.

¿Cómo?

Yo vivía aquí. Llevo tres días intentando armarme de valor para llamar a su puerta y presentarme.

Ah, veo que la cocina está muy cambiada. Con todo empotrado y escondido. Nuestro fregadero era un mueble independiente, de porcelana blanca con patas de piano. Aquí había una alacena donde mi madre guardaba los alimentos básicos. Se desplegaba una repisa con un cedazo para cribar la harina. Eso me tenía muy impresionado.

Yo probablemente habría conservado una cosa así. Esto lo reformaron los otros, los que vivieron aquí antes. Tengo mis propias ideas sobre eso de andar cambiando cosas.

Ustedes debieron de comprar la casa a las personas a quienes yo se la vendí. ¿Cuánto tiempo llevan aquí?

Veamos. Yo cuento por las edades de los niños. Nos mudamos aquí poco después de nacer el mayor. De eso hará unos doce años.

¿Y cuántos hijos tiene?

Tres. Los tres varones. A veces me habría gustado tener una niña.

¿Están en el colegio?

Sí.

Yo tengo una hija. Una hija adulta.

¿Le apetece un té?

Sí, gracias. Muy amable. Por norma, las mujeres son más amables en el trato. Espero que su marido no se lo tome a mal.

En absoluto.

Si quiere que le sea sincero, me resulta inquietante estar

aquí. Es como ver doble. El barrio sigue más o menos igual, pero ahora los árboles son más viejos y más altos. Las casas... bueno, continúan aquí, en su mayoría, aunque ya no tienen el aspecto orgulloso, acomodado de antes.

Es un barrio muy asentado.

Sí. Pero, entiéndame, duele ver pasar el tiempo.

Sí.

Mis padres se divorciaron cuando yo era pequeño. Yo me quedé con mi madre. Con el tiempo ella moriría en el dormitorio principal.

Ah.

Perdone, a veces no tengo mucho tacto. Cuando mi madre murió, me casé y me vine a vivir aquí con mi mujer. Nunca he vivido en ningún otro sitio durante demasiado tiempo. Y desde luego nunca he vuelto a tener una casa en propiedad. Así que esta casa... y por favor, no me interprete mal... Esta es la casa en la que he seguido viviendo. Mentalmente, quiero decir. He rondado por estas habitaciones desde la infancia. Al final reflejaban quién era yo como lo haría un espejo. No me refiero simplemente a que los muebles mostraran la personalidad de nuestra familia, los gustos; no me refiero a eso. Era como si las paredes, la escalera, las habitaciones, las dimensiones, la disposición fueran yo en igual medida que lo era yo mismo. ¿Cree que eso tiene sentido? Allí donde miraba, me veía a mí. En cierto modo veía mis propias medidas. ¿Usted experimenta lo mismo?

No estoy segura. Su mujer...

Ah, eso no duró mucho. Ella no estaba a gusto en las afueras. Se sentía aislada de todo. Yo me iba a trabajar y ella se quedaba aquí. No teníamos muchos amigos en el vecindario.

Sí, aquí la gente va a la suya. Los niños tienen amigos del colegio, pero nosotros apenas conocemos a nadie.

El té me está sentando bien. Porque esto es para mí una experiencia vertiginosa. Es como si yo estuviera compartimentado, dimensionado conforme a estas habitaciones, como si fuera el espacio contenido por estas paredes, los pasillos, las rutas fijas para ir de un lado a otro, de una habitación a otra, y todo iluminado de manera previsible según las horas del día y las distintas estaciones. Es todo e inconfundiblemente... yo.

Creo que si uno vive en un sitio el tiempo suficiente...

Cuando la gente habla de una casa encantada, se refiere a que hay fantasmas rondando por ella, pero en realidad no es eso ni mucho menos. Cuando decimos que una casa está encantada... intento explicar... es por la sensación que tienes de que se parece a ti, de que tu alma se ha convertido en arquitectura, y la casa, con todos sus materiales, se ha adueñado de ti con una fuerza cercana al encantamiento. Como si tú, en realidad, fueras el fantasma. Y mientras yo la miro a usted, una mujer joven, amable y encantadora, una parte de mí no dice que este no es mi lugar, lo cual es cierto, sino que este no es su lugar. Lo siento, acabo de decir una atrocidad. Es solo que...

Es solo que la vida duele.

¿Ha vuelto? ¿Ha venido aquí otra vez?

Sí. Me ha parecido triste, verlo ahí sentado, así que lo he invitado a entrar.

¡¿Cómo?!

No era lo que tú pensabas, ¿verdad? ¿Por qué no, pues?

Ya. ¿Por qué no ibas a invitarlo después de haberle dicho yo que si volvía a aparecer por aquí llamaría a la policía?

Tendrías que haberlo invitado tú mismo cuando te dijo que había vivido en esta casa.

¿Por qué ha de ser eso una credencial? Todo el mundo ha

vivido en algún sitio. ¿Tú querrías revivir tu pasado glorioso? No lo creo. Y esta no es la primera vez.

No empieces, por favor.

El marido dice blanco, la mujer dice negro. Así son las cosas. De ese modo el mundo sabrá lo que ella piensa de su marido.

¿Por qué siempre sales con eso? No somos la misma persona. Yo tengo mis propias opiniones.

¡Y tanto!

Eh, chicos, ¿se está cociendo una pelea?

Cierra la puerta de tu habitación, hijo. Esto no va contigo.

Cada vez que otro hombre entra en la casa, pierdes los papeles. Un fontanero, alguien que viene a tomar las medidas para poner las persianas. El hombre que toma la lectura del gas.

Ah, pero ¿tu hombre es un hombre? A mí me pareció un mariposón. Lleva el pelo blanco recogido en una coleta. Y esas manos tan minúsculas… ¿Qué tiene que decir la defensora de los maricas?

Tiene un título universitario y es poeta.

Dios mío, tendría que haberlo sabido.

Ha dejado su trabajo de profesor para viajar por el país. Su libro está en la mesa del comedor. Nos ha dejado el ejemplar firmado.

Un trovador errante en su Ford Falcon.

¡Mira que eres odioso!

Las discusiones son un sustituto del sexo.

Hacía tiempo.

Esto es mejor.

Sí.

No sé por qué me altero tanto.

Es solo un defecto masculino normal y corriente.

¿Somos todos así, pues? Gracias.

Sí. Sois un género imperfecto.

Lamento lo que he dicho.

He estado pensando… ahora que los tres se pasan todo el día en el colegio, debería buscar trabajo.

¿En qué?

O tal vez estudiar alguna carrera. Convertirme en una persona útil.

¿Y eso a qué viene?

Los tiempos cambian. Los chicos me necesitan cada vez menos. Tienen sus amigos, sus actividades. Yo me turno con las otras madres para llevar a los niños al colegio. Ellos llegan a casa y se encierran en sus habitaciones con sus juegos. Tú vuelves tarde del trabajo. Paso mucho tiempo sola en esta casa.

Deberíamos ir más al teatro. Una noche en la ciudad. O a la ópera, que a ti te gusta. Estoy dispuesto a ir a la ópera siempre y cuando no sea el puto Richard Wagner.

No es eso lo que estoy diciendo.

Oye, la que eligió la vida en un barrio residencial de las afueras fuiste tú. Yo trabajo para pagar la hipoteca, el colegio de los tres niños, los plazos de los dos coches.

No estoy echándote la culpa. ¿Podríamos encender la luz un momento?

¿Qué pasa?

No hay luna. A oscuras, esto parece una tumba.

Estoy francamente abochornado.

¿Qué hacía usted allí a las tres de la mañana?

Dormir. Solo eso. No molestaba a nadie.

Ya, bueno, de un tiempo a esta parte la policía anda muy quisquillosa con eso de que la gente duerma en el coche.

Antes allí había un campo de deporte. De pequeño, yo jugaba ahí al softball.

Pues ahora hay unas galerías comerciales.

¿No les importa que haya dado su nombre?

En absoluto. Me gusta que se me conozca como cómplice.

¿Por qué no tomó una habitación en el hotel Marriott de la zona?

Quería ahorrar. Hace un tiempo benigno y me dije ¿por qué no?

Benigno. Sí, sin duda es benigno.

¿La policía tiene la costumbre de andar por ahí incautando coches? Porque si se piensan que soy un narcotraficante o algo así solo van a encontrar libros, mi ordenador, maletas, ropa y material de acampada además de unos cuantos recuerdos que solo significan algo para mí. Es muy molesto, eso de que unos desconocidos anden hurgando entre mis cosas. Si me hubiera alojado en un hotel, ahora ya estaría en la carretera. Lamento mucho abusar de su hospitalidad.

Bueno, para eso están los vecinos.

Eso tiene gracia. Agradezco el sentido del humor en una situación así.

Me alegro.

Pero solo seríamos vecinos si el tiempo hubiese implosionado. De hecho, si el tiempo implosionara, seríamos más que vecinos. Viviríamos juntos, el pasado y el presente se desplazarían en sus mutuos espacios.

Como en una pensión.

Por así decirlo, sí. Como en una especie de pensión.

Así que lo tienes allí. ¿Y qué hace? ¿Le echa los tejos a tu mujer?

No, eso no pasará. No van por ahí los tiros. Estoy casi seguro.

¿Y cuál es el problema, pues?

Se presenta en plan poeta remilgado, cargado de puñetas; no anda muy fino de la cabeza, conduce una tartana, sostiene que ha dejado su empleo en la docencia pero probablemente lo han despedido. Y en medio de todo eso, notas que esconde algo.

Sí, ya conozco a gente así.

Sus dificultades actúan en su favor. Consigue lo que quiere.

¿Y qué quiere de vosotros?

No sabría decirte. Es raro. ¿La casa? Es como si yo hubiese dejado de pagar la hipoteca y él fuese el banquero que viene a recuperar la posesión.

¿Y por qué lo has llevado a tu casa? Podría esperar en un Starbucks mientras le registran el coche.

Él llama por teléfono. Y cuando cuelgo, ella se queda mirándome. Y de pronto tengo la necesidad de demostrarle algo. ¿Te das cuenta de lo que está pasando? Ya no puedo ser yo mismo, no puedo ir y decir a ese tío: eh, yo no te conozco de nada. ¿A quién coño le importa si viviste o no en esta casa? Ya te devolverán el puñetero coche y podrás marcharte. Pero no, se las ingenia para que yo tenga que demostrarle algo a mi propia mujer: que soy capaz de un acto de caridad.

Imagino que lo eres.

Así que ahora viene a ser una especie de nuevo pariente nuestro. Esto incide en la línea de falla básica de nuestro matrimonio. Ella es ingenua por principio: se lo perdona todo a todo el mundo. Siempre disculpa a la gente, encuentra justificaciones para las cagadas que hacen. Una dependienta le da mal el cambio y ella supone que sencillamente se ha equivocado porque estaba distraída.

Bueno, es un rasgo encantador.

Ya lo sé, ya lo sé. Su filosofía es que, si confías en el prójimo, él se hará digno de confianza. Me saca de quicio.

Entonces le devolverán el coche y se irá.

No. Conociéndola, seguro que no. Lo llevará ella a recoger el coche. Habrá pasado el día, y le dirá que se quede a cenar. Y luego insistirá en que no hay que dejarlo conducir por la noche. Y yo me quedaré mirándola, allí sentado, y accederé. Y ella lo acompañará a la habitación de invitados. Te apuesto lo que quieras.

Te noto un poco tenso. Tómate otra.

En fin, ¿por qué no?

Con la edad, te das cuenta de cuánto hay de inventado. No solo lo que es invisible, sino lo que es visible en todas partes.

No sé si lo entiendo.

Bueno, todavía es usted joven.

Gracias. Ojalá me sintiera joven.

No me refiero a la imagen que uno tiene de sí mismo. Ni de hasta qué punto la vida puede ser casi igual un día tras otro. No, me refiero a la simple infelicidad.

¿Soy simplemente infeliz?

No estoy en situación de juzgar. Pero digamos que la señora parece propensa a la melancolía.

Vaya por Dios, ¿tan evidente es?

Pero en todo caso, independientemente de cuál sea nuestro estado de ánimo, la vida parece una actividad intensa durante la mayor parte de nuestra vida: mantenerse ocupado; competir intelectual, física, nacionalmente; buscar justicia; exigir amor; perfeccionar nuestras instituciones. Todas las formas de supervivencia. Todo aquello a lo que nos dedicamos para hacer historia, el archivo de nuestra inventiva. Como si no hubiera contexto.

Pero ¿lo hay?

Sí. Una enorme... ¿cómo llamarlo?... indiferencia que lentamente se adueña de ti con la edad, que se vuelve más insistente con la edad. Eso es lo que intento explicar. Me temo que no estoy haciéndolo muy bien.

No, es muy interesante, de verdad.

Me vuelvo muy locuaz incluso con una sola copa de jerez. ¿Un poco más?

Gracias. Pero intento explicar el distanciamiento que te sobreviene con los años. Para unos antes, para otros después, pero llega siempre, inevitablemente.

¿Y a usted? ¿Le llega ahora?

Sí. Es una especie de desgaste, supongo. Como si la vida estuviese cada vez más raída y la luz se filtrase a través de ella. El distanciamiento empieza en momentos concretos, en nimios y penetrantes juicios que te formas y al instante apartas de tu cabeza. A pesar de quedar fascinado por ellos, te echas atrás. Porque es el sentimiento más auténtico que puede tener una persona, y por tanto vuelve una y otra vez, traspasando nuestras defensas, hasta que finalmente se asienta en nosotros como una luz fría, muy fría. Quizá debería dejar de hablar así. Hablar de eso es casi como negarlo.

No, le agradezco su franqueza. ¿Eso tiene algo que ver con la razón por la que ha vuelto aquí? ¿Para ver el lugar dónde vivía?

Es usted muy perspicaz.

¿Ese distanciamiento no será el término que usted usa para referirse a la depresión?

Entiendo por qué lo dice. Usted me ve como la imagen de un fracaso colosal: viviendo en la carretera en un coche que se cae a pedazos, un poeta desconocido, un académico de tercera.

Y puede que yo sea todo eso, pero no estoy deprimido. No es un problema clínico de lo que hablo: es una nítida percepción de la realidad. Permítame explicárselo así: es en gran medida como, supongo, se siente un inválido crónico, o alguien a las puertas de la muerte, donde el distanciamiento ejerce una función protectora; es una manera de mitigar la sensación de pérdida, el pesar, y el deseo de vivir ya no tiene importancia. Pero restemos esas circunstancias, y ahí estoy yo, sano, autosuficiente; quizá no sea el hombre más impresionante del mundo, pero sí soy alguien que ha conseguido cuidar de sí mismo bastante bien y vivir en libertad haciendo lo que quiere hacer y sin grandes cosas que lamentar. Pero el distanciamiento está ahí, la verdad se ha posado sobre mí, y me siento realmente liberado porque ahora me encuentro fuera, en el contexto, donde ya no puedo creer en la vida.

¿Por qué iba a venir alguien a Nueva Jersey a morir?

¿Cómo dice?

Y la casa no tiene nada de especial, en eso estará de acuerdo conmigo. El habitual estilo colonial, con revestimiento de vinilo blanco, garaje de una sola plaza, los canalones atascados por la porquería acumulada en no sé cuántos otoños. De hecho, tenía la intención de resolver eso.

Por favor, caballero. Nosotros preguntamos, usted contesta, y nos marchamos. ¿Puede decirnos algo más sobre el difunto?

En fin, verá, lo he conocido básicamente como cadáver en el pasillo. Ah, no acaban de creérselo. ¿Y cómo van a creérselo, viendo a mi esposa llorar como si fuera un pariente cercano?

Está diciéndonos, pues, que...

Cuesta tragárselo, ¿verdad? Ni siquiera es un antiguo novio suyo, ni siquiera eso.

No tienes corazón.

No, si es una experiencia interesante eso de que un absoluto desconocido, en ropa interior, se caiga muerto de camino al cuarto de baño. ¡Y ver cómo lo sacan por la puerta en una bolsa para cadáveres! No me lo perdería por nada del mundo. También es bueno para los niños, una experiencia vital antes de ir al colegio. Su primer suicidio.

Caballero, ese hombre ha muerto de un infarto de miocardio agudo.

¿Y eso quién lo dice?

Lo han examinado los auxiliares médicos de la ambulancia.

Bueno, tienen derecho a una opinión.

Es más que una opinión, caballero. Ven cosas como esta todos los días. Ni siquiera han intentado resucitarlo.

No, se quitó del medio él mismo, eso seguro, con lo ladino que era. Por eso vino aquí, lo tenía todo planeado.

¿Por qué te comportas así? Vino aquí… fue como…

¿Como qué?

Un peregrinaje.

Sí, ya. Vino aquí a jodernos la vida, a eso vino. Vino aquí a levantar la pata y marcar el territorio, como un perro. ¿Y eso en qué situación nos deja? Viviendo en la casa de un muerto. Yo creía que mi casa era mi castillo.

No sabía que tuvieras tal vínculo de lealtad con tu casa.

En fin, señores, ya nos vamos.

¡No lo tenía! Para mí no era más que un lugar donde aparcar a mi mujer y a los niños. Pero, por Dios, lo pagué con mi trabajo. He hecho todo lo que en teoría tenía que hacer: te he dado una casa, en un barrio seguro aunque aburrido, tres hijos, una vida razonablemente cómoda. ¡Para hacerte feliz! ¿Y lo has sido alguna vez? ¿Qué iba a llevarte a invitar a tu casa a ese deseo de muerte andante, si no tus insatisfacciones?

En fin, señores, como he dicho, ya nos vamos. Puede que tengamos alguna que otra pregunta después de aclararlo todo.

¿Qué van a hacer con ese puñetero Ford Falcon aparcado en mi camino de acceso?

Ya hemos registrado el coche. Hemos hecho el inventario del contenido. Tenemos su documentación. El pariente más cercano.

Dijo que tenía una hija.

Sí, señora, ya hemos tomado nota.

¡Pero el coche!

Ya no nos interesa el coche. Ha pasado a formar parte del patrimonio del difunto. La hija decidirá cómo disponer de él. Entre tanto, les ruego que lo dejen donde está. Esta es una zona más segura que el centro. La llave está en el contacto.

¡Dios mío!

Caballero, existen procedimientos para situaciones como esta. Nos atenemos a los procedimientos. El forense verificará la causa de la muerte, se presentará el certificado de defunción en el registro municipal, se trasladará el cadáver al depósito, en espera de las instrucciones del pariente más cercano, que es la hija.

Agente, quiero escribir a la hija.

En cuanto nosotros nos pongamos en contacto con ella, señora. No veo ninguna razón para que no le escriba. Ya tendrán noticias nuestras.

Gracias.

Ah, agente, otra cosa…

¿Caballero?

Dele la buena noticia. Papá ha vuelto a casa.

Por fin estoy de acuerdo contigo.

¿Sí?

No podemos seguir viviendo aquí. Paso por el pasillo y me arrimo a la pared como si él estuviera en el suelo, mirando. Es espeluznante. Me siento desposeída. Soy una persona desplazada.

No es el mejor momento para vender, cariño. ¿Y qué me dices del colegio de los niños? Justo en pleno curso.

Eres tú quien dijo que nunca podríamos quitarnos esto de la cabeza.

Lo sé, lo sé.

Los niños se niegan a subir. El cuarto de juegos es su dormitorio. Y el piso de abajo es muy húmedo.

De acuerdo. Vale. Quizá debamos plantearnos alquilar algo. Quizás un subarriendo en algún sitio hasta que pongamos las cosas en orden. Ya veremos. ¿Quieres otra?

Media.

Lo siento mucho. No te lo echo en cara. Me dejo llevar por la excitación del momento.

No, supongo que tenía que haberlo sabido. Por cómo hablaba. Pero era interesante. Sus ideas... lo poco habitual que era oír una conversación filosófica. Que alguien se mostrara a sí mismo hasta ese punto. Aun pensando que era una persona deprimida, me fascinó la novedad de que alguien hablara así como si fuera lo más natural del mundo.

¿Sabes? Es realmente curioso...

¿Qué?

Ella es igual que él, la hija. Una vividora.

Sí, me pareció raro.

Yo no llamaría eso pariente cercana, ¿no te parece?

No precisamente.

Me da igual. ¿Sabes? Descubrí... cuando los de Goodwill se llevaron sus cosas... descubrí que el coche vacío estaba limpio por dentro. La tapicería no está mal. Y eché un vistazo al motor. Necesita un cambio de aceite, y la correa del ventilador está un poco deshilachada. Di una vuelta a la manzana con él y vibra un poco por la calle. Tal vez haya que cambiar los amortiguadores.

Te gusta el coche, ¿eh?

Bueno, con una buena capa de pintura, tal vez algún que otro detalle... La gente colecciona cosas así, Ford Falcons, ¿sabes?

El coche era su casa.

No, cariño. Esta era su casa. Eso solo es un coche.

Nuestro coche.

Eso parece. Deberíamos enmarcar la carta de la hija. O enterrarla en el jardín junto con las cenizas.

Ah, pero ella quería que las desparramáramos.

¿Desparramar? ¿Has dicho desparramar?

¿Esparcir?

¿Por qué no desperdigar?

Sembrar.

Vale, sembrar. Me quedo con sembrar.

INTEGRACIÓN

En el establecimiento donde Ramón trabajaba de lavaplatos, un día lo llamó el dueño y le dijo que lo ascendía a ayudante de camarero. Ramón vestiría la chaquetilla roja y el pantalón negro. Ramón tenía las manos agrietadas y despellejadas por el agua caliente, pero receló del ascenso porque el dueño se lo presentó como si hubiera una pega. Eran todos extranjeros: el dueño, la mujer del dueño y la gente que acudía allí a comer. Gente importante, con grandes vozarrones y malos modales. Ahora formas parte del equipo de camareros, amigo mío, y en una buena noche podrían tocarte treinta o cuarenta dólares, libres de impuestos, en el reparto del bote.

El domingo por la mañana Ramón cogió el autobús hacia el norte para ver a León. Hablaron por medio de los teléfonos. No sé por qué quiere ver mi partida, dijo Ramón.

¿Qué partida?

La de nacimiento.

Quiere asegurarse de que eres estadounidense, explicó León.

¿Puedo enseñársela, pues?

¿Por qué no? Imagino que son ilegales... a lo mejor no el dueño, porque tiene un negocio que exige licencia... pero sí muchos de ellos. Haber nacido aquí es un bien, tiene un valor, así que mira a ver de qué va la cosa.

Cuando Ramón, después de cerrar el restaurante esa noche, presentó su partida de nacimiento, se sentaron con él en la parte de atrás Borislav, el dueño, su mujer, la de los ojos bizcos, y otro hombre, que era gordo como Borislav, pero mayor y con un maletín en el regazo. Era él quien hacía las preguntas. Cuando Ramón dio sus respuestas, los otros hablaron entre sí. Oyó ásperas bocanadas de palabras con tonos graves: no era una lengua meliflua como el cristalino borboteo del agua sobre las rocas que era su propia lengua.

Y de pronto, con un floreo, el dueño puso una fotografía en la mesa. Mira, amigo mío, dijo. Era la fotografía de una chica, una rubia con unas gafas de sol hundidas entre el pelo. Se agarraba el bolso por la correa con la mano cerrada en un puño. Llevaba vaqueros y una blusa con los hombros al descubierto. A sus espaldas se veía una calle estrecha, y en ella un despliegue de motos y ciclomotores aparcados con la rueda delantera contra el bordillo. Estaba sentada de lado en el asiento de una moto, con las piernas estiradas al frente y los pies, calzados con unas sandalias, firmemente apoyados en los adoquines. Sonreía.

¿Cuánto?, preguntó León.

Mil. Además de los gastos del billete de avión y el hotel.

Te están tomando el pelo. Esto vale tres mil, mínimo.

¿Y entonces qué?

En fin, ¿por qué no? Con eso te pagarías la escuela de cine. ¿No es eso lo que quieres?

No lo sé. Eso es venderse. Y profanar cosas sagradas.

¿Sigues colgado de Edita?

No, *eso es cuento viejo*[1].

¿Y dónde está el problema, pues? También te vendes cuando friegas platos, hermanito. Este es el país del venderse. ¿Y qué cosas sagradas hay, si te paras a pensarlo, que no se parezcan a este chanchullo?

Cuando aterrizó el avión, Ramón se santiguó. Fue a la ciudad en autobús. Ya era última hora de la tarde y la ciudad se hallaba bajo los densos nubarrones que él había atravesado en avión. Manadas de motos y ciclomotores avanzaban a la par que el autobús y de pronto lo adelantaban. Los tranvías doblaban las esquinas rechinando y desaparecían como si se los hubiese tragado la tierra. Era una vieja ciudad europea de calles muy mal iluminadas y edificios de piedra con postigos en las ventanas.

Tenía la dirección del hotel turístico anotada en un papel. Cuando apenas se había puesto el traje, lo llamaban ya desde la planta baja.

La chica de la foto le lanzó una breve mirada de evaluación y asintió. Esta vez no sonrió. Y llevaba el pelo distinto: muy tirante, recogido en un moño en la nuca. Para la ocasión vestía un traje de chaqueta blanco con falda corta a juego y zapatos blancos de tacón que la hacían más alta que Ramón. Parecía asustada. Un individuo barbudo y robusto la tenía sujeta del codo.

Fueron todos en taxi a un estudio fotográfico. El fotógrafo colocó a Ramón y a la chica en un rincón con palmeras en macetas a ambos lados y una ventana de cristales de colores de

---

1. En castellano en el original (*N. de los T.*)

plástico iluminada desde atrás con un reflector. Se hallaban ante un atril. Cuando Ramón le rozó el hombro sin querer, la chica se sobresaltó como si hubiera recibido una descarga eléctrica.

Los casó un funcionario municipal o algo así. Arrastraba las palabras y abría mucho los ojos, como si le costara enfocar la mirada. Estaba borracho. Cuando se disparó el flash del fotógrafo detrás de él perdió el hilo y tuvo que empezar de nuevo. Se tambaleó y casi derribó el atril. Saltaba a la vista que no entendía la situación, porque, cuando los declaró marido y mujer, los instó a besarse. La muchacha se echó a reír a la vez que se daba media vuelta y corría hacia el individuo robusto y lo besaba a él.

El fotógrafo puso un ramillete de flores en los brazos de la muchacha y la hizo posar con Ramón para la foto de boda formal. Y ahí se acabó todo. Llevaron a Ramón al hotel y al día siguiente regresó a casa en avión.

Conoció el nombre de la muchacha cuando el abogado del maletín dejó ante él la solicitud para traerla a Estados Unidos: Jelena. Este papel da fe de que ella es tu legítima esposa y pasas apuros sin su presencia a tu lado, explicó el abogado.

Jelena, dijo Ramón, solo para oír cómo sonaba. No lo había oído bien en el momento de pronunciarlo el necio borracho que los había casado. Jelena.

Sí. Está todo aquí, no falta nada, el certificado de matrimonio, la copia de la partida de nacimiento, el pasaporte, y esta es la foto de la boda. No habría estado de más que la novia y tú sonrierais, pero pase.

El abogado plantó ruidosamente un bolígrafo en la mesa. El autógrafo, dijo.

Ramón cruzó los brazos ante el pecho. La cifra eran tres mil, dijo. Solo he visto mil.

No te preocupes, eso ya llegará.

Ramón asintió. Vale, cuando llegue, firmaré.

El abogado se llevó la mano a la frente. Llamó al dueño: Borislav. ¡Borislav!

Y a continuación, durante una hora, el dueño y el abogado amenazaron y rogaron y volvieron a amenazar. La mujer del dueño se acercó. Dijo a Ramón: ¡Quién eres tú para tener tres mil dólares! Se volvió hacia su marido. Ya te dije que no servía, este mestizo, ya te lo advertí.

Borislav levantó la mano. Por favor, Anya, dijo. No nos estás ayudando.

Ramón, dijo él. Esta chica es de la familia, la hija de mi difunto tío. He depositado en ti mi confianza. Intentamos proporcionarle una vida aquí, donde hay esperanza. Jelena te pagará el resto con su sueldo.

Eso no me lo dijo cuando acepté, adujo Ramón.

Te lo prometo. Trabajará a tu lado como camarera. Y te asciendo al cargo de camarero a jornada completa. ¿Me oyes? Con el sueldo y las propinas, el sueldo y las propinas, igual que todos los demás. Ya lo verás, tú hazlo.

Y mientras Ramón se lo pensaba, el abogado le dijo: Esto que has hecho es un fraude, ¿lo sabes? Existe una ley: casarse solo para que la chica tenga el permiso de residencia es violar la ley. Ella está allí, así que no pueden tocarla. ¡Pero tú...! Solo tengo que hacer una llamada. ¿Sabes cuánto te puede caer por traer a alguien aquí fingiendo amor? Cinco años, amigo mío. Cinco años y una multa que ni te imaginas. Y lo único que tengo que hacer es una llamada.

Pues llame, dijo Ramón. Y yo les diré que usted ha escrito la carta para que yo la firme. Y les diré que Jelena es familia de

Borislav, el hombre que me da trabajo. Así que vamos todos a hablar con ellos.

A mí no me llames Borislav, masculló el dueño. Eso es para los amigos y la familia, no para uno al que pago un salario.

Me he informado, dijo León por el cristal. Es una fantasmada. Los de Inmigración no pueden controlar todo el tráfico. El riesgo es mínimo, Ramón. Si llegan a llamarte, dices que quieres a la chica. Saben que mientes, pero ella te respaldará, lógicamente, porque es la más interesada. Pero, para curarte en salud, deberías averiguar unas cuantas cosas sobre ella.

¿Qué cosas?

Pues los programas de televisión que ve, si tiene alguna marca de nacimiento y dónde la tiene. Esas cosas.

Llevó a su novio a la boda, dijo Ramón.

Normal.

Eso no me gustó. Era innecesario.

Dentro de dos años, cuando tenga la residencia permanente, se divorciará de ti y lo traerá a él. Y se casarán y serán estadounidenses.

Es posible. Y es posible que los amantes no puedan esperar tanto tiempo. Él vendrá de visita y yo lo mataré.

Sí, claro, dijo León con una sonrisa. Oye, Ramón, es solo una eslava, una tarada. Sin clase, por lo que cuentas.

Aun así es mi mujer, insistió Ramón.

Mi opinión es que vayas a medias con ellos. Firma el papel y olvídate durante dos años. Atiende mesas y gana un buen dinero. Ella recibe la residencia sin condiciones, y tú sigues adelante hasta llegar a ser un director de cine famoso.

● ● ●

Una cosa sí sabía de ella, que estudió inglés en el colegio porque lo hablaba bastante bien. Y que llevaba un piercing en el ombligo, una varilla de plata con tres lágrimas de cristal suspendidas. Pero todo el mundo sabía eso de su ombligo, claro, porque Jelena se aseguraba de que así fuera. Era la única camarera en el restaurante de Borislav, así que llevaba la chaquetilla roja adaptada a las formas femeninas, y entre el dobladillo y la falda corta negra quedaba a la vista una lisa franja de carne, balanceándose las lágrimas en su ombligo y a veces reflejando la luz cuando caminaba con la bandeja en alto, en equilibrio sobre la palma de su mano.

Naturalmente, los clientes se la comían con los ojos y los asiduos pedían las mesas que ella servía, pero eso a él no le importaba: sus propinas iban a parar al bote.

El propio Ramón había aprendido el oficio de camarero con mucha facilidad, después de tanto tiempo como ayudante, y descubrió que su formalidad y su comportamiento atento y discreto, así como su servicio eficiente, a veces tenían el efecto de mejorar los modales y acallar las voces de los patanes a quienes servía.

Jelena fumaba. Aspiraba una calada en la cocina y dejaba el cigarrillo encendido en un plato antes de salir por las puertas, y allí se quedaba humeando hasta que ella volvía a por otro pedido y otra calada.

No parecía la misma que la rubia sonriente con las gafas de sol entre el pelo de la fotografía. Era, más bien, una chica trabajadora corriente con serios planes en la vida y sin tiempo para posar ante una cámara, con sus largas piernas al sol y una ciudad europea a sus espaldas.

Él deseaba saberlo todo sobre ella, quizá para curarse en salud como había recomendado León, pero más bien porque se sentía con derecho como legítimo marido suyo que era. Jelena tenía por costumbre, cuando disponía de un momento, salir al callejón para hablar por el móvil. Ramón la veía bajo el resplandor rojo del letrero eléctrico del Borislav. Escuchando junto a la puerta entreabierta, oía su voz a pesar del griterío de la cocina y el alboroto que se arremolinaba en torno a él. Jelena levantaba mucho la voz como para salvar la gran distancia que la separaba de su novio, allá en Europa. Sin duda era el novio con quien hablaba, aquel individuo robusto con los hombros caídos que había asistido a la boda. ¿A quién, si no, iba a llamar en Europa a esas horas de la noche? Teniendo en cuenta la diferencia horaria, debía de haberlo despertado, o tal vez él aún no se había ido a dormir. Quizás ella quería asegurarse así de que él no estaba con otra, porque a veces parecía al borde del llanto, cosa que se desprendía del tono de voz, fuera cual fuese el idioma.

Jelena vivía en casa de Borislav, a unas cuantas calles del restaurante. Te acompaño a casa, decía Ramón al final de una noche de trabajo. Buenas noches, Ramón, contestaba Jelena, pero no hacía mayor esfuerzo para impedirle acompañarla. En esas ocasiones él le preguntaba por su familia, si sus padres aún vivían, a qué se dedicaba su padre, si tenía hermanos y hermanas, a qué colegio había ido. Ella no respondía.

No conviene que le escondas cosas a tu marido, Jelena.

Ramón, mira que eres apelmazado.

Apelmazado no, Jelena; querrás decir pelmazo. En cualquier caso, puede que llegue el día en que necesite saber esas cosas ante las autoridades, por tu bien, no por el mío.

Y cuando llegue ese día, te las diré.

Él esperaba en la calle mientras ella subía por la escalinata y entraba en la casa, y esperaba un poco más hasta que se encendía la luz de su habitación en la planta superior. Luego seguía adelante camino de su propia habitación, a varias manzanas de allí. Bajo la luz de la luna, pensaba en lo que sabía de

ella: el ombligo adornado con la joya, el rostro delgado y los pómulos salientes, los ojos grises un poco sesgados hacia arriba
en las comisuras, y su andar, de paso largo para una chica.

En otoño, León salió del trullo y llamó a Ramón para invitarlo a una fiesta. Se celebraría un lunes por la noche. El Borislav cerraba los lunes, así que Ramón podía ir. Insistió en que
Jelena lo acompañara. Necesita saber más cosas de mí, dijo a
Borislav, igual que yo necesito saber más cosas de ella. Cono-
cerá a mi familia y tendrá alguna noción en caso de que las autoridades lleguen a interrogarnos. Borislav asintió e informó a
Jelena. Ella se enfureció. ¡No me hables de gobiernos, tío! ¿Por
qué he venido aquí y me he arriesgado a perderlo todo si no es
para apartar los gobiernos de mi vida?

¿Qué es ese todo que te has arriesgado a perder?, preguntó
Ramón.

Bah, tú cállate…, mira que acudir a Borislav como un niño.

Cuando llegó el lunes, Ramón pasó a recogerla en un coche proporcionado por León. Fue obvio que a ella le impre-
sionó ese lujo —una limusina con un chófer en traje negro—,
pero lo disimuló, tal como él preveía. Era una noche templada
y ella llevaba la chaqueta blanca de la boda, pero con un pantalón de color verde oliva claro, una blusa estampada de flores
y una cruz ortodoxa colgando en el escote. Ramón supuso que
existía una relación directa entre la cruz y el pendiente del ombligo. Ella, advirtiendo su mirada, lo agarró de la corbata y tiró
de él hacia sí. Atiende, señor Ramón, el pelmazo, puede que
tengas a Borislav comiendo en la palma de tu mano, pero sé
qué te ronda por la cabeza y te aseguro que eso nunca pasará,
¿lo entiendes? ¡Nunca! ¿Te queda claro, marido mío? ¡Nunca! Y
lo soltó y se acomodó en el asiento del coche.

Ramón se arregló la corbata. Dijo: Tú tampoco me caes bien, Jelena, pero si me exigieras que cumpliera con los deberes conyugales de un marido, accedería, aunque solo fuera para honrar nuestro sagrado lazo.

La fiesta era en el loft de León y estaba llena de gente sinuosa, muy a la moda, con mucho glamour, todos bailando intensamente. Un DJ dirigía el cotarro. La música palpitaba desde el suelo y luces de colores giraban lentamente sobre los bailarines, como si los examinaran. Jelena cabeceó, y él consiguió que ella dijera algo. Dijo que las luces le recordaban su infancia, cuando, por la noche, los haces de los reflectores se deslizaban sobre los tejados.

Ramón encontró sitio entre unas mesas de cristal para dos en un rincón apartado del loft, donde había comida dispuesta en carritos con ruedas: bandejas de gambas, sushi, lonchas de rosbif, una pirámide de caviar esculpida en una fuente junto con triángulos de pan tostado, cebolla en dados, crema agria, alcaparras y limón de acompañamiento.

Jelena lo miraba todo con los ojos abiertos como platos. Tomó un sorbo de su Coca-Cola. Acercó su silla a la de Ramón. Permíteme que te pregunte algo que no entiendo, dijo. Este es tu hermano, un hombre muy rico, deduzco, para tener todo esto. Veo su casa, con sus cuadros y sus ventanales con vistas al río y todos sus amigos de todos los colores, que son lo que llaman gente guapa, ¿no? Pero Ramón, el hermano, sirve mesas en Brooklyn. ¿Eso cómo se explica?

Ramón dijo: Quiero a mi hermano, pero no comparto los valores de su forma de vida.

Dicho esto, dirigió la mirada hacia el gentío y reconoció a varios de los hombres de León.

Dos estaban en la puerta cuando él llegó. Por un momento había visto una expresión interrogativa en sus ojos, quizás a causa de Jelena, pero un momento después León estaba allí y los dos hermanos se abrazaban y Ramón decía: Esta es mi mujer, Jelena.

Ahora León los vio y se acercó. ¿Por qué no bailáis?, preguntó a Ramón.

Ella prefiere no hacerlo.

Vamos, dijo León, y sin dejar opción a Jelena la cogió de la mano y la llevó a la pista.

Ramón los observó: León enrojecido de exuberancia, de libertad, un bailarín elegante con pasos creativos, y Jelena sintiéndose a todas luces fuera de su elemento, viendo alrededor a las otras jóvenes en todas las variantes del descuido intencionado y saliendo poco favorecida en la comparación, una provinciana, tal vez lo bastante espabilada en los cafés de Europa del Este, y una estrella en el Borislav, pero aquí solo una pariente pobre. Ramón sintió lástima por ella.

En la cárcel, León se había mantenido en forma. La camiseta de manga corta dejaba a la vista sus bíceps. Llevaba la cabeza afeitada y lucía unas gafas de sol muy modernas. Era elegante y poseía un aplomo que Ramón solo podía imitar en ciertos momentos con un esfuerzo consciente.

Cuando la fiesta entró en su fase de abandono y lasitud, con el bullicio de las risotadas inducidas por los porros y las exclamaciones ponderativas de la ebriedad, palpitando la música en el ambiente acre, Ramón decidió que era hora de marcharse.

Jelena ya había salido por la puerta cuando León dijo: Ramón, si tú te lo propones, intuyo que es posible.

¿Por qué?

Me ha dicho que nunca sonríes.

¿Y eso por qué habría de significar algo?

Significa que te observa. Le he dicho que debería darte algún motivo para sonreír.

Eso es muy poco probable.

Le he dicho lo listo que eres, que ya sabías leer a los cuatro años.

Ah, sí, eso seguro que sirve. Me debe mil dólares. No he visto ni un centavo.

León se echó a reír y dio a Ramón un gran abrazo. Ay, hermano mío, quizá no seas tan listo después de todo.

Después de la noche en casa de León, el restaurante Borislav, con sus muebles oscuros y tupidas alfombras y cortinajes de terciopelo rojo y cuadros de pintor aficionado, se le antojó a Ramón imperdonablemente chabacano. Sin embargo, trabajando en el mismo espacio con Jelena, haciendo lo mismo al mismo tiempo, se sentía como en casa. Y ahora lamentaba haber alardeado ante ella de lo independiente que era, con sus firmes valores. La verdad era que León lo había mantenido durante sus cuatro años en el City College. Y esta vida a la que se había dejado arrastrar tampoco tenía nada que ver con los valores. Se había adueñado de él cierta inquietud, apenas una vaga ambición de hacer cine, y algo así como unas ansias de conocer mundo, pese a que al final no había ido más allá de Brooklyn. Se había apeado del tren elevado un día que el sol entraba por la ventanilla. Le pareció una luz distinta de la de Manhattan. Se paseó por allí y encontró arena en las calles y de vez en cuando restos de raíles de tranvía en el asfalto gastado. Al cabo de un rato llegó al paseo marítimo. El aire era limpio, las gaviotas flotaban en las corrientes y Ramón se sintió desacostumbradamente en paz bajo el sol mitigado por el viento, con el agua azul del mar en los ojos. Esta sensación lo acompañó cuando se adentró en un barrio comercial de la zona y vio el cartel en la cristalera de Borislav: BUSCANDO LAVAPLATO. Le gustó la manera de expresarlo, que dejaba entrever una lengua extranjera, así que entró y pasó a convertirse en «lavaplato», para acabar ascendiendo a ayudante de comedor, camarero y hombre casado.

Y una noche Borislav cerró el restaurante al público. Juntaron las mesas, pusieron manteles nuevos, además de unas copas de cristal tallado que Ramón no había visto antes. Un desconocido llegó y entró a zancadas en la cocina. Jelena miró a Ramón, sorprendida, aunque era evidente que tanto Borislav como la bruja de su mujer, maquillada y con un vestido de fiesta, ya se lo esperaban. Es el chef de esta noche, anunció la señora Borislav. Ramón advirtió la mirada imperiosa del chef mientras examinaba la cocina y a sus ayudantes, incluidos los cocineros. El chef, tras cabecear en un gesto de desaprobación, se volvió hacia Borislav y empezó a dar órdenes.

A la cena para la que se había reservado todo el restaurante finalmente solo asistieron catorce comensales, todos hombres. Por lo visto, querían una sala tranquila. Borislav había dado la noche libre a todos los empleados salvo a Ramón y Jelena. Cuando Ramón empezó a atender la mesa, sirviendo botellas de agua con gas, la conversación se interrumpió y el hombre sentado a la cabecera lo miró. Ramón sintió la mano de Borislav en el hombro y oyó su voz un tanto deferente decir, en su enrevesada lengua, que no debían preocuparse por el chico porque no era más que un mestizo y no entendía una sola palabra, cosa que Ramón, naturalmente, entendió, porque la mirada que recibió del hombre que presidía la mesa y la jovialidad en la respuesta de Borislav proporcionaron toda la comprensión necesaria.

En la cocina Jelena estaba nerviosa. Antes de llegar los comensales había salido al callejón con el móvil, y un hombre que había allí le ordenó que volviera adentro.

Ramón, ¿sabes qué son estos hombres?, preguntó ella en un susurro. ¿Te das cuenta?

Tendió las manos, y le temblaban. Ramón tocó con el dedo su alianza nupcial. ¿Cuándo la había conseguido? No pudo contener una sonrisa.

Se ha dado el visto bueno a tu presencia aquí esta noche, Jelena. Eres de la familia. Basta con que no los mires. Mantén la vista baja y sé tan eficiente como de costumbre, y todo irá bien.

¿Cómo puedes estar tan tranquilo?, preguntó Jelena.

Conozco bien a esta especie.

Cuando acabó la cena de los catorce y las limusinas se marcharon y se cerraron las puertas por esa noche, Borislav y su mujer se sirvieron copas de licor de moras y se sentaron al fondo del local. Poco después dejaron entrar al viejo abogado y conversaron en voz baja, como si temieran que Ramón pudiera oírlos. Jelena se había marchado a casa y Ramón estaba a punto de irse cuando Borislav le pidió que se acercara a la mesa.

Lo has hecho bien, Ramón.

Gracias.

Siéntate, siéntate. El abogado quiere hablar contigo.

El abogado dijo: Como ya sabes, el 15 de abril es el último día para el pago de impuestos. Sospecho que tus ingresos no superan el nivel de pobreza, ¿verdad?

Sí, incluso contando las propinas, respondió Ramón.

¿Ves lo desagradecido que es?, dijo la señora Borislav.

El abogado prosiguió: Suponemos que Inmigración no quiere que Jelena, tu mujer, sea una carga para el Estado... Esa es la principal preocupación de las autoridades a la hora de conceder la residencia, así que vamos a pedir la firma a Borislav, que es un hombre de medios, para presentarlo como cogarante.

Confirmando que en efecto era un hombre de medios, Borislav asintió con gesto solemne.

Así Inmigración tiene la certeza de que Jelena no solicitará ayuda del Estado, aunque su marido esté en la franja de pobreza. Y el acuerdo queda constatado por el hecho de que Jelena vive en la residencia de Borislav.

Por mí no hay inconveniente, dijo Ramón, y se levantó.

Un momento. Ya que como matrimonio debéis presentar una declaración de renta conjunta, Jelena y tú, porque eso es lo que hacen las personas casadas, consideramos necesario que tú también vivas con Borislav, en su casa, y por tanto que conste esa misma dirección en la declaración de renta.

¿No es también mi casa?, preguntó Anya Borislav al abogado.

Por supuesto, contestó el abogado. Mis disculpas.

Pues que también se muestre agradecido conmigo. Por estar dándoselo todo al mestizo, incluido un techo. Pero te lo advierto, dijo a Ramón, esto no es un hotel y yo no soy una criada, ¿entendido? La cama te la harás tú, te limpiarás la habitación, la colada la llevarás a la lavandería y a comer irás a otra parte.

Ramón hizo caso omiso. Pongo condiciones, dijo al abogado.

¿Qué condiciones?

Que se me pague ahora el dinero que se me debe.

¿Jelena no ha estado pagándote?, preguntó Borislav.

No, ni yo se lo he pedido. Es mi mujer. Como estamos casados y presentamos una declaración de renta conjunta, no puede considerarse ingreso si el dinero pasa de uno a otro de nosotros. Así que, para acceder a vivir en su casa y soportar los insultos de la señora Borislav, exijo que el dinero que se me debe me lo dé usted.

Ante esto la mujer se levantó de la mesa y empezó a vociferar y jurar en su lengua materna. La saliva escapaba de sus labios.

Borislav se puso en pie e intentó tranquilizarla, pero ella le apartó el brazo bruscamente y le gritó. Anya, dijo él, te lo ruego, por favor. ¡Sabemos lo que nos traemos entre manos!

Fue este comentario el que Ramón recordaría más tarde. Borislav y el abogado habían accedido a pagarle. Pero ¿qué era exactamente eso que sabían que se traían entre manos?

La casa de Borislav era de ladrillo rojo y tejado verde. Destacaba en aquel barrio de casas pequeñas de dos viviendas asentadas en parcelas pequeñas. El interior reflejaba el mismo gusto —probablemente el de la señora Borislav— que el restaurante: muebles macizos y oscuros, alfombras tupidas, lámparas con borlas en la pantalla y adornos con aspecto de juguetes sobre todas las superficies, objetos de cristal, objetos de plata, objetos de cerámica, bailarinas con faldas arremolinadas, trineos tirados por caballos. Cuando Ramón subió por la escalera, no encontró una sola ventana sin una gruesa cortina hasta la segunda planta. Su habitación estaba enfrente de la de Jelena. Era pequeña, con una cama estrecha y una cómoda, pero solo un estor cubría la ventana y, cuando lo dejaba subido, la luz matutina a orillas del mar entraba a raudales y él despertaba con el sol en la cara.

En sus adentros, era para él toda una emoción vivir tan cerca de Jelena, naturalmente. Cuando llegaba el momento de volver a casa después del trabajo, tenían el mismo destino. Él abría la puerta con la llave de ella y la seguía por la escalera y se despedía cuando estaban ya ante las puertas de sus habitaciones. También había un cuarto de baño, que compartían, así que él tuvo ocasión de conocer los productos que ella usaba para el pelo, la piel, los ojos. Sus pócimas, cremas, espráis y jabones le daban una imagen entre bastidores de cómo se cuidaba ella. Respetuosamente, siempre bajaba el asiento del inodoro. Y así, en esta ilusión de intimidad, sentía algo más parecido a la vida matrimonial.

Lo que lo desconcertó fue la reacción de ella a esta proximidad. Al principio creyó que se opondría a tenerlo como compañero de casa, y que se mostraría aún más iracunda y remota que antes. Pero no fue así. Mantenía una actitud formal, quizá, pero ya no lo trataba con brusquedad. Lo miraba con consideración cuando él le hablaba. Y cuando se puso de manifiesto que la señora Borislav registraba regularmente su habitación y revisaba toda la casa para ver si él había robado algo, Jelena le dijo que algo así sería imperdonable si esa mujer estuviera en su sano juicio. Anya Borislav, le dijo Jelena en confianza, no está solo un poco loca. No entiendo cómo Borislav la aguanta.

Un lunes por la mañana, dijo Jelena, iré a la playa. ¿Te gustaría acompañarme? Y allí estaba él ahora, poniéndole protector solar en la espalda, mientras las gaviotas trazaban círculos en el aire y pajarillos de patas como palos correteaban por la arena mojada, bordeando la marea creciente. El traje de baño de Jelena apenas merecía ese nombre, unos trocitos de tela y uno o dos tirantes. Ramón no tenía traje de baño. Se había quitado la camisa y remangado las perneras del pantalón. Esa mañana de un día laborable había muy pocos bañistas, pero engalanaban la playa los desechos del fin de semana anterior:

restos de leña chamuscada, botellas de cerveza, envoltorios de McDonald's, bolsas de plástico, bolas de papel de aluminio, periódicos húmedos y algún que otro condón usado. Pero habían encontrado una zona relativamente limpia donde Ramón solo tuvo que retirar unos cristales rotos, así que allí estaban, al sol, con las susurrantes olas lamiendo la orilla y las gaviotas chillando y las vértebras de Jelena fácilmente contables cuando se inclinaba hacia delante para que él le untara la espalda con protector solar.

Después, se sentaron uno al lado del otro en sus toallas y contemplaron las olas.

Ramón, ¿te gustaría pegarme?

No. Claro que no. Jelena, qué cosas más raras dices. ¿Por qué?

He estado grosera contigo cuando en realidad tú has hecho algo solo por mi bien. Me lo merecería.

Qué va, entiendo tu posición, Jelena. No tienes nada resuelto. Acabas de llegar a un país nuevo. Aún no te has creado ningún vínculo sólido. Mi madre, poco antes de morir, me dijo que en realidad nunca se había acostumbrado a Estados Unidos, pese a haber pasado aquí toda su vida. Es verdad que todo el mundo es distinto, pero llegar a ser americano lleva su tiempo.

Bueno, si no me pegas tú, alguien tendrá que hacerlo. Quizás Alexander. Él sí sabe.

¿Quién te pega? ¿Alexander? ¿Ese es tu novio?

Sí. Por así decirlo. Pero es mejor que me pegues tú, Ramón.

Se volvió hacia él, se quitó las gafas de sol y él vio que lloraba. Perdóname, dijo ella, soy muy mala persona. Ya no sé lo que hago.

A Ramón se le aceleró el corazón. ¿Va a venir Alexander?

Eso dice. Pero habla por mediación de Borislav. Yo no cuento. Ay, soy tan desdichada, dijo. Y se levantó y se acercó al agua y se quedó allí mientras Ramón, a pesar de sus recelos, registraba su encantadora silueta, las piernas largas, la cadera pequeña pero firme, los hombros encorvados, abrazándose inmóvil en la orilla.

León dijo: Ramón, deberías haber hablado antes conmigo. Has cometido un error.

¿Conoces a esa gente?

Claro. Mi trabajo consiste en conocerla. En cuanto esa gente entró en el restaurante, Borislav debería haber quedado reducido, en tu consideración, a la talla de una persona totalmente indigna de confianza.

Estoy enamorado de Jelena.

A veces se toma por amor el deseo de follar con alguien y no poder.

Somos marido y mujer. En mi amor por Jelena, me la follaré.

Más te habría valido seguir acompañándola hasta la puerta y marchándote. Ahora estás allí dentro con todos ellos y eres vulnerable.

¿Qué pueden hacer?

Acelerarán las cosas. Y tú podrías quedarte en la calle sin empleo y con una citación judicial. Y yo soy un hombre ocupado, Ramón. No necesito que este asunto de mi hermano desvíe la atención de nuestros abogados y que el fiscal se ría de nosotros.

No la tocaré.

Eso a ellos les da igual. Estás en la casa, eres el marido, estás allí mismo… ¿cómo decís la gente del cine?… ¿Rodar in situ? ¡Estás in situ, Ramón! Es una ley federal: la promulgaron para castigar la violencia de género. Ella recibe una paliza y le conceden el divorcio en el acto, y todo el proceso se completa no en dos años, sino en dos semanas. Y ese Alexander se planta aquí para casarse gracias al permiso de residencia de ella.

Ella tendría que denunciarme. Jelena no haría eso.

Vamos, Ramón, por favor. ¿De qué estamos hablando? Le dejan un par de ojos a la virulé, la nariz rota... ¿Y crees que querrá más de lo mismo por negarse a poner una denuncia?

Nada de eso va a pasar, León. La cuestión es, por lo que veo, que esto no tiene nada que ver con que Jelena, la hija del difunto tío de Borislav, se labre una vida mejor en Estados Unidos, ¿no?

Todavía estamos investigándolo. Es posible que sea solo lo que parece. Hay otras vías para traerlo, y mucho antes. Así que si se han tomado tantas molestias, y no es lo que parece, aquí hay algo que no sabemos. No ha sido un novio fiel, eso nos consta. Oye, Ramón, entre tanto lárgate de allí. Deja la ropa como si fueras a volver. Esperarán. Te necesitan cerca para que la acusación sea sólida. Ya tienes tu dinero. Deja que te busquen ellos si quieren tenderte una trampa.

Se llevaron el almuerzo a la playa. Pero empezó a llover, una lluvia brumosa sobre las olas, y todo estaba gris, el cielo, el mar, y no se veía la línea del horizonte.

Se sentaron en el paseo marítimo con las bolsas de bocadillos y bebidas en el banco entre ellos. Jelena se había levantado la capucha del jersey. Ramón no le veía la cara.

Te quiero, Jelena.

Ya lo sé. Eres de fiar, Ramón. Como debe ser un marido.

Te estás burlando.

No. He acabado respetándote. Pienso en ti sin proponérmelo. Eres muy raro.

Decidí quererte cuando Borislav me enseñó tu foto y me envió a casarme contigo.

Lo decidiste.

Sí, el nuestro fue un matrimonio concertado, y esos son los mejores: cuando decides querer a alguien a quien no conoces. Esos han sido siempre los más sagrados, los matrimonios concertados antes de que haya amor, por mediación de otras personas.

Antiguamente sí, hace mucho tiempo, y existían buenas razones para dejar de hacerlo.

Bueno, yo sé que el matrimonio de mis padres fue concertado por los padres de ellos. Los dos jóvenes estaban allí presentes, avergonzados, mientras sus familias negociaban. No se habían visto nunca. Me lo contó mi madre. Y mi padre y ella pasaron cuarenta años juntos. Y cuando él murió, ella lloró, no sabes cómo lloró. Ni mi hermano ni yo pudimos consolarla.

Bueno, Ramón, eso es posible, pero tú y yo no estuvimos presentes, avergonzados, mientras nuestros padres negociaban. ¿Dónde estaban los padres? Esto es un matrimonio por un permiso de residencia, entre tú y yo.

Aun así, es un lazo sagrado. Da igual que el matrimonio lo hayan concertado los padres o un idiota borracho, y que en la boda la novia bese a quien no debe, y que todo se haga por motivos equivocados: da igual. Sea por mediación de la familia o sea por un deseo de ir a vivir a otro país, la cuestión es que subyace el mismo hecho misterioso, actuando a modo de destino. Y una vez consumado, ya no puede haber nada más.

Eso es muy filosófico, Ramón. Me dijo tu hermano que tienes estudios.

Y ahí está el mar delante de nosotros, Jelena, el mar que cruzaste para vivir en este país. Y así son las cosas.

Ramón le echó atrás la capucha con delicadeza y le acarició la mejilla, y ella se volvió. Él se inclinó y le besó los labios.

Te diré lo que haremos, Jelena. Buscaremos un taxi y nos marcharemos. Con lo puesto. Ya compraremos lo que necesitemos en la ciudad. Tengo dinero.

Ramón...

Esto ya no es seguro para ti. Ni para mí. Vamos. Además, aquí bajo la lluvia hace frío. Coge los bocadillos. ¿No tienes hambre? Yo sí. Comeremos por el camino.

Cuando llegó León esa noche, encontró a Ramón y Jelena de pie ante la ventana mirando las luces de la ciudad. Estaban cogidos de la mano.

León carraspeó para captar su atención. Ellos se ruborizaron, como si los hubieran sorprendido haciendo algo prohibido.

León cabeceó y sonrió. ¿Esta es la encantadora Jelena? ¡Pues que así sea! Raptada ante los mismísimos ojos de esos extranjeros. Ay, hermano mío, dijo, tenía que haberlo sabido. Tenía que haberlo sabido.

León fue detrás de la barra y sacó una botella de champán. Venga, brindemos por ello. Puso las copas y descorchó la botella. Que empiece la guerra, dijo.

TEXTO PARA EL ENCARTE DEL DISCO:
las canciones de Billy Bathgate

El orfanato (3'12")

Ahora el Bronx es un distrito de colinas y valles pero eso no lo ves si vives allí. Lo que ves es la imagen de por dónde vas y los escaparates polvorientos de las tiendas ante las que pasas y los kilómetros y kilómetros de viejos bloques de apartamentos de seis plantas, y los autobuses que esquivas y las escalinatas en las que lees pintadas escritas con tiza y los parques con los árboles deshojados. De vez en cuando, allí donde se ha desgastado el asfalto, adviertes el brillo, como el de un pie descalzo en un zapato agujereado, de un viejo raíl de tranvía. Pero no adviertes hasta qué punto es una tierra de colinas onduladas a menos que seas un viejo y vayas colgado entre tu bolsa de la compra y tu bastón; o a menos que seas un huérfano. Y estoy hablando de un huérfano en mi imaginación, que hace estas expediciones con regularidad, sintiendo cada colina con su altura y cada valle con su profundidad, y que espera encontrar determinada calle en el valle del tren elevado de la Tercera Avenida. Es una bulliciosa calle de mercado, atestada de carretillas y tenderetes abiertos por delante, y discurre como un río a través de los campos más fértiles de la tierra: puestos de fruta y verdura con naranjas y manzanas, uva, ciruelas y peras, melocotones, tomates, todos apilados en pirámides; y manojos de apio en sus cajas, mazorcas con sus farfollas, canastas de patatas y pimientos verdes enormes y deformes. Lecherías abiertas con quesos suspendidos del techo en redes. Carnicerías limpias y consagradas donde solo hay a la vista carnes ahumadas, pero la buena carne fresca, limpia y suculenta, está detrás de las macizas puertas, las puertas blancas y ruidosas del fondo, y el carnicero lleva un gorro de lana y un jersey debajo del delantal blanco. Tiendas de conservas con pescado ahumado y toneles de aceitunas y barriles de pepinillos y bandejas de frutos secos y artesas de fruta desecada, y serrín en el suelo. Y tiendas donde los peces nadan en acuarios hasta que el pescadero los saca con una red de mano, los agarra por las agallas, los golpea contra el tajo, aturdiéndolos, y les corta la cabeza: gruesos filetes de pescado envueltos en papel encerado extraído del enorme rollo. Y en las aceras los buhoneros exhiben, en sus carretones, pares de zapatos atados por los cordones, ondulantes colecciones de bragas de seda, o anfiteatros en miniatura de carretes de hilo de coser y paquetes de agujas y alfileres y botones y cintas de todos los colores del arcoíris. Y el griterío de la vida reverbera desde los tenderetes, desde la calle, desde las escaleras de incendios en lo alto, el griterío de la supervivencia: mercaderes de la libre empresa arrancando a sus clientes del río que desfila atronadoramente por allí, lento, arremolinado, lleno de escollos, peligroso. Un niño tiene que andarse con pies de plomo en estos traicioneros bajíos: puede acabar estrujado entre gordas cargadas de bultos o aguijo - neado por la varilla del paraguas de algún viejo desdeñoso. Mientras huele la vida de la gente tal como le llega de sus casas, y huele las naranjas, el queso, el pollo y el pescado y los zapatos nuevos baratos, debe mantener una bien ejercitada atención en lo que tiene detrás y lo que tiene delante. Con sus seis, siete años en este mundo, es presa de chicos mayores —negros, irlandeses, italianos— que se abaten, se ciernen, pican, invisibles como agujas de zurcir; de policías; del vigilante encargado del absentismo escolar; del prefecto disciplinario, que lo coge de la oreja y se lo lleva de vuelta al asilo, el Asilo Hebreo para Huérfanos, a unas cuantas colinas de allí, a unos muy muy profundos valles de distancia, con cuestas demasiado escarpadas, demasiado abruptas para unas zapatillas de caucho tan pequeñas, para unos calcetines tan caídos y remangados. Y con un poco de suerte antes habrá afanado una naranja o un tallo de apio. O una ciruela cuyo hueso conserva en la boca hasta que queda tan despojado y sin sustancia como una piedra. Ya lo escupirá cuando lo pille el Estudioso, y le pegue en los hombros, la cabeza, la espalda con el libro de oraciones, el libro de la sabiduría; también el huérfano, un huérfano por propia elección ya adulto, con barba y levita negra, rebosante de cólera y piedad inmisericorde. Después la Señora de la Beneficencia se llevará al niño y le enjugará las lágrimas y lo mimará maternalmente entre sus gruesos brazos, y el olor de la mujer no le resultará desagradable mientras le rodea la cabeza con las manos y lo sienta en su falda y no le dice que, aunque se escape cada semana del año, esa avenida rica y fértil que ha descubierto hoy, esa tierra recién hallada con la que se ha topado por pura suerte, es la calle donde siempre lo buscan y siempre lo encuentran, porque siempre va allí y a ninguna otra parte. ¿Por qué?, puede que se pregunte ella sentada con él en el edificio de paredes revestidas de azulejos verdes y techos marrones. ¿Por qué allí? Ay, mamita, mamita, porque tengo hambre. Pero aún pasarán unos años hasta que un día, en su huida por las colinas del Bronx, vaya en otra dirección y nunca lo encuentren para llevarlo de vuelta. Se habrá ido para recorrer todas las calles con cosecha del mundo. Mientras tanto, la vida del niño pasa de manos del Estudioso a manos de la Señora de la Beneficencia, de la dureza a la ternura, de la ternura a la dureza, como la pelota de voleibol proporcionada para los juegos en el patio, una pelota vieja y medio muerta. Ahora mis canciones constan de tres cosas: la letra, la música y la actitud. Y de estas, la menos comprendida es la actitud. Me refiero a que en esta canción algunos críticos creen que hablo de la Vida o de América o de la Inutilidad del Orgasmo o de cualquier otra estupidez, pero no es así, hablo del lugar donde crecí, El Orfanato: *Agon bailó una animada melodía / Misero tocó el violín / Tales actuaciones se ofrecen / en beneficio de los niños del orfanato que no tienen papi / cuyas mamis los dejaron en la puerta / Demos un gran aplauso a Agon / y al violín de Misero / Están aquí todas las noches menos el miércoles / para bailar y tocar una o dos piezas / Cuando por fin ustedes abandonen estos portales / otros los ocuparán.*

El cocinero expeditivo (2'35")

Me preguntan cómo lo conseguí. En cuanto a eso de conseguirlo, no hay un camino establecido, no hay una carretera que te lleve hasta allí. Vas atajando, es como la pequeña banda a la que guio Moisés y, cuando llegaron allí, el mar se cerró a sus espaldas. De nada le servía a nadie perseguirlos. Pero eso no lo sabrás si haces caso a la gente que te dice cómo se consigue, que te dice que hagas tal o cual cosa indispensable, como si existiera un camino asfaltado. Quienes conocen las indicaciones son los que nunca llegan allí. Yo tuve que viajar hasta dejarme la piel, así fue como lo conseguí yo. Missy, en cambio, lo consiguió con una sola canción. Pero dejadme que os cuente mi etapa étnica, cuando acababa de entrar en el juego. No fui a ver a Woody. Ya había recibido de Woody todo lo que necesi-

taba. Fui a ponerme a la sombra carnosa y negroazulada de
John Malcolm, que vivía en su granja, allá en el este de Ten-
nessee. Cuando llegué allí, el viejo John estaba preparándose
la cena. El sol se escondía detrás de las montañas, y era ana-
ranjado y rosa en el cielo de poniente, y sentados en el porche de
John, y tendidos en su jardín, jugando con sus perros, mirando
sus botas, bebiendo agua de la bomba, estaban todos aquellos
guitarristas, musicastros atormentados, parecidos a mí. Así
que no pude por menos que reírme de mi solitaria persona, sucia, noble y orgullosa, con sus sentidas andanzas y sus devotas
veneraciones. Sabía que esos chicos esperaban una palabra del
maestro. Sabía que esperaban que él cogiera su guitarra y se
sentara en los peldaños del porche y los invitara a tocar con él,
cosa que no hizo. Sencillamente cenó y se subió a su furgoneta
y fue al pueblo a jugar un rato al billar. Y sabía qué querían de
él todos ellos, porque era lo mismo que quería yo. Pero si él
cantaba o no cantaba, si escuchaba o no escuchaba, daba igual.
Hiciera lo que hiciese, a nadie le serviría de nada. Y poco importaba que llevases los vaqueros sucios, o las botas polvorientas, o el pelo mugriento y greñudo: la realidad era que jamás
podrías ser John Malcolm. Él, de hecho, iba bien afeitado y vestía con pulcritud. Y cuando se marchó, la única música que yo
había oído ese día era música que podía haber oído sin salir de
MacDougal Street. Y ahí se acabó mi etapa étnica. Cuando hablamos de conseguirlo, hablamos de una generación que aparece en la tierra como un cambio de estación en el año. Hablamos de una nación efervescente con ansia de sustento. Amigos
míos, hablamos de la cafetería abierta toda la noche adonde
puedes acudir en busca de aquel que puede servirte la emoción.
Que puede servírtela como un cocinero expeditivo: grasienta
y en un plato sucio; pero en el acto, y caliente. Y de eso trata
esta canción. *Esso Texaco Gulf y Shell / De camino al infierno las*

vas a ver / Párate en la cafetería, eso has de saber / El cocinero expeditivo te da bien de comer. Plantea el reto al cocinero expeditivo, que solo sale en la canción cuando la camarera, a gritos, le anuncia los platos que han pedido. Y cada pedido que anuncia la camarera es más complicado que el anterior, y para él más difícil de preparar. Empezando por algo sencillo como *Uno pasado por un aro,* que es un café y un donut, o *La tierra antes de Colón,* que es un gofre; hasta llegar a *Barras pintadas y hierba cortada con un poco de succotash en órbita,* que es el especial de espaguetis, pero no acompañados de ensalada sino de verduras. Hasta que por fin un cliente entra en la cafetería y pide a Dios, lo que quiere es a Dios, y la camarera anuncia por encima de la barra en dirección al cocinero expeditivo: *Blanco sobre centeno pero sin el pan cubierto. Lo siento, señor, pero el cocinero ha muerto.*

Canción a los líderes mundiales (3'26")

Dejé de cantar como otros cuando dejé de cantar las canciones de otros. No tardé en convertirme en mí mismo. Y el que venga detrás de mí tardará aún menos en ser él mismo. Las rpm se aceleran cada vez más. Pero cuando empecé a cantar mis propias canciones pensé que, como eran mías, nadie más podía cantarlas. Y una noche de verano llegó al gran Festival alguien a quien nadie conocía, y cantó mi canción a los líderes mundiales. El caso es que yo la canto despacio con un compás rápido, y la canto mirando hacia arriba desde la cloaca. La escupo. Pero Missy se plantó allí con los brazos a los lados y, mirando por encima de las cabezas, la cantó a capela, rebosando pesar y en un majestuoso tono admonitorio, como el más puro y desgarrador sermón de la historia de la Iglesia: con esa voz.

Recuerda el fuego que enfría el sol / Recuerda la luz que al hombre convierte en piedra / Recuerda a aquel que tañó, como una campana, este mundo / Recuerda cómo corrió su sangre e hirvió en el infierno más profundo. Hacia el final de la canción todas las cualidades de Missy actuaban ya a su favor: un canto natural, puro, asombroso, natural, puro, interpretado por una muchacha natural, pura, vestida con sencillez, de pelo natural, lacio, tan rubio que era casi blanco. La cuestión era intentarlo —como siempre hizo Missy, hasta el día de su muerte—; una canción era un intento, no una interpretación. Y eso estaba presente en su canto, el intento y la consecución. Y su voz. Decía sé quién soy, y ahora vosotros sabéis quién soy. Y para todas aquellas personas atónitas y deslumbradas que se habían congregado allí en el parque yo no era una atracción principal ese verano, pero ella había añadido una dimensión a mi presencia. Y cuando salí al escenario, estaban todos preparados para recibirme. El desasosiego en su voz, y el misterio, seguían en el parque, así que tuve que apartarla, lograr que se olvidaran de ella, y me adentré en un mundo donde nunca antes había estado, y en esa larga noche de trabajo a lo grande solo existieron dos cosas: Missy y el joven Bathgate. Tardaría mucho tiempo en aprender a ver una ofensa en su hazaña. Estás allí, bajo la luz cegadora, y las ovaciones te destrozan los tímpanos. Al final de la noche, reunidos todos en el escenario para la despedida, sin darme cuenta la cogí de la mano, y eso desencadenó la mayor aclamación de todas. Y luego nos dispersamos, y cuando ella llegó a bastidores y se sentó en una silla, temblaba como una hoja e intentaba sujetarse la cara con las manos temblorosas. Estaba fría como el hielo, y era pequeña, más de lo que yo creía, una muchacha delgada y más menuda de lo que parecía a la luz de los focos, con las rodillas juntas y la piel blanca azulada de sus manos pequeñas y delgadas contra aquel rostro enmarcado por la melena de oro blanco. Y no podía contener el temblor de sus frágiles hombros, y le dije algo pero fue incapaz de levantar la vista. Me aposté allí como un policía, con la sensación de que aquel era el lugar donde debía colocarme para proteger a esa muchacha, y de pronto el señor John Malcolm aparece a nuestro lado, con la guitarra cogida por el mástil con su mano negroazulada grande y carnosa, y en medio de todas las luces su vieja cara negroazulada refleja tristeza y perplejidad, y cuando habla con esa voz grave y delicada que canta como el agua John Malcolm dice tengo sesenta y un años y sé de dónde vengo, vengo de los campos. Lo que no sé es de dónde venís vosotros, de dónde venís vosotros, chicos, tan deprisa que no os he visto venir.

Pares e impares en el Jardín de la Suma (5'15")

Pero para aquellos de vosotros que seguís las grandes historias de amor verdadero, como mis madres institucionales cuando oían por la radio sus seriales preferidos mientras removían la sopa en las ollas, solo quiero recordaros que nos conocimos así, Missy y yo, en un escenario, delante de veinte mil personas, y oímos nuestras respectivas interpretaciones antes siquiera de saludarnos. Existe algo con lo que convivimos, como un sexto sentido, o como una dimensión añadida a nuestros sentidos, y es sencillamente la conciencia de que, si decidimos estar en un sitio en determinado momento, otros decidirán estar también ahí. Eso es poder, y es una repentina excitación, extraña y posesiva, como una imposición sobre tu ser que perfila los límites. La lucha permanente de Missy era qué postura adoptar frente a eso, y por tanto también fue mi lucha. Y es que puedes decidir estar en un sitio de balde, pongamos, porque es digno y minúsculo y cutre y nadie espera que acabes allí. Y al hacerlo se reduce tu valor de mercado, pero como la historia avanza dentro de ti, todo lo que haces al final está bien, incluso lo que haces para empequeñecerte. Y entonces te acusan de falsa modestia —como a menudo la acusaban a ella—, y cuando vuelve a presentarse algo minúsculo, cutre y empequeñecedor, la postura que adoptas debe ser una pizca más definida, más nítida, en su responsabilidad. Cuando la historia te hace el don del mundo es como para destrozarte los nervios. Yo lo sobrellevo pensando que me basta con sacar la canción y seguir con lo mío. Esto se lo oculté a ella porque estaba absorto en el contacto de su mejilla en mis dedos, como si fuera la piel de una flor. Y el pelo cayéndole hasta los hombros, y el vello como luz del sol sombreado a lápiz en la curva de su espalda. Pero ante aquellos ojos redondos y grises y serios y transparentes suyos no me quedó más remedio que hablarle de integridad, porque la conversación era importante. Todo era importante: estar sentados en el banco de un parque tanto como hacer el amor, leer un libro tanto como cantar ante un estadio lleno de gente. La primera vez que ella empezó a percibir las profundas diferencias entre nuestras maneras de ser me llamó perezoso. Era una manifestación, y se celebraba en un sitio condenadamente lejos de donde daba la casualidad que yo estaba en ese momento. Cogió a sus acólitos y se fue sola sin mí, pensando quizá durante ese largo viaje cuál era el significado exacto de «perezoso», como cuando te palpas un diente dolorido con la lengua y al final el dolor ocupa todo tu mundo. Pero yo iba muy por delante de ella: una vez estábamos en Londres, pasándolo bien en el Soho con nuestros hermanos ingleses en cierto restaurante italiano en un sótano, y bebíamos vino tinto y comíamos fettucini y recibíamos a toda esa gente famosa a quien no conocíamos pero habíamos oído hablar de sus libros o visto sus pelis, y nos llamaban por el nombre de pila (porque da igual cómo has llegado hasta ahí, el caso es que estáis todos en el mismo club y compartís el mismo número de teléfono mundial que no aparece en la guía), y quizá fueran las risas de autocomplacencia, la vacuidad que existe en la cima del mundo, o quizá fuera el color de las paredes, pero de pronto ella me dijo, Billy, tengo que irme a casa. Llamé un taxi, pero al decir casa se refería a irse a casa-casa, así que cogimos el avión rumbo a Nueva York, pero en Nueva York vi que se refería a casa-casa, así que conseguí un coche y viajamos toda la noche hasta Columbus, Ohio. La verdad es que yo nunca había visitado esa ciudad antes pero después sí he tocado allí, y es una capital de estado donde, en los restaurantes, sirven de acompañamiento una macedonia de fruta sobre unas hojas de lechuga, coronado todo con mayonesa. Paré a las siete y media de la mañana ante una casa adosada con un pequeño jardín verde delante y un aspersor de cromo que permanecía inactivo entre el rocío. Carrie Mae esperaba con su delantal ante la puerta abierta, y en cuanto ella y yo nos miramos se inició nuestra vida de enemistad al mismo tiempo que la muchacha rubia y flaca pasaba junto a nosotros y entraba en la casa. Mami Carrie, dijo Missy desde dentro, este es el mismísimo Billy Bathgate: me ha traído en coche a casa sin parar de conducir en toda la noche. ¡Qué energía! Billy, esta es la señora Carrie Mae Wilson, que es como una madre para mí. Creo que está famélico y necesita desayunar, mami Carrie. Y por dentro era una casa pequeña y ordenada, con moqueta verdiazul y relucientes muebles de arce, reproducciones de Van Gogh en las paredes, de esas con pinceladas de ordenador, un espejo dorado con un águila americana dorada sobre la chimenea, y en un banco de zapatero al lado de una silla Morris había unos cuantos números de *National Geographic*. He aquí la casa donde se crio Missy, para que sepáis. Me lavé en el aseo de invitados y me senté en el rinconcito ante la cocina mientras Carrie Mae batía airadamente la masa de las tortitas. No paraba de mirar mis botas de cordones, mi cazadora de ante. En el piso de arriba se oía una ducha. Carrie Mae sabía que yo escuchaba, así que empezó a hablarme y supe que su enfado no era preocupación, porque ella conocía a su niña y su niña sabía cuidarse por sí sola, sino simple aversión personal por mi apariencia y por el egoísmo que esta traslucía en su afectación. Era una vieja negra sabia, y mi enemiga instantánea. Se dio cuenta antes que Missy de que aquello era imposible. Supe que había un padre, que era ingeniero de obras públicas y tendía bajo tierra conducciones de agua y alcantarillados y pasaba semanas seguidas ausente, y que era un hombre excelente y un buen padre que quería a su hija y estaba orgulloso de ella. De repente Carrie Mae se quedó inmóvil. Porque arriba se oyó un canto, y pensé por un momento que era Missy pero enseguida caí en la cuenta de que era su tocadiscos y una de aquellas sopranos de ópera que cantaba algo delirante, como Richard Strauss, que ascendía y ascendía, una de esas cosas alemanas tan vehementes. Pero enseguida me rectifiqué, ya que en realidad sí era ella, cantando a la par, uniendo su voz a la de esa potente grabación nota a nota, amplificando un poco demasiado lo que yo habría llamado amor por la música. Esa nena básicamente flaca de pechos como frutas pequeñas y costillas que podrías romper con las manos. Bajó al cabo de unos minutos, y yo me había amodorrado con los olores cálidos del desayuno y se me habían pasado los efectos de la aspirina, y entró vestida ya para acostarse, como una estudiante de secundaria, descalza con su camisón de cuello redondo, y se sentó ante su zumo de naranja recién hecho y sus tortitas y su vaso de leche y me sonrió, con una sonrisa tan diáfana y hermosa y plácida de reconocimiento que nunca la he olvidado ni la olvidaré jamás; era la sonrisa adorable de la ausencia de tretas y secretos, de la cortesía profunda y amable en su corazón férreo. Y es que, cuando a Missy la vida se le ponía cuesta arriba, tenía un sitio adonde acudir a todas horas, de día o de noche, en verano o en invierno, y sabía que había alguien para servirle una comida y abrirle la cama. Esa era exactamente la diferencia entre nosotros. Lo que pasó después es que grabamos un disco ella y yo. La canción no es desconocida, *El blues de la teoría de la única bala*, y fue una de las pocas veces que nos juntamos en nuestros viajes profesionales y la única que cantamos en un mismo disco; y grabamos muchas tomas, y lo probamos de muchas maneras, y al final nos pusimos ante el mismo micrófono y nos cogimos de la mano y cantamos, como si con la proximidad nuestras voces fueran a armonizar. Pero no fue así. Nuestras voces no estaban hechas la una para la otra. Eso lo tomé como una señal. La voz de Missy cuando hablaba era una voz de chica corriente al hablar, que no daba el menor indicio de su magnitud al cantar. Pero mi voz cuando hablo se convierte en mi voz para el canto con solo intensificar un poco la actitud. Y en esa diferencia en la relación con nuestras voces interpretativas yo había adivinado el futuro. Pero recuerdo cosas de ella que no se han encallecido. Que por un tiempo, sin ir más lejos, pensé que su voz para el canto era atribuible a su miedo; siempre la aterrorizaba estar en el escenario, y el trémolo en su voz grande, embrujadora, era el sonido de su miedo. Pero me equivocaba. Que era físicamente delicada y tenía que descansar a diario, que era fuerte en su carácter y su alma y en la transparencia de su mente y su determinación, pero solo era una chica flaca, en los huesos, que cuando tenía que cantar se protegía la garganta con un pañuelo hasta en los días cálidos de brisas suaves. Que no veía contradicción alguna en sus recetas prácticas y sensatas de decencia para este jodido mundo y su fe particular en las presencias místicas, los poderes anónimos que habitaban en los guijarros y las piedras, las nubes del cielo y a veces la cara que veía en su espejo. Que le encantaba jugarse cualquier cosa a que yo no era capaz de hacerla reír, y que siempre perdía. Que se alegraba de ganar tanto dinero pero le preocupaba que la condicionara. Que le gustaba cómo habíamos triunfado, a nuestra manera, con naturalidad y sin concesiones. Que disfrutaba con los bailes rápidos. Que había autores que le enviaban sus libros y ella nunca los leía. Que, por un tiempo, mientras yo compuse canciones que le gustaban, me reverenció. Que quizá me equivoco al pensar que yo iba muy por delante de ella en el conocimiento de nosotros dos, ya que tal vez al llamarme perezoso estaba vislumbrando al final del túnel de mis ojos el profundo lecho marino de mi alma turbia donde aguardaban mis canciones como peces eléctricos. Y también es cierta otra cosa: cuando ella me alcanzó y ya no teníamos ningún secreto el uno para el otro, estábamos acabados; cuando supo que no había nada que yo no intentara y ningún camino que yo no estuviera dispuesto a recorrer, la llamé una o dos veces, y vino. Cuando me harté de toda la maquinaria ruidosa de ser Billy, de que todo y todos formaran ante mí... no solo los representantes y los contables, no solo los regimientos de los plumíferos y publicistas y fabricantes de camisetas que viven de ti porque viven de la idea del éxito, sino las mismísimas limaduras de hierro de la moda histórica que se adherían a mis contornos. Y cuando la cosa estaba así de mal, ella vino y me acompañó a mi escondrijo y me permitió convencerla de que éramos las dos únicas personas vivas en la tierra. Y encontramos un poco de aire para respirar y lo respiramos. Y nos inventamos los nombres de las plantas que encontramos y los arbustos y las bayas. Y amamos nuestros mutuos rostros en las distintas luces de la mañana y la tarde. Y comimos galletas saladas y fruta en almíbar. Y nos acostamos temprano. Y fue *Pares e impares en el Jardín de la Suma / y comimos toda la fruta que había / desde manzanas caquis melocotones ciruelas / hasta la corteza verde y agria de la sandía / Y mi dama y yo hicimos cosas atrevidas / e intentamos sumarnos para mejor vida suya y mía / Pero en el cielo los impares, sumados, dan pares / Y a Dios la cabeza ya no le regía.*

El sueño de Billy con una amiga muerta (3'40")

Cuando a un hombre le quitas las sensaciones, se las inventa él: le quitas la vista y el oído y no le dejas oler nada y no le dejas tocar nada, verá y oirá y olerá y palpará lo que invente su cabeza. Y qué demuestra eso si no la soledad en la que nacemos, que nacemos con hambre de mundo y solos en nuestra hambre, y que el corazón se desborda por sus orillas y se extiende sobre la tierra, y esta se empapa hasta que no llega más sangre del manantial del corazón solitario y nuestro río se seca. Y yo sueño con el corazón desangrado y pálido de Missy tras concluir su curso y filtrarse las últimas gotas de su sangre en las arenas de esa playa sureña; y el viento de mis horas de vigilia purifica y seca las arenas, pero por la noche esas manchas vuelven a propagarse, cada vez más oscuras, allí donde antes estaban. Porque mi sueño se compone de hechos, y los hechos no pueden eliminarse en el sueño. En el país nadie de más de treinta años la creyó cuando se pronunció públicamente. Pero a mí me constaba que nunca mentía, o que no era en esas ocasiones cuando mentía. No mintió cuando salió por televisión en el país en el que librábamos una guerra, no mintió cuando lloró por los tres hombres asesinados en Misisipi, no mintió en la iglesia de Birmingham ni en el Mall de Washington, D. C. Y un buen día la policía se acerca a ella mientras da un paseo por cierta carretera comarcal en compañía de una vieja negra. Y paran el coche para indagar. Y ella dice, Vamos a la playa. Buscamos un soplo de aire fresco. Y todos los progresistas adultos dijeron que bien podía ser una farsante mojigata y una impostora, pero hay que reconocer su sagaz genialidad en esa frase: mira que decirle eso a un policía a más de ciento ochenta kilómetros del mar más cercano. Se ha acabado la época de las grandes marchas pero se ha iniciado una nueva época, y organizaremos una marcha hasta el mar por esta vieja negra. Pero la verdad es que lo dijo convencida, palabra por palabra, porque tan pronto como lo dijo eso se convirtió en su intención. Y esa vieja negra era Carrie Mae, que le cantó en la cuna todos los blues que ella cantaba, que la crio en Columbus, Ohio, y que había vuelto a su Carolina del Sur natal para vivir allí antes de morir. Y Missy fue allí a ver a Carrie Mae y por eso iban dando un paseo por la carretera comarcal, la anciana con un elegante vestido negro de Saks de la Quinta Avenida y una sombrilla apoyada en el hombro y zapatos ortopédicos de cuarenta y cinco dólares, cogida del brazo de Missy, que iba con camiseta y vaqueros y sandalias y gafas de sol, las dos dando un paseo por esa carretera polvorienta y calurosa donde fue el coche de policía lo que levantó una nube de polvo. Y Missy dice ante los agentes, Mami Carrie, qué bien cuando nos llegue el olor de la brisa marina y podamos sentarnos en la arena húmeda y fresca y mojarnos los pies en ese mar fresco, infinito y absolutorio, y respiremos limpio con un soplo de aire fresco. Y la anciana, que conoce a Missy desde que nació, desde el momento en que asomó de su mami verdadera, a punto de morir, sonríe y dice, Y que lo digas. Y finge con ella y cree con ella en ese momento que eso es exactamente lo que harán. Ya que es un día tórrido, y se respira mal en ese aire, como Carrie Mae sabe porque tiene asma, un asma atroz, de toda la vida. Y los agentes oyen eso, y las ven cruzar una sonrisa, a la vieja Carrie Mae y a esa muchacha blanca famosa y conflictiva, una sonrisa de amor mutuo, y se lo toman a mal. Y cuando informan por radio al sheriff, se convierte en infracción y, cuando se acerca hasta allí en coche el corresponsal de AP, lo comunica por teletipo y se convierte en noticia, y a la mañana siguiente, cuando las mujeres salen de la cárcel y comparecen ante el juez, el deseo de aliviar la respiración de una anciana se ha convertido para Missy en una verdad categórica, porque nunca ha habido nadie más obstinado con esa alma obstinada de santa. Volvió en un taxi del condado al rancho de ladrillo rojo de la anciana y cogió una bolsa de la colada con cierre de cordón y la llenó de ropa y regresó al pueblo y las dos salieron de ese pueblo rumbo al este cogidas del brazo para todo un verano si les venía en gana de paseos en libertad las dos juntas por donde les viniera en gana. Pero no fue una marcha hasta la mañana siguiente, cuando veinticinco seminaristas de Columbia, Carolina del Sur, se apearon de su autobús y la siguieron. Y no fue una manifestación hasta que empezaron a llegar jóvenes en tropel del oeste y el norte. Y no fue una alteración del orden hasta días después, cuando cinco mil de ellos se abrieron paso con delicadeza y firmeza por entre los patriotas que apuraban sus cervezas y luego arrojaban las botellas. Y una se la devolvieron. Que es lo que la policía, con sus cascos, sus viseras y carabinas, estaba esperando. Y como yo no estaba allí, lo que veo es a mí mismo acercándome a Missy, que está de cara al mar como Venus a punto de volver a las aguas, y yo le toco el hombro con delicadeza y ella se vuelve y me sonríe con esa sonrisa de reconocimiento y susurra la letra de una canción que compongo para ella en nuestra mente: *¿En qué crees, Billy? Dime en qué crees, Billy.* Y yo levanto la mano, que es la señal para que la bala de la carabina penetre en su garganta, y la abata, y derrame su voz por la arena salvo por esa parte de ella que tiñe de rojo el oleaje blanco y se aleja con la corriente hacia el mar azul. Y esa es mi canción soñada de una amiga muerta. En vida su vida fue toda ella de acordes mayores: nada empequeñecido, nada en bemol, nada menor, nada desafinado ni en medio tono. ¿Qué clase de música era esa? Era una música para la mañana temprano. Suena bien hasta que las sombras de la noche empiezan a arrastrarse por la tierra como las manos grandes y oscuras de Dios, como las manos oscuras de Dios en torno a vuestra garganta, niños. Y cuando notas esas manos es cuando cantas. Cuando Dios aprieta y te impide respirar, entonces es el momento de cantar. Oíd, pues, lo que os digo: cuando ella hablaba, se representaba verazmente. Era al cantar cuando mentía. Y era el hecho de mentir lo que le daba esa voz, la voz más auténtica y más pura de todo este mundo asombrado, esa voz enigmática más potente y más dulce que la del mismísimo Cristo. Oídme bien: es tan verdaderamente perfecta que es descarnada de tan pura. ¿Y no es triste su canto? ¿Y no canta esos melancólicos himnos baptistas desde una negrura mayor y más profunda que nadie? En fin, esa negrura es la negrura de la noche, la negrura de la sombra de Dios, y era entonces cuando Missy mentía, porque nunca permitió que la sombra de Él se proyectase sobre su ser.

La balada de W. C. Fields (2'20")

Y así llegamos a mi canción más reciente, esta balada de W. C. Fields. Me senté no a componerla, sino a proporcionar a través de las yemas de los dedos un desahogo controlado al apremio que sentía en mi pecho, y lo que salió fue esta canción. Salió tan deprisa que ni siquiera tuve tiempo para la música, solo la letra y el ritmo. Y por tanto tiene la forma de una canción de paseo, me lleva de paseo por el inframundo de las masas soñadoras, donde este demonio regordete de la verdad, el señor W. C. Fields, con su sucio sombrero de copa, la elegancia venida a menos de sus modales, su personalidad enrevesada y ebria, preside como el Director Jefe sobre la tecnología de nuestras almas. Y no es esto lo que quiere el cantante, no le gusta, y empieza la canción diciendo al señor Fields que se vaya: *Váyase de mi ventana, señor W. C. Fields / Váyase de este lugar / hermoso / Váyase de mi ventana, señor W. C. Fields / Me tapa la vista con su rostro espantoso.* Pero resulta que el payaso se niega a irse, porque coge al cantante de la mano y lo lleva a través de la ventana por encima del gran paisaje del inframundo que parece tan hermoso desde la ventana del refugio y le muestra lo que es en realidad. Y él ve los burbujeantes hoyos sulfúreos de intenciones, y las montañas lodosas de ideales, y las grandes llanuras de ceniza gris que se extienden hasta donde alcanza la vista, las cenizas de la inocencia surcadas por ríos de sangre. Y todos los hombres que ve están ciegos y corren en círculo, sin que el sonido del golpeteo de sus bastones les indique por dónde van. Y un viento poderoso y pestilente hace supurar la piel de las personas y les abrasa los ojos y el pelo, y es el viento de las invectivas del señor W. C. Fields. Pero lo peor que ve es a una vieja pareja exenta de todo el sufrimiento, una muchacha y un muchacho hermosos y rubios en su juventud que han envejecido juntos, una pareja de ancianos que se han amado y han vivido el uno en el otro durante toda su vida, en la alegría y el bienestar, y ahora, sentados, se ríen, inmunes a su entorno, se ríen en su espantosa senilidad. Y cuando el cantante vuelve a estar detrás de su ventana y la vista parece otra vez agradable y buena y verde, entiende quién es el señor W. C. Fields, y dice: *Algún día dejaremos de reírnos de usted, señor Fields / de su nariz bulbosa y del dolor de su ansiedad / de su sed y sus reveses de borra-cho, señor Fields / De su santidad amarga y torpe.* Y el señor Fields saca una botella y de un soplido quita el polvo de dos vasos y los frota con su manga elegante y sucia y sirve una copa para cada uno y me dice: *Bébetelo, bébetelo todo, hijo mío / y da de pa-tadas a los niños en Navidad / Te entrego mi taco de billar torcido, Billy / porque ya sabes de qué va el juego.*

EL ATRACO

Domingo por la tarde. Un vendedor ambulante en Battery Park: viste una túnica morada de cantor de coro y vende relojes. Con rastas, sonrisa amable, una presencia sacra. El negocio va bien.

Palomas bravías abatiéndose por todas partes, el polvo de la ciudad en sus alas. Y el resplandor de la aceitosa bahía, y una brisa otoñal de garganta abrigada, como una mujer soplándome al oído.

A mis espaldas, el perfil urbano financiero del bajo Manhattan iluminado como una catedral insular, un religioplex, por efecto de la luz del sol.

Y aquí llega el trasbordador procedente de la isla de Ellis. Escorado a estribor, las tres cubiertas abarrotadas hasta las barandillas. Roza el muelle en una desdeñosa maniobra de atraque muy neoyorquina. Uf. Los pilones gimen, emiten chasquidos como detonaciones de arma. Un hombre en el paseo se echa a correr. ¿Cómo puedo sentirme solo en esta ciudad?

Los turistas descienden en desbandada por la pasarela. Máquinas fotográficas, videocámaras y niños aturdidos colgados al hombro. Esta mañana despreocupadas pamelas y gorras de béisbol; esa es ahora su moda seria, muy poco afortunada.

Dios mío, el puerto de Nueva York tiene algo de agotado, como si el olor del mar fuera petróleo, como si los barcos fueran autobuses, como si todo el Cielo fuera un garaje con calendarios de chicas en las paredes, los meses venideros ya hojeados y manoseados, con huellas de grasa negra.

Pero regresé a donde estaba el vendedor ambulante con la túnica de cantor de coro y le dije que me gustaba su aspecto. Le ofrecí un dólar si me dejaba ver la etiqueta. La sonrisa se desvanece.

¿Tú estás loco, tío?

Yo iba con mi vestimenta de paisano: vaqueros, cazadora de cuero sobre una camisa a cuadros sobre una camiseta. Ni siquiera el identificador cruciforme para enseñárselo.

Levanta la bandeja de relojes para ponerla fuera de mi alcance: Largo de aquí, tú y yo no tenemos nada de qué hablar. Mira a izquierda y derecha mientras lo dice.

Y luego, más adelante en mi paseo, en Astor Place, donde exponen su género en la acera sobre cortinas de ducha: tres de las túnicas moradas de la sacristía, bien plegadas y apiladas entre una copia del LP *Best of the Highwaymen* y la autobiografía de George Sanders. Cogí una y le di la vuelta al cuello, y allí estaba la etiqueta, Churchpew Crafts, y la marca de la lavandería del señor Chung. El vendedor ambulante, un joven mestizo solemne con esa cazoleta de pelo negro que tienen, pedía diez dólares por cada una. Me pareció un precio razonable.

Vienen de Senegal, o del Caribe, o de Lima, San Salvador, Oaxaca, y buscan un trozo de acera y se ponen a trabajar. Los pobres del mundo lamen nuestras costas, como la subida del nivel del mar por el calentamiento global. Recuerdo que, de camino al Machu Picchu, me detuve en la ciudad de Cuzco y vi las danzas y escuché las bandas de música callejeras. Cuando eché en falta la cámara, me dijeron que podía volver a comprarla a la mañana siguiente en la calle del mercado detrás de la catedral. Y en efecto, a la mañana siguiente, allí estaban las mujeres de Cuzco, con sus ponchos tejidos de rojo y ocre, sus trenzas colgando de bombines negros, sus anchas cabezas olmecas sonriendo tímidamente. Daban salida a los objetos robados. Cielo santo, menudo cabreo cogí. Pero, allí rodeado de anglos que revolvían en los tenderetes como si buscaran a sus difuntos perdidos, ¿cómo, Señor mío, no iba a aceptar yo la justicia de la situación?

Como hice también en Astor Place, a la sombra del magnífico y voluminoso edificio de piedra rojiza y tejado abuhardillado de la universidad popular Cooper Union mientras los pájaros alzaban el vuelo en la plaza.

Una manzana al este, en Saint Mark's, una tienda de beneficencia tenía los candelabros del altar que robaron junto con las túnicas. Veinticinco dólares el par. Ya que estaba, compré media docena de novelas negras de segunda mano en edición de bolsillo. Para aprender el oficio.

Miento, Señor, solo leo esos condenados libracos cuando estoy deprimido. El detective de bolsillo nunca me falla; su caña y su anzuelo me sirven de consuelo. Sí, se pierde alguna que otra vida aquí y allá, pero el mundo de la novela de bolsillo es ordenado, delimitado, previsible en sus castigos. Más de lo que puedo decir del Tuyo.

Sé que estás en esta película conmigo. Si Thomas Pemberton, doctor en teología, pierde la vida, la pierde aquí, ante su Dios vigilante. No solo te sitúo presuntamente por encima de mi hombro, o en el almidón anglicano de mi alzacuello, o en las paredes de la casa parroquial, o en la frescura de la piedra de la capilla que enmarca la puerta, sino también en el cursor parpadeante…

●　●　●

Martes por la tarde. Lenox Hill para ver a mi enfermo terminal: ambulancias entrando marcha atrás en la zona de estacionamiento de urgencias, con sus pitidos y cegadoras luces estroboscópicas. Antes había letreros de SILENCIO en los alrededores de los hospitales. Los coches de los médicos aparcados en doble fila, los pacientes sujetos con correas a camillas aparcadas en doble fila en la acera, la fuerza laboral joven y elegante del Upper East Side saliendo en tropel del metro pasa por delante sin mirar. Mirando.

Ahora oscurece más temprano. Se encienden las luces en los bloques de apartamentos. Ojalá me dispusiera yo a subir a un elegante estudio y hubiera allí una joven elástica, recién llegada a casa de su interesante empleo, atenta al timbre para cuando yo llamase. Descorchando el vino, tarareando, sin ropa interior.

En el vestíbulo, una multitud estoica a punto ya para las horas de visita con bolsas y fardos y bebés retorciéndose en los regazos. Y esa profesión fruto de la plaga de nuestros tiempos, el guardia de seguridad, en distintas versiones indolentes.

La puerta de mi enfermo terminal marcada con un letrero de ZONA RESTRINGIDA. Abro, todo sonrisas.

¿Trae medicina, padre? ¿Va a curarme? Pues váyase a la puta mierda. A la puta mierda, no necesito sus gilipolleces.

Unos ojos enormes, eso es lo único que queda de él. Un hueso del brazo apunta el mando a distancia como una pistola, y allí, en el televisor colgado, la chica sonriente hace girar la enorme rueda.

Concluida mi visita pastoral de consuelo, recorro el pasillo, donde varios negros bien vestidos esperan frente a una habitación privada. Sostienen regalos en los brazos. Huelo cosas ajenas a un hospital. Los efluvios de una tarta de fruta todavía caliente. Sopas. Carnes recién asadas. Me pongo de puntillas. ¿Quién es esa?

A través de las flores, como un Gauguin, una mujer negra, atractiva, de complexión frágil, sentada en la cama. Con turbante. Regia. No oigo las palabras, pero su voz grave y melodiosa de oración sabe de qué está hablando. Los hombres con los sombreros en las manos y las cabezas inclinadas. Las mujeres con pañuelos blancos. Al salir, se lo pregunto a la enfermera de la planta.

Hacemos lleno dos veces al día. Tenemos aquí a todo Zion. Lo único bueno desde que ingresó la hermana es que no tengo que hacer la compra para la cena. Ayer llevé a casa chuletas de cerdo al horno. No se imagina lo buenas que estaban.

Otra que tiene problemas con mis gilipolleces: la viuda cuyo nombre en clave es Moira. En su nuevo dúplex, desde donde se ve el cartel de Pepsi-Cola al otro lado del río, ha estado leyendo a Pagels sobre los orígenes del cristianismo.

Fue todo política, ¿no?, me pregunta.

Sí, le digo.

Y por tanto ahora tenemos lo que tenemos debido a quién ganó entonces, ¿no?

Bueno, sí, sin olvidarnos de la Reforma, supongo que sí.

Ella se reclina en las almohadas. ¿Todo es una ficción, pues, un invento?

Sí, digo, cogiéndola entre mis brazos. Y la verdad es que ha funcionado durante mucho tiempo.

Antes intentaba hacerla reír en los bailes del Spence. No podía entonces, no puedo ahora. Una melancólica con talento, esta Moira. Perder el marido, una desgracia más.

Pero era una de las pocas del antiguo grupo que no opinaba que yo estaba echando a perder mi vida.

Pelo castaño espeso y ondulado, con raya en medio. Ojos oscuros resplandecientes, un poco demasiado separados. Una silueta no muy habitual, con poco tono, gloria a Dios en las alturas.

Su lengua asoma por la comisura de los labios carnosos y lame una lágrima.

Y después, Jesús, la sorprendente condolencia de su beso húmedo y salado.

Para el sermón: empezar con la escena en el hospital, esa gente buena y recta rezando junto a la cama de su párroca. La humildad de esas personas, su fe resplandeciendo como luz en torno a ellos, me despiertan tal anhelo... de compartir su inocencia.

Pero luego me pregunté: ¿Por qué la fe debe basarse en la inocencia? ¿Debe ser ciega? ¿Por qué debe partir de la necesidad de creer de la gente?

Damos todos tanta lástima en nuestro deseo de librarnos de la carga que estamos dispuestos a acogernos a la soberanía del cristianismo o, en realidad, de cualquier otra afirmación de la autoridad de Dios. La autoridad de Dios es una afirmación poderosa y nos reduce a todos, dondequiera que estemos en el mundo, cualquiera que sea nuestra tradición, a la gratitud del mendigo.

Así pues, ¿dónde ha de buscarse la verdad? ¿Quiénes son los elegidos que recorren dichosamente el verdadero camino hacia la Salvación...? ¿Y quiénes son los otros descarriados? ¿Podemos distinguirlos? ¿Lo sabemos? Creemos saberlo... claro que creemos saberlo. Tenemos nuestras convicciones. Pero ¿cómo diferenciamos nuestra verdad de la falsedad de otro, nosotros los poseedores de la fe verdadera, salvo por la historia que cultivamos? Nuestra historia de Dios. Pero, amigos míos, yo os pregunto: ¿Es Dios una historia? ¿Podemos, examinando cada uno de nosotros nuestra fe... quiero decir, su centro puro, no sus formas de consuelo, no sus hábitos, no sus sacramentos rituales... podemos seguir creyendo en lo más hondo de nuestra fe que Dios es nuestra historia de Él? ¿Cómo ha incidido en nuestra historia, por ejemplo, la carnicería industrializada, la matanza terrorista del Holocausto urdida a nivel continental? ¿Nos atrevemos a preguntarlo? ¿Qué mortificación, qué ritual, qué práctica habría sido una respuesta cristiana acorde al Holocausto? ¿Algo que nos garantice que nuestra historia es verdad? ¿Algo tan demoledor a su manera como Auschwitz y Dachau: un exilio en masa, quizá? ¿El compromiso vitalicio de millones de cristianos de errar, marginados, por todo el mundo? ¿El abandono de tierras y ciudades en un radio de mil kilómetros en torno a cada campo de la muerte? No sé qué sería, pero sé que lo reconocería si lo viera. Si seguimos con nuestra historia, a ciegas, después de algo así, ¿no es por necedad más que por mera inocencia? ¿Y no es posiblemente una difamación, una profunda impiedad presuponer que esta historia ignorante nuestra contiene a Dios, que abarca a Dios, que circunscribe a Dios, el autor de todo lo que podemos concebir y todo lo que no podemos concebir... esta historia nuestra de Él? ¿De Ella? ¿De quién? ¡De qué en nombre de nuestra fe —¡de qué en nombre de Dios!— nos pensamos que estamos hablando!

    Almuerzo del miércoles.

    En fin, padre, ha llegado a mis oídos que ha tenido otra de sus actuaciones portentosas.

    ¿De dónde saca la información, Charley? ¿De mi pequeño diácono, o de mi maestro de coro?

    Déjese de bromas.

No, en serio, a menos que haya puesto micrófonos en el altar. Porque bien sabe Dios que allí no hay nadie más que nosotros, los cuatro gatos de siempre. Asígneme una parroquia en la parte alta de la ciudad, ¿qué me dice a eso? Una donde las vigas no tiemblen cada vez que pasa el metro. Asígneme uno de esos escaparates de Dios del centro adonde van los devotos ricos y famosos y ya verá lo que es una actuación portentosa.

Oiga, escuche, Pem, dice. Esto es impropio. Está haciendo y diciendo cosas que son… preocupantes desde un punto de vista eclesiástico.

Arruga la frente ante su pescado a la plancha como si se preguntase qué hace ahí. Su Pinot Grigio bien elegido abandonado impúdicamente mientras toma un sorbo de agua fría.

Dígame de qué debería hablar, Charley. Mis cinco feligreses son personas serias. O sea, ¿esto solo es un problema para la teología judía? ¿La mormona? ¿La swedenborgiana?

Existe un lugar para la duda. Y no es el altar de Saint Timothy.

Es curioso que diga eso. La duda es el tema de mi sermón de la semana que viene: la idea es que en nuestros tiempos una persona religiosa no tiene más probabilidad de llevar una vida moral que una persona irreligiosa. ¿Usted qué opina?

Se ha filtrado cierto tono, un orgullo intelectual; hay algo que no está bien…

Y es posible que nosotros, custodios de los textos sagrados, seamos en espíritu menos temerosos de Dios que el individuo secular medio en una democracia industrial moderna que ha aceptado discretamente las enseñanzas éticas y las ha instalado en sí mismo y/o sí misma.

Deja el cuchillo y el tenedor, pone en orden sus pensamientos: Siempre ha sido usted muy suyo, Pem, y en otro tiempo sentí una admiración furtiva por la libertad que ha encontrado dentro de la disciplina de la Iglesia. Todos la sentíamos. Y en cierto modo ha pagado por ella, los dos lo sabemos. Por talento e inteligencia, por cómo brilló en Yale, probablemente tendría que haber sido mi obispo. Pero, desde otro punto de vista, es más difícil hacer lo que yo hago: ser la autoridad que las personas como usted siempre ponen a prueba.

¿Las personas como yo?

Por favor, piénselo. El expediente empieza a ser demasiado voluminoso. Va camino de una revisión, de una denuncia eclesiástica. ¿Es eso lo que quiere?

Me desarma con la mirada de sus ojos azules. Una mata de pelo juvenil, ahora gris, cayéndole sobre la frente. De pronto su famosa sonrisa asoma en su cara y se desvanece al instante, ya que no ha sido más que la mueca de la distracción en una mente administrativa.

Lo que sé de esas cuestiones, Pem, lo sé bien. La autodestrucción no es un acto, ni siquiera una clase de acto. Es todo un hombre desintegrándose en todas direcciones, en los trescientos sesenta grados.

Amén, Charley. ¿No habrá tiempo para un café doble?

A ver, ese Tillich —Paulus Tillichus—, el viejo zorro, ¿cómo construye el sermón? Coge un texto y lo desmenuza hasta decir basta. Olfatea las palabras, las toquetea con las patas: ¿Qué es, si vamos al fondo de la cuestión, un *demonio*? ¿Decís que queréis *salvaros*? Pero ¿eso qué significa? Cuando en vuestras plegarias pedís la *vida eterna*, ¿a qué creéis que aspiráis? Paulus, el filólogo de Dios, el Merriam-Webster de los doctores en teología, ese pastor… alemán… Me encantaba. El suspense en que nos mantenía… oscilando al borde del secularismo, agitando los brazos desesperadamente. Como es natural, nos salvaba cada vez, nos arrancaba del abismo, y al final salíamos bien librados, otra vez al lado de Jesús. Hasta el siguiente sermón, la siguiente lección. Porque si Dios ha de vivir, las palabras de la fe deben renovarse. Las palabras deben renacer.

Ay, cómo acudimos a él en bandada. Las vocaciones se dispararon.

Pero eso fue en otro tiempo y esto es ahora.

Hemos vuelto a la cristiandad, Paulus. Es la gente lo que vuelve a nacer, no las palabras. Se ve en la televisión.

Viernes por la mañana. Dejándose guiar por su intuición, el Detective de la Teología llegó hasta el barrio de aprovisionamiento de los restaurantes en el Bowery, por debajo de Houston, donde se comercia vigorosamente con material de segunda mano: mesas de vapor, cámaras frigoríficas, parrillas, fregaderos, ollas, woks y bandejas distribuidoras de cubiertos. Detrás de la Taipei Trading Company estaba la antigua nevera a gas adquirida en fecha demasiado reciente para llevar la etiqueta con el precio, con la señal de la suela de mi zapato todavía en la puerta allí donde le daba una patada cuando no se quedaba cerrada. Y en uno de los expositores del departamento de vajilla de segunda mano, el juego de té de nuestra despensa, las piezas blancas con orla verde, regalo de nuestras queridas y ya desaparecidas Damas Auxiliadoras. Prácticamente puse yo el precio, Señor. Con entrega gratuita. Un robo.

Noche. Me acerco a la plaza Tompkins, encuentro a mi amigo en su banco.

Esto tiene que acabarse, le digo.

Vaya cabreo llevas.

¿Y tú cómo estarías?

No como los curas que yo conozco.

Creía que teníamos un acuerdo. Creía que había respeto mutuo.

Y así es. Siéntate.

Los gorriones se trabajan los bancos en el crepúsculo.

Ya te dije que estabas perdiendo el tiempo, pero he preguntado por ahí, como te prometí. Nadie de por aquí está mangando en Tim's.

¿Nadie de por aquí?

Exacto.

¿Cómo estás tan seguro?

Esto es un territorio regulado.

¡Regulado! Eso tiene gracia.

¿Y ahora quién es el que no muestra respeto? Es mi parroquia de lo que hablamos. La Iglesia de la Dulce Visión. Ellos se apoyan en mí, ¿entiendes lo que digo? Se me conoce por mi compasión. Estás tratando con extranjeros o gente así, eso te lo aseguro.

En fin, demonios. Supongo que tienes razón.

Tranquilo. Abre el maletín: Ten, mi propia mezcla personal. De balde, relájate.

Gracias.

Prueba de mi afecto.

Lunes por la noche, táctica nueva. Esperé en el balcón con mi Superhaz AsustaOsos de seis voltios. Si algo se movía, apretaría el botón y mi Superhaz iluminaría el altar a trescientos mil kilómetros por segundo: la misma velocidad de crucero que la del dedo de Dios.

Las luces de color ámbar para la prevención de la delincuencia instaladas en la calle convierten mi iglesia en un lugar perfecto para la práctica de la delincuencia a puerta cerrada. Insinuaciones de una especie de aire empañado en los espacios abovedados. Las figuras de los vitrales amarilleándose en desvaída obsolescencia. ¿Cuántos años hace que esta iglesia es mi casa? Pero me bastó sentarme al fondo durante unas horas para comprender el hecho de su imperturbable indiferencia. Cómo cruje un banco de roble. Cómo el paso de una sirena de la policía con su doble tono Doppler es como una crisis archivada ya en sus muros de piedra.

Y entonces, Señor, lo confieso, me adormilé. El padre Brown nunca habría hecho algo así. Pero se oyó un estrépito, como si a un camarero se le hubiera caído toda la carga de platos. Al oírlo me espabilé en el acto. Un momento, pensé; en las iglesias no hay camareros: ¡están metiendo mano otra vez a la despensa! Había supuesto que irían a por el altar. Puse en movimiento mi enorme humanidad escalera abajo, sosteniendo en alto el Superhaz como una porra. «¡Clamo a Dios por Tommy, Inglaterra y san Tim!» ¿Cuánto tiempo llevaba dormido? Me detuve en el umbral de la puerta, encontré el interruptor y, cuando haces eso, por un instante el único sentido operativo es el sentido del olfato: hachís en esa despensa vacía. Olor corporal de hombre. Pero también el aroma sanguíneo y penetrante de la hormona femenina. Y algo más, algo más. Como carmín, o una piruleta.

Los armarios de la vajilla: algunos paneles de cristal hechos añicos, tazas y platitos rotos en el suelo, una taza todavía balanceándose.

Una corriente de aire frío. Habían salido por la puerta del callejón. Un algo desgarbado moviéndose allí fuera. Un grave sonido metálico se eleva a través de mis tacones. Alguien lanza un juramento. Soy yo, manipulando torpemente el condenado reflector. Dirijo el haz hacia fuera y veo una sombra que se eleva claramente, algo con ángulos rectos en el instante evanescente en que dobla la esquina.

Volví a todo correr a la iglesia y dejé que mi escasa luz iluminara. Detrás del altar, donde debería haber estado el gran crucifijo de latón, estaba ahora la sombra de Tu cruz, Señor, en la pintura sin deslucir resultado del mal gusto de mi predecesor.

Lo que dijo el detective auténtico: Créame, padre. Hace diez años que estoy en la comisaría de este distrito. Son capaces de mangar en una sinagoga por la… cómo se llama… la Torá. Porque está escrita a mano, no es un objeto producido en serie. Genera, como mínimo, cinco mil. Mientras que el precio de catálogo de su cruz por fuerza es cero. Nada. No es por faltarle al respeto, estamos prácticamente emparentados, yo soy católico, voy a misa, pero eso en la calle no es más que pura chatarra. ¡Cielo santo! ¡Qué panda de enfermos mentales!

Fue un error hablar con el *Times*. Un joven tan comprensivo. No entendí nada hasta que se llevaron la cruz, le expliqué. Creía que solo eran unos drogotas que buscaban unos dólares. Tal vez ni ellos mismos lo entendían. ¿Estoy enfadado? No. Estoy acostumbrado a esto, estoy acostumbrado a que me roben. Cuando la diócesis me retiró el programa de comida para los desamparados y lo fusionó con uno que se organizaba en el otro lado de la ciudad, perdí a casi todos los feligreses. Aquello sí fue un atraco. Así que, incluso antes de que sucediera esto, ya fui despojado. Esa gente, quienesquiera que sean, se ha apropiado del crucifijo. Al principio me molestó. Pero, pensándolo mejor, quizá Jesucristo haya ido a donde lo necesitan.

Suena el teléfono. Recibo la denuncia eclesiástica. Pero también promesas de apoyo, un talón tras otro. Incluidos al-

gunos de los antiguos parroquianos, ahora amigos de mi querida esposa, a quienes mi vocabulario les parecía peculiar, como
una interpretación de Mozart con instrumentos de época.
Tommy Pemberton nos tocará unas cuantas devociones en su
viola da gamba. Cuento novecientos más la calderilla. ¿He topado con un timo nuevo? Ya te digo, Señor: esta gente no se entera. ¿Qué tengo que hacer? ¿Poner una cerca? ¿Electrificarla?

Los de los noticiarios de la televisión pululan alrededor.
Aporrean mi puerta. ¡Auxilio, auxilio! Levantaré la ventana de
guillotina de detrás de este escritorio, saltaré ágilmente a los
escombros del solar, pasaré por debajo de la ventana de Ecstatic Reps, donde la mujer de pantorrillas gruesas corre en la
cinta, y desapareceré. Miles de gracias, sección metropolitana.

Trish daba una cena cuando llegué. El hombre del servicio
de cáterin que me dejó entrar creyó que llegaba con retraso.
Ahora que lo pienso, tenía la mirada al frente cuando pasé por
el comedor…, un milisegundo, ¿no? Y sin embargo lo vi todo:
qué plata, el centro de mesa floral. Hoy toca la escalopa de ternera. Château Latour en los decantadores de cristal Steuben.
Menudo derroche. Están presentes dos de los aspirantes: el di-
plomático francés de la ONU y el gestor de fondos de inversión mobiliaria y niño prodigio. El francés tiene todas las de
ganar. Los otros son simples comparsas. Es asombroso el ruido
que pueden hacer diez personas alrededor de una mesa. Y, en el
mismo milisegundo a la luz de las velas, la mirada de Trish por
encima del borde de la copa que se lleva a los labios, esos pómulos, los ojos azules risueños, la toca escarchada. Esa frac-
ción de un instante de mi paso por la puerta fue lo único que
necesitó desde el extremo opuesto de la mesa para ver lo que
tenía que ver de mí, para entender, para saber por qué había

vuelto a casa furtivamente. Pero ¿no es espantoso que, después de haber terminado todo entre nosotros, las sinapsis sigan activándose coordinadamente? ¿Qué tienes que decir a eso, Señor? Con todos los problemas que tenemos contigo, y ni siquiera hemos aclarado aún tus perversidades menores. Me refiero a cuando un instante es aún el portador saltarinamente vivo y capaz de toda nuestra inteligencia. Y es esa misma biología, esa condenada y estúpida biología, la que actúa cuando, por más que me conmueva otra mujer, las yemas de mis dedos registran que esa no es Trish.

Pero el comedor era lo de menos. Es un recorrido muy largo por el pasillo hasta la habitación de invitados cuando las chicas están en casa el fin de semana.

Estamos trabajando con la batería, Señor, se me ha olvidado el cargador. Y estoy agotado: perdóname.

kerido padre si kiere saber donde esta su cruz mire en 7531 calle 168 apto 2A donde el santero umbala lanza conchas marinas y sacrifica poyos.

Ya, claro.

Querido señor Pemberton: Somos dos misioneros de la Iglesia de Jesucristo de los Santos del Último Día (mormones) asignados al Lower East Side de Nueva York... Ya basta.

Querido padre: Hemos leído acerca de sus problemas con esos extranjeros que se atreven a profanar la iglesia cristiana y mancillan al Dios Vivo. Para que no desespere, le diré que formo parte de un grupo de la cercana Nueva Jersey que se dedica a defender la República y el Sagrado nombre de Jesús de los intrusos allí donde surjan, incluido el gobierno federal. Y cuando digo defender digo defender: con destreza y pericia organizativa y lo único que esa gente entiende, El Arma, que es nuestra prerrogativa empuñar como americanos blancos libres...

Así se habla.

Bien, una acción de la que informar.

Ayer, lunes, me dejó un mensaje en el contestador un tal rabino Joshua Gruen, de la sinagoga Judaísmo Evolutivo, en la calle Noventa y Ocho Oeste: es en interés mío que nos reunamos lo antes posible. Mmm. Está claro que no es un chiflado de esos. Le devuelvo la llamada. Cordial, pero se niega a contestar a ninguna pregunta por teléfono. Así que, vale, eso es lo que hacen los detectives, Señor, investigan. Parecía un joven serio, hablando de religioso a religioso: ¿de paisano o con alzacuello? Opto por el alzacuello.

La sinagoga, una casa de piedra roja entre West End y Riverside Drive. Una empinada escalinata de granito hasta la puerta. Deduzco que el Judaísmo Evolutivo incluye el aerobic. Sospecha confirmada en cuanto me franquean el paso. Joshua (mi nuevo amigo), un hombre esbelto de un metro setenta y dos, con sudadera, vaqueros, zapatillas deportivas. Me da un firme apretón de manos. Unos treinta y dos, treinta y cuatro años, un buen mentón, una frente muy curva. Un yarmulke de punto a horcajadas sobre su pelo negro ondulado.

Me enseña su sinagoga: un salón-sala de estar reconvertido, con un arco en un extremo, una mesa alta para leer la Torá, estantes con libros de oraciones y unas cuantas hileras de sillas plegables, y ya está.

Primera planta, me presenta a su mujer, que deja a su interlocutor telefónico en espera, se levanta de la mesa para estrecharme la mano, también ella rabina. Sarah Blumenthal, pantalón informal y blusa, sonrisa atractiva, pómulos salientes, sin maquillar —tampoco lo necesita—, pelo claro corto, peinado actual, gafas de abuela, ay, Señor. Esa rabina auxiliar del Templo de Emanu-El. ¿Y qué pasaría si Trish se sacara el doctorado en teología, vistiera el alzacuello, celebrara la eucaristía conmigo? Vale, ríete, pero no tiene gracia si me paro a pensarlo, ninguna gracia.

Segunda planta, conozco a los hijos, niños de dos y cuatro años, en su hábitat natural de estanterías cuadradas de colores primarios llenas de peluches. Se aferran a los costados de su niñera guatemalteca morena, a quien me presentan también como miembro de la familia…

En el rellano de la segunda planta, en la pared del fondo, hay una escalerilla de hierro. Joshua Gruen asciende, abre una trampilla, sale al exterior.

Al cabo de un momento aparece su cabeza recortada contra el cielo azul. Con una seña me indica que suba, a mí, el pobre Pem sin fuelle, en plena prueba de estrés y fascinado… tan resuelto a aparentar que no representa el menor esfuerzo que no puedo pensar en nada más.

Finalmente me hallo de pie en la azotea, entre los viejos bloques de apartamentos de West End y Riverside Drive que se yerguen a cada lado de esta manzana de tejados de piedra roja y chimeneas, e intento recobrar el aliento a la vez que sonrío. El sol otoñal detrás de los bloques de apartamentos, la brisa ribereña del atardecer en la cara. Siento la euforia y el leve vértigo de estar en una azotea… y ni siquiera me pregunto —hasta que de repente capta mi atención la mirada perpleja y francamente inquisitiva del rabino, que quiere saber por qué pienso que me ha llevado allí arriba— por qué me ha llevado allí arriba. Metiéndose las manos en los bolsillos, señala con el mentón hacia el parapeto que da a la calle Noventa y Ocho, donde, tendido en la azotea embreada, con el madero transversal exactamente paralelo a la fachada del edificio, el vertical apoyado contra el frontón de granito, yace el crucifijo de latón hueco de dos metros y medio de Saint Timothy's, Iglesia Episcopal, bruñido y resplandeciente bajo el sol del otoño.

Supongo que supe que lo había encontrado desde el momento en que oí la voz del rabino en el contestador. Me agaché para examinarlo de cerca. Ahí están las viejas muescas y abolladuras. También algunas nuevas. No es una sola pieza, cosa que yo no sabía: los brazos están atornillados a la pieza vertical conforme a una especie de sistema de mortaja y espiga. Lo levanto por el pie. No pesa mucho, pero está claro que es demasiada cruz para llevarla a cuestas por las estaciones de la línea IRT.

Casi estaba convencido de que en realidad había sido una nueva secta de algún tipo. Tú dejas que estas cosas pasen, Señor, que las ideas sobre Ti proliferen como un virus. Pensé, Vale, vigilaré desde la acera de enfrente, los observaré mientras desmontan mi iglesia ladrillo a ladrillo. Quizá los ayude. Volverán a montarla en otra parte, como una iglesia popular o algo así. Una peculiar manifestación de su simple fe. Quizá me deje caer por allí, escuche el sermón de vez en cuando. Quizá aprenda algo...

Luego mi otra idea, y reconozco que es paranoica: la cruz acabaría como una instalación en SoHo. Uno de esos artistas locos... Bgasta con que espere unos meses, un año, y miraré por la vidriera de una galería y la veré allí, debidamente embellecida, una declaración. La gente allí de pie bebiendo vino blanco. Esa era, pues, la versión secular. Creía que había cubierto todas las bases. Estoy conmocionado.

● ● ●

¿Cómo supo el rabino Joshua Gruen que eso estaba allí? Una llamada anónima. Una voz de hombre. Hola, ¿rabino Gruen? Hay fuego en su azotea.

¿Fuego en la azotea?

Si los niños hubiesen estado en casa, los habría sacado y habría llamado a los bomberos. Como no estaban, cogí el extintor de la cocina y subí. No fue muy inteligente. No había fuego en la azotea, claro está. Pero este edificio, por modesto que sea, es una sinagoga, un lugar para la oración y el estudio. Y como usted ve, una familia judía ocupa las plantas superiores.

¿Se equivocaba, pues, quien hizo la llamada?

Se muerde el labio, sus ojos de color castaño oscuro fijos en los míos. Para él es un símbolo execrable. Marca a fuego su sinagoga. La marca, piso a piso, a imagen de una iglesia cristiana. Quiero decirle que formo parte del Comité de Teología Ecuménica de la Hermandad Transreligiosa. Soy miembro de un Congreso Nacional de Cristianos y Judíos.

Esto es deplorable. De verdad que lo siento mucho.

Tampoco es que usted tenga la culpa.

Ya lo sé, digo. Pero esta ciudad es más rara a cada minuto.

Los rabinos me ofrecen una taza de café. Nos sentamos en la cocina. Me pongo cercano a ellos: nuestras dos casas de adoración profanadas, todo el patrimonio judeocristiano envilecido.

Esa banda lleva meses cebándose en mí. Y total, para lo que les han deparado sus esfuerzos, más les habría valido atracar una lavandería. Oiga, rabino...

Joshua.

Joshua. ¿Usted lee novelas negras?

Se aclara la garganta, se sonroja.

Solo a todas horas, dice Sarah Blumenthal, sonriéndole.

Bien, pues unamos nuestras mentes. Tenemos aquí dos misterios.

¿Por qué dos?

Esa banda. No me puedo creer que su intención fuera, en última instancia, cometer un acto antisemita. No tienen intención alguna. Son unos insensatos. Son como niños adultos. No forman parte de este mundo. ¿Y han venido desde el Lower East Side hasta el Upper West Side? No, eso es pedirles demasiado.

¿Así que hay alguien más?

Debe de haberlo. Han pasado dos semanas largas. Alguien les quitó el crucifijo, eso si es que no lo encontró en un contenedor. Veamos, la policía me dijo que no valía nada, pero si hay alguien que lo quiere, entonces sí tiene valor, ¿no? Y es esta segunda persona, o personas, quien actuó con una intención. Pero ¿cómo lo llevaron a la azotea? ¿Y nadie los vio, nadie los oyó?

Estaba metido en el caso, haciendo preguntas, ensanchando las aletas de la nariz. Me divertía. Ay, Señor, Señor, ¿debería haber sido detective? ¿Era esa mi verdadera vocación?

Angelina, a quien creo que ha conocido con los niños, una mañana oyó ruidos en la azotea. Nosotros ya nos habíamos ido. Fue el día que yo fui a ver a mi padre, dice Sarah, mirando a Joshua en busca de confirmación.

Y yo había salido a correr, añade Joshua.

El ruido no duró mucho, y Angelina no le dio mayor importancia; pensó que era alguien que había venido a reparar algo. Supongo que subieron por una de las casas de la manzana. Las azoteas son colindantes.

¿Recorrió usted la manzana? ¿Llamó a los timbres de otras casas?

Joshua negó con la cabeza.

¿Y la policía?

Cruzaron una mirada. Por favor, dice Joshua. La congregación es nueva, empieza a andar. Intentamos construir algo viable para hoy... teológicamente, comunalmente. Unas doce familias, solo un comienzo. Un retoño. Lo último que queremos es que esto salga a la luz. No necesitamos esa clase de publicidad. Además, dice, es lo que quieren ellos, los que han hecho esto, sean quienes sean.

No aceptamos la etiqueta de víctimas, dice Sarah Blumenthal mirándome a los ojos.

Y ahora Te digo, Señor, aquí sentado en mi propio estudio, en este coro desnudo y ruinoso, que esta noche siento una lástima excepcional de mí mismo, porque no tengo una compañera como Sarah Blumenthal. No es lujuria, y sabes que lo reconocería si lo fuera. No, pero pienso en lo pronto que me inspiró simpatía, en lo cómodo que me hizo sentir, en la naturalidad con que me acogieron ambos en circunstancias tan difíciles; hay en ellos, en los dos, tal frescura y honradez, es decir, estaban tan presentes en el momento, eran tan dueños de sí mismos, una joven pareja extraordinaria con una vida consagrada discretamente, y forman un bastión familiar tan poderoso y, ay, Señor, qué afortunado es ese rabino, Joshua Gruen, por tener a una devota tan hermosa a su lado.

Fue Sarah, por lo visto, quien ató cabos. Él estaba allí buscando la manera de manejar el asunto, y ella llegó de una conferencia en alguna parte y, cuando él le dijo lo que había en la azotea, ella se preguntó si no sería ese el crucifijo desaparecido sobre el que había leído en el periódico.

Yo no había leído el artículo y tuve mis dudas.

Pensaste que sencillamente era demasiado raro, eso de tener ante tus narices una noticia aparecida en la prensa, dice Sarah.

Es verdad. Las noticias ocurren en otra parte. ¿Y darte cuenta de que sabes más de lo que sabe el periodista? Pero encontramos el artículo.

No me deja tirar nada, comenta Sarah.

Lo cual en este caso fue una suerte, dice el marido a la mujer.

Es como vivir en la Biblioteca del Congreso.

Así que, gracias a Sarah, ahora tenemos al legítimo dueño.

Ella me lanza una mirada, se ruboriza un poco. Se quita las gafas, la estudiosa, y se pellizca el caballete. Le veo los ojos justo un segundo antes de que vuelva a ponerse las gafas. Miope, como una niña de la que me enamoré en primaria.

Estoy sumamente agradecido, digo a mis nuevos amigos. Esto es, aparte de todo lo demás, un mitzvah que han realizado. ¿Puedo llamar por teléfono? Voy a hacer venir una camioneta. Podemos desmontarlo, envolverlo y sacarlo por la puerta de la calle sin que nadie se entere.

Estoy dispuesto a compartir el coste.

Gracias, pero no será necesario. No necesito decírselo, pero de un tiempo a esta parte mi vida ha sido un infierno. Este es un buen café, pero ¿no tendrán por casualidad algo de beber?

Sarah va a un armario empotrado. ¿Qué tal un whisky?

Joshua, suspirando, se recuesta en la silla. A mí también me vendrá bien un trago.

Situación actual: mi crucifijo desmontado y apilado como material de construcción detrás del altar. No estará montado y colgado a tiempo para el oficio del domingo. Da igual, puedo basar el sermón en eso. La sombra está allí, la sombra de la cruz en el ábside. Ofreceremos nuestras plegarias a Dios en nombre de su Hijo Indeleble, Jesucristo. No está mal, Pem, todavía puedes sacar esas cosas del sombrero cuando te lo propones.

Cómo he de entender esta extraña cultura nocturna de enfermos mentales furtivos, estos ladrones descerebrados de ob-

jetos sin valor que van riéndose por las calles, acarreando...
¿qué? ¡Lo que sea! Por los insípidos distritos del nihilismo urbano... su intelecto, su reconocimiento menguante y trémulo
de algo que en su día tuvo un significado que ahora, entre risas, son incapaces de recordar. Dios santo, en eso ni siquiera
hay sacrilegio. Un perro robando un hueso es más consciente
de lo que se trae entre manos.

Una llamada de Joshua hace un momento.

Si vamos a actuar como detectives con esto, empecemos
por lo que sabemos, ¿no es eso lo que hizo usted? Lo que yo sé,
de lo que parto, es que ningún judío habría robado su crucifijo.
No se le ocurriría. Ni siquiera sumido en lo más hondo de un
estado de confusión inducido por la droga.

Probablemente, digo, preguntándome, ¿por qué Joshua
considera necesario descartar esa posibilidad?

Pero como usted también dijo, un objeto así no tiene valor en la calle a menos que alguien lo quiera. Entonces sí tiene
valor.

Para un antisemita recalcitrante, ya instalado allí, por
ejemplo.

Sí, esa es una posibilidad. Este es un barrio variopinto.
Puede haber gente a la que no le guste tener una sinagoga en
su manzana. No tengo constancia de ello, pero no puede descartarse.

Ya.

Pero tampoco puede descartarse que... poner la cruz en
mi azotea... En fin, eso es algo que podría haber organizado
un fanático ultraortodoxo. Tampoco eso puede descartarse.

¡Santo cielo!

Tenemos nuestros extremistas, nuestros fundamentalis-
tas, igual que ustedes. Para algunos, lo que Sarah y yo hacemos, este esfuerzo por rediseñar, revalidar nuestra fe... en

fin, a sus ojos equivale a la apostasía. ¿Qué piensa de eso como teoría?

Muy generosa, Joshua. Pero no me lo trago, eso es lo que digo. Mejor dicho, me parece poco probable. ¿Por qué habría de ser así?

¿Recuerda esa voz que me avisó de que había fuego en la azotea? Es una manera de expresarse muy judía. Lógicamente, no lo sé con certeza, puede que esté equivocado. Pero es una opción digna de tenerse en cuenta. Dígame, padre…

Tom…

Tom. Usted es un poco mayor que yo, ha visto más, ha pensado más en estas cosas. Ahora en el mundo, allí a donde mire, Dios pertenece a los atavistas. Y son muy vehementes, esos individuos, están muy seguros de sí mismos, ¡como si todo el conocimiento humano desde las Escrituras no fuera también revelación de Dios! Es decir, ¿acaso el tiempo es un bucle? ¿Tiene usted la misma sensación que yo? ¿La sensación de que todo parece en retroceso? ¿De que la civilización va marcha atrás?

Ay, mi querido rabino… ¿eso adónde nos lleva? Porque quizás eso sea la fe. Eso es lo que hace la fe. Mientras que yo empiezo a pensar que mantener en suspenso, en la irresolución, cualquier convicción firme sobre Dios, o sobre una vida junto a Él después de la muerte, nos garantiza, de algún modo, que caminamos conforme a su Espíritu.

Lunes. Las puertas de la calle están cerradas con candado. En la cocina de la casa parroquial, retrepado en su silla y leyendo *People*, está el guardia de seguridad recién contratado, con su clásica indolencia.

También me reconforta la mujer de Ecstatic Reps. Ahí está, como de costumbre, caminando sin avanzar, con los auriculares calados en la cabeza, sus grandes pantorrillas en las mallas ajustadas subiendo y bajando como rocas sisífeas. Cuando la tarde se oscurezca, la mujer se verá disgregada y salpicada por los verdes y azules lavanda tenues de las refracciones de la luz en el ventanal.

Todo está, pues, donde debe estar; el mundo está en orden. Se oye el tictac del reloj de pared. No tengo que preocuparme por nada, salvo de lo que voy a decir a los examinadores del obispo que determinarán el curso del resto de mi vida.

Esto es lo que diré para empezar:

«Queridos colegas, lo que hoy han venido a examinar no es del orden de una crisis espiritual. Que eso quede claro. No me he quebrantado, venido abajo, quemado ni hundido. Cierto es que mi vida personal es una calamidad, mi iglesia es como una ruina de guerra y, como no soy de los que recurren a la terapia o a los grupos de apoyo, y Dios, como de costumbre, ha hecho caso omiso de mis comunicaciones (seamos sinceros, Señor, ni una carta, ni una postal), me siento un tanto aislado, la verdad. Incluso admito que desde hace unos pocos años, mejor dicho, bastantes años, no he sabido qué hacer en los momentos de desesperación salvo recorrer las calles. No obstante, mis ideas tienen contenido y, si bien algunas pueden resultarles alarmantes, les rogaría —sugeriría, recomendaría, aconsejaría—, les aconsejaría que las analizaran en relación con sus méritos, y no como prueba del declive psicológico de una mente por la que en otro tiempo sintieron cierto respeto.»

Hasta aquí bien, ¿no, Señor? Un poco como si lo dejara en sus manos. Tal vez un tanto susceptible. Al fin y al cabo, ¿qué podrían tener en mente? En orden de probabilidad: uno, una advertencia; dos, una amonestación formal; tres, la censura;

cuatro, poco más o menos un mes en retiro terapéutico seguido de un nuevo destino brillantemente remoto en el que ya nunca se volverá a saber de mí; cinco, retiro anticipado con o sin prestaciones completas; seis, exclusión del sacerdocio; siete, la Gran Ex. ¡Qué demonios! Por cierto, Señor, ¿cuáles son esas «ideas con contenido» que les he prometido más arriba? La expresión me ha salido a bote pronto. Confío en que tú me ilumines. Además, con la disminución del periodo de atención de hoy en día, no necesito el noventa y cinco, puedo salir del paso con solo uno o dos. La cuestión es que, diga lo que diga, los alarmaré. En una iglesia no hay nada más tambaleante que su doctrina. Por eso la protegen con sus vidas. Es decir, el hecho mismo de poner la palabra que empieza por «H» encima de la mesa... esa palabra, herejía, es un concepto jurídico, solo eso. La conmoción se supone que es para Ti, pero la afrenta es para la legalidad sectaria. A ti un hereje no puede preocuparte más que alguien a quien la cooperativa de propietarios echa de un edificio por tocar el piano después de las diez. Así que te imploro, Señor, que no me dejes descolgarme con algo que no merezca más que una amonestación. Hazme salir con algo sonado. Háblame. Mándame un e-mail. En otro tiempo te oyeron hablar:

Tú Mismo eres una palabra, aunque algunos la consideraban impronunciable.

Se dice que eres La Palabra, y no me cabe duda de que eres la Última Palabra.

Eres el Señor, nuestro Narrador, que redactó un texto a partir de la nada, o al menos esa es nuestra historia sobre Ti.

Así que aquí está Tu siervo, el reverendo doctor Thomas Pemberton, el ya casi expárroco de Saint Timothy, iglesia episcopal, dirigiéndose a Ti por medio de uno de Tus propios inventos, uno de Tus sistemas entonativos de chasquidos y gruñidos, oclusiones glóticas y vibraciones.

¿No tendrás misericordia con él, con esta pobre alma atormentada en su nostalgia por Tu Único Hijo Engendrado? Ha fracasado en su preparación como detective, no ha resuelto nada.

¿Puede ir igualmente en pos de Ti? ¿De Dios? ¿Del Misterio?

WALTER JOHN HARMON

Cuando Betty me dijo que esa noche se iba con Walter John Harmon, no me inmuté, o al menos eso me pareció. Pero ella me miró a los ojos y debió de ver algo: una ligera pérdida de vitalidad, un momentáneo apagamiento de la expresión. Y comprendió que, pese a todas mis horas de estudio y mis denodados esfuerzos, el Séptimo Logro todavía no estaba a mi alcance.

Queridísimo mío, dijo ella, no te desanimes. Para los hombres es más difícil. Walter John Harmon lo sabe y elogia tu lucha. Puedes ir a verlo si lo deseas, es prerrogativa de los maridos.

No, dije, estoy bien.

Cuando ella se fue, salí a pasear por los prados bajo la luz crepuscular. Este es un paisaje hermoso, un amplio valle ondulado con arroyos y charcas naturales y sin ninguna luz terrestre que eclipse las estrellas o las luces en movimiento de los aviones a reacción entre ellas. Aquí es donde se asentará la Ciudad Santa. La comunidad ha reunido en solo dos breves años las parcelas de este valle. Llevé algún que otro caso de derecho inmobiliario allá en Charlotte y me enorgullece decir que mi participación en esta hazaña no ha sido pequeña. Raya en el milagro que Walter John Harmon, con la naturalidad que le es propia, haya atraído a su profecía a tantos de nosotros. Y que hayamos entregado todo lo que poseemos, no a él, sino a la Exigencia que llega a través de él. No somos idiotas. No somos víctimas de una secta. En muchas partes se ríen de nosotros por seguir como si fuera un profeta de Dios a un mecánico al que en la adolescencia encarcelaron por robo de coches. Pero este hombre bendito ha revolucionado nuestras vidas. Desde el primer momento que estuve en su presencia sentí determinación en mi alma. De pronto todo se hallaba en orden. Yo era quien era. Es difícil de explicar. Vi oscurecerse el mundo exterior, como en el negativo de una película. Pero yo estaba en la luz. Y en sus ojos pareció establecerse que la bendición había recaído en mí. Walter tiene unos ojos de color azul claro tan hundidos bajo el puente de las cejas que los iris quedan tapados en su parte superior, como medias lunas. Es casi una mirada escalofriante la que sientes posada en ti, tan delicada como serlo pueda algo no de este mundo sino inefable, expresión de Dios, como la mirada de un animal.

Fui consciente, pues, del fallo en mí cuando esa noche Betty fue emplazada para la Purificación. Walter está a un nivel por encima de la lujuria. Eso es obvio, ya que todas las esposas, incluso las menos agraciadas, participan de su comunión. Su ministerio anula las fornicaciones de la sociedad secular. Betty y yo, por ejemplo, hicimos el amor muchas veces antes de casarnos. Y los niños de la Comunidad, los niños de blanco, que no han conocido el pecado carnal, no están autorizados a mirar a Walter John Harmon, por miedo a que él infunda en ellos un estado de confusión. Son las preciadas criaturas vírgenes, niños y niñas, cuyo canto proporciona tal júbilo a Walter. Él no les habla, por supuesto, sino que sonríe y cierra esos extraordinarios ojos, y las lágrimas caen de ellos como lluvia por el cristal de una ventana.

● ● ●

Betty y yo conocimos la existencia de Walter John Harmon a través de Internet. De pronto me encontré leyendo un blog de alguien: cómo llegué a eso es algo que no recuerdo. Ahora lo veo como Su primera llamada, ya que en este mundo obra de Dios no hay nada que carezca de significación. Llamé a Betty y ella vino a mi despacho y, juntos, leímos acerca del extraordinario suceso del tornado, ocurrido el año anterior en la localidad de Fremont, al oeste de Kansas. Incluía, además, varios vínculos; todos eran de esa población y contaban todos la misma historia. Accedí a los archivos de la prensa regional y confirmé que por esas fechas se habían producido sucesivos tornados a lo largo y ancho del estado, y que uno especialmente destructivo embistió Fremont de pleno. Pero, aparte de eso, ningún artículo recogía el hecho clave. Ni siquiera el *Sun-Ledger* de Fremont contenía una crónica de ese episodio inexplicable del ciclón que atravesó el centro del pueblo, levantando coches en el aire, haciendo añicos los escaparates de las tiendas, arrancando las casas de sus cimientos y, entre otros desastres, incendiando la gasolina y el aceite encharcados en el suelo del taller mecánico de la gasolinera Getty en la esquina de las calles Railroad y Division, donde Walter John Harmon trabajaba.

He reconstruido en mi cabeza una versión de lo que ocurrió, a partir de los blogs y de lo que después hemos oído contar a los vecinos del pueblo que presenciaron tal o cual momento concreto y que siguieron a Walter en su ministerio y son ahora Patriarcas de la Comunidad. Nadie ha podido convencer al propio Walter John Harmon para que escriba un testimonio, ni él ha permitido que se escriba nada en forma documental. «No es hora de eso», dice. Y luego: «Puede que nunca sea hora, porque el día que flaqueemos y nos apartemos del camino, entonces será la hora». De hecho, en la Comunidad no se escribe nada. Los Ideales, los Imperativos, las Misiones y las Obligaciones se transmiten de viva voz y, una vez expresados por el profeta, se comunican y recuerdan por medio de la oración diaria. Los milagros del tornado se conservan en nuestra imaginación y hablamos de ellos entre nosotros durante nuestra jornada laboral o en las reuniones sociales para que, con el paso de los años, haya Consenso acerca de la verdad íntima y la autoridad de esta sea incuestionable.

Cuando él estaba allí junto al charco de fuego, se elevaron y giraron en el interior del embudo negro primero las puertas del garaje y luego el techo y las paredes desplomadas. Solo Walter John Harmon permaneció donde estaba, y luego inició un lento ascenso, de pie como estaba, y giró con un giro lento, serenamente y en silencio, los brazos abiertos de par en par en medio de la estridencia negra, con los objetos de nuestras vidas arremolinándose en el remolino por encima de él: guardabarros de coche y máquinas de la lavandería, sombreros y abrigos y pantalones vacíos, mesas, colchones, platos y cuchillos y tenedores, televisores y ordenadores, todos malévolamente vivos en el aullido negro. Y de pronto un niño voló hasta el brazo izquierdo de Walter John Harmon, y otro cayó en su brazo derecho, y él los sostuvo firmemente y descendió al suelo allí donde antes estaba. Y entonces el temido viento que corta la respiración desapareció, dispersándose a sí mismo con su fuerza. Y los campos en los aledaños del pueblo quedaron salpicados de muertos y moribundos en medio de sus posesiones. En cambio el charco de fuego en el garaje Getty no era más que un círculo de cemento ennegrecido, y el sol lucía como si nunca hubiese habido tornado, y las madres de aquellos dos niños se acercaron corriendo y los encontraron magullados y sangrantes y llorosos pero vivos. Solo entonces empezó Walter John Harmon a respirar de nuevo, pese a que permanecía donde estaba, incapaz de moverse como si se hallara en trance, hasta que se desplomó y perdió el conocimiento.

Todo esto consta en el Consenso. Otros elementos del milagro aún son objeto de debate en la Comunidad y supongo que se encuentran en el apartado de historias apócrifas. Uno de los Patriarcas, Ansel Bernes, antes dueño de una tienda de ropa, afirma que siete farolas de mercurio del paseo en el barrio comercial de Fremont se encendieron y permanecieron encendidas durante el tornado. Esto no puedo aceptarlo plenamente. Según el *Sun-Ledger*, el apagón en Fremont fue total. La compañía local tardó dos días en devolver el suministro a todo el pueblo.

Cuando llegamos aquí, Betty y yo llevábamos doce años casados, sin el fruto de los hijos. Uno de los atractivos de la Comunidad es que somos todos padres de todos los niños. Mientras que los adultos viven en sus propias zonas claramente delimitadas, como en el mundo exterior, los niños conviven juntos en la casa principal. En la actualidad somos ciento diez, con un tesoro humano de setenta y ocho niños, de edades comprendidas entre los dos y los quince años.

Salvo por la casa principal, que en su día fue un retiro para monjas ancianas de la fe católica y a la que añadimos un ala nueva, todos los edificios de la Comunidad fueron construidos por los miembros conforme a las indicaciones de Walter John Harmon. Para las casas de los adultos exigió estructuras cuadradas, en forma de caja, con tejado a dos aguas, cada una con dos apartamentos de dos habitaciones. Su propia residencia es un poco más amplia, con mansarda en el tejado, lo que le da cierto aspecto de granero. Todos los edificios del complejo están pintados de blanco; no se permiten colores en el exterior ni en el interior. No puede haber elementos metálicos: los marcos de las ventanas son de madera, el agua se acarrea a mano desde los pozos, no hay tuberías interiores y las duchas comunales, las de los hombres y las de las mujeres, están instaladas improvisadamente en tiendas de campaña. Walter John Harmon ha dicho: «Elogiamos lo temporal, valoramos lo transitorio, ya que no puede existir comparación con lo que vendrá que no sea un acto irreverente».

Pero en la sala de trabajo del ala nueva de la casa principal tenemos ordenadores, faxes, fotocopiadoras y demás, alimentados por un generador de gasolina situado detrás del edificio, aunque nos proponemos pasar a las placas solares en cuanto sea oportuno. También hay archivadores metálicos. Todo ello por dispensa ya que, lamentablemente, nos vemos obligados a mantener trato con el mundo exterior. Hacemos frente a los desafíos jurídicos de los funcionarios del estado y el condado y debemos responder a los pleitos privados interpuestos por parientes desconsiderados u oportunistas de algunos miembros de nuestra familia. Pero solo los abogados de la Comunidad, y el Patriarca Rafael Altman, nuestro director financiero y censor jurado de cuentas, y sus contables, y las mujeres que ayudan en las tareas administrativas, podemos entrar en ese espacio. Tres de nosotros ejercemos el derecho, y después de las oraciones matutinas vamos a trabajar como cualquier otro. Por dispensa, poseemos los atributos de la profesión jurídica: trajes, camisas, corbatas, zapatos lustrados, que nos ponemos para aquellas ocasiones en las que debemos reunirnos con nuestros homólogos en el mundo exterior. Nos llevan en carreta hasta la Verja al pie del camino pavimentado a unos tres kilómetros de distancia. Allí podemos elegir entre tres todoterrenos aparcados, aunque nunca el Hummer. El Hummer se reserva para

Walter John Harmon. Él no hace proselitismo, pero sí programa reuniones espirituales en el exterior. O asiste a conferencias ecuménicas o conferencias eruditas sobre tal o cual tema religioso o social. Nunca lo invitan a participar, pero su presencia es ya de por sí bastante elocuente, allí sentado en silencio entre el público con su túnica, la cabeza gacha, la cara casi oculta tras el pelo caído y las manos entrelazadas bajo el mentón.

A la mañana siguiente Betty regresó temprano, entrando el sol con ella por la puerta, y yo la recibí con un abrazo. Y fue un abrazo sincero: me encanta ver su cara por la mañana. Es muy rubia y sale del sueño con las mejillas arreboladas como un niño, y sus ojos de color avellana enseguida están alertas al día. Se mantiene tan ágil y en forma como cuando jugaba al hockey sobre hierba en la universidad. Si la miras con atención, unas minúsculas arrugas irradian de las comisuras de sus ojos, pero para mí eso la hace aún más atractiva. Su cabello conserva el color del trigo y aún lo lleva corto, como cuando la conocí, y todavía tiene ese andar elástico y esa energía característica suya con la que hace las cosas.

Rezamos juntos y luego tomamos el pan y el té, conversando todo el rato. Betty prestaba a la Comunidad el servicio de maestra, ocupándose del parvulario, y me hablaba de sus planes para ese día. Yo me sentía mejor. Era un amanecer hermoso y una membrana blanca cubría la hierba aquí y allá. Experimenté una renovada confianza en mis propios sentimientos.

De repente las imágenes carnales más siniestras cobraron forma en mi cabeza. Quise hablar pero me faltó el aire.

¿Qué, Jim? ¿Qué te pasa?

Betty me cogió la mano. Cerré los ojos hasta que las imágenes desaparecieron y pude respirar otra vez.

Ay, querido mío, dijo ella. Al fin y al cabo, anoche no fue la primera vez. ¿Y acaso han cambiado nuestras vidas? Te aseguro que no es una experiencia humana normal con ninguno de los resultados normales.

No quiero oír nada al respecto. No me es necesario oír nada.

Es un sacramento, ni más ni menos. Es como cuando el sacerdote ponía la oblea en nuestra lengua.

Alcé la mano. Betty me miró con expresión inquisitiva, como en otros tiempos, un pájaro hermoso con la cabeza ladeada, preguntándose quién podía ser yo.

¿Sabes?, dijo, he tenido que contárselo a Walter John Harmon. Deberías ir a verlo. Fíjate en la expresión de tus labios, tan severa, tan iracunda.

No tendrías que habérselo contado, respondí.

Reconocí una Obligación.

Fuera, al sol, inhalé el aire dulce del valle e intenté calmarme. Todo alrededor era la visión de una vida serena. Somos la gente más apacible. En la Comunidad nunca se oye una discusión subida de tono ni se ve una manifestación pública de mal genio. Nuestros niños nunca se pelean, ni se dan empujones, ni se apandillan en dañinas camarillas tal como hacen los niños. La muselina con que nos vestimos, símbolo de nuestro común sacerdocio, apacigua el corazón. Las oraciones que pronunciamos, los alimentos que cultivamos para nosotros en nuestros campos, nos proporcionan una satisfacción inmensa y reiterada.

Betty me siguió. Por favor, Jim, dijo. Debes hablar con él. Te recibirá.

¿Sí? Y si me eximen de mi trabajo, si me veo privado de libertad, ¿quién nos representará en el caso?

¿Qué caso?

No estás autorizada a saberlo. Pero es vital, créeme.

Entonces no te privará de libertad.

¿Cómo lo sabes? Puede que yo no sea un Patriarca, pero tengo permiso para cruzar la Verja. ¿Y eso no presupone el Séptimo?

¿Por qué tenía que defenderme?

Por favor, dije, no quiero seguir hablando de esto.

Betty me dio la espalda y sentí su frialdad. Me asaltó la idea maníaca de que las Purificaciones no serían para mí un problema si ya no amase a mi mujer.

En nuestra cena al final del día me pidió que hiciera algo, una tarea menor que yo habría hecho sin que me lo pidiera, y su tono me pareció imperioso.

¿Hasta qué punto mi trabajo jurídico en el mundo exterior me apartaba de la toma de conciencia profética ofrecida por Walter John Harmon? ¿No tenía yo un pie dentro y un pie fuera? Pero ¿no era ese mi Imperativo? Él mismo decía que los Logros más elevados eran escurridizos, difíciles y, como si tuvieran personalidades propias, propensos a engañarnos con simulacros de sí mismos. Verse privado de libertad no era, pues, un hecho vergonzoso. Quizá por mi propio bien debería haberlo solicitado. Pero ¿acaso entonces no habría antepuesto mis propias necesidades a las de la Comunidad? ¿Y no sería eso renunciar al Sexto Logro?

A la mañana siguiente, antes del trabajo, fui a rezar al Tabernáculo.

Nuestro tabernáculo no es más que un cobertizo. Se halla en el extremo más alto del jardín que bordea el manzanar. Sobre una mesa de madera construida por nosotros y sin adornos ni nada que la cubra, hay una piedra blanca y una llave corriente. Me arrodillé en la hierba bajo el sol con la cabeza agachada y las manos firmemente entrelazadas. Pero aun mientras pronunciaba las oraciones mi mente se escindió. Mientras articulaba las palabras, no hacía más que preguntarme: ¿había yo acudido a la Comunidad por las necesidades de mi propio corazón, o me había engañado asumiendo como propias las convicciones de mi mujer? Tan graves eran las dudas que me asaltaban.

Cuando alcé la vista, Walter John Harmon estaba en el Tabernáculo. No lo había visto acercarse. Ni de hecho él me miraba. Tenía la vista fija en el suelo, sin ver nada salvo sus propios pensamientos.

Walter no pronuncia sermones porque, según sostiene, no somos una iglesia, somos una Revelación en Curso. Se presentaba en el Tabernáculo sin previo aviso a cualquier hora del día, cualquier día de la semana, según se lo dictara el espíritu. En tales ocasiones corre la voz y los miembros que pueden se apresuran a ir a escucharlo, y aquellos cuyo trabajo no se lo permite escucharán sus palabras más tarde, tal como quedan grabadas en la memoria de quienes asisten.

En ese momento la gente se apresuró a venir. Como Walter John Harmon tiene muy poca voz, los Patriarcas, llegado un punto, comprendieron claramente que debía introducirse una dispensa para el uso de un micrófono inalámbrico y un altavoz. Cuando estaba de pie en el Tabernáculo a su manera característica, con las yemas de los dedos de una mano en contacto con la mesa de madera, y cuando empezó a hablar como habría hecho incluso si no hubiese nadie para escucharlo, llegó alguien con el altavoz y montó el micrófono en un soporte ante él. Incluso amplificada, la voz del profeta era poco más que un susurro. Así de grande era su retraimiento, ya que como él había dicho más de una vez, la suya era una profecía reticente. Él no la había buscado, ni deseado. Antes de que Dios llegara a él en ese remolino, ni siquiera había pensado en la religión. En su juventud había llevado una vida de desenfreno y cometido muchas malas acciones, y opinaba que quizá por eso había sido elegido: para demostrar la misteriosa grandeza de Dios.

Lo que Walter John Harmon dijo esa mañana fue algo a este tenor: en todas partes y en todo momento la numeración es la misma para todo el género humano. Eso es porque, en igual medida que la tierra y las estrellas, los números son expresión de Dios. Y así, mientras se suman y se restan y se dividen y se multiplican, mientras se combinan y se separan y dan un resultado, son siempre los mismos para la comprensión de los seres humanos, al margen de quiénes sean o qué lenguas hablen. Dios en forma de verdad numérica pesará la fruta en la báscula, medirá vuestra estatura, os indicará la tolerancia de las piezas de vuestro motor y os dirá la distancia de vuestro viaje. Os ofrecerá números para seguir eternamente sin límite, y a eso lo llamaremos infinito, porque la suma de nuestras matemáticas es Dios. Y cuando Jesús, el Hijo de Dios, murió por nuestros pecados, cargó con la infinitud de ellos porque Él era de Dios y podía morir por los pecados de los muertos y los vivos y los no nacidos de las generaciones venideras.

Un profeta no es el Hijo de Dios, es uno de vosotros, es un hombre corriente con remordimientos, como vosotros, y por tanto sus números no son más infinitos que infinitos son los años de su vida. No puede morir por los pecados del género humano. Solo puede esforzarse para eliminar el pecado de tal o cual alma, cargando con él y añadiéndolo a los suyos. Sean cuales sean vuestras faltas a ojos de Dios —vuestros deseos carnales, vuestra codicia, vuestro apego a lo indigno—, vuestro profeta mortal os libera de ello y carga con ello. Y lo hace hasta que el peso de los números lo entierra y es acogido en el infierno. Ya que es un mortal corriente y, si carga con vuestros pecados, estos pasan a ser suyos, y es al infierno adonde irá, no a la diestra de Dios Padre, sino con el Demonio y el eterno tormento de las profundidades del infierno. «Solo los adultos purificados por esta profecía se unirán a las criaturas vírgenes en la futura Ciudad Santa —dijo John Walter Harmon—. Y yo no estaré entre ellos.»

Estas palabras provocaron consternación. Como la Transferencia del Pecado era la clave de su doctrina, sabíamos que Walter corría el riesgo de quedar excluido de la Ciudad Santa. Habíamos hablado de ella en nuestras Reuniones. La profecía era afín a Jesús, pero no era Jesús; era afín a Moisés, pero no era Moisés. No obstante, oírla expresada en términos matemáticos causó conmoción: la gente se puso en pie y lanzó exclamaciones, porque ahora Walter hablaba de algo tan incontestable como una suma, tan medible como un peso o un volumen, y la realidad de una formulación tan contundente era casi excesiva para sobrellevarla.

No se alejó, sino que nos miró con una leve sonrisa en los labios. ¿Insinuaba acaso que su aciago destino final era inminente? Esa mañana llevaba el pelo rubio y cano recogido en una coleta, con lo que no aparentaba los treinta y siete años que tenía. Y en ese momento sus ojos de color azul claro eran los de un joven ajeno a la tragedia de su vida. Mientras él aguardaba allí de pie, los miembros se fueron tranquilizando poco a poco gracias a su silencio. Nos acercamos a él, nos arrodillamos y le besamos la túnica. Tal vez yo fuera el único ese día que sintió que sus palabras eran una comunicación personal. Parecían responder a mis tormentos, como si habiendo intuido mi renuencia a pedirle consejo, Walter John Harmon hubiera elegido esa manera para recordarme su verdad y reforzar mi convicción. Pero siempre tenía ese efecto, al fin y al cabo, ya que la fuerza de su palabra residía en la inquietante precisión con que podía aplicarse a lo que fuera que uno tuviese en la cabeza, incluso si no se había dado cuenta de ello hasta ese momento.

Cuantos lo oyeron aquel día vieron la verdad de su profecía y la resolución y la paz de someterse a ella. Una vez más sentí el privilegio de los Siete Logros. Yo amaba a John Walter Harmon. ¿Cómo, pues, podía echar en cara a mi mujer su amor por él?

Al cabo de una semana poco más o menos me vestí para el mundo exterior y cogí uno de nuestros todoterrenos para ir a los juzgados estatales de Granger, un viaje de unos noventa kilómetros. Ahora siempre que entraba en un juzgado sentía una gran inquietud, como un extranjero en tierra desconocida. Sin embargo, había revalidado el título para ejercer en tres estados contiguos y dedicado toda mi vida adulta a la práctica del derecho, así que al mismo tiempo tenía la sensación profesional de que mi lugar estaba en edificios como esa vieja monstruosidad de piedra roja con sus cúpulas en los ángulos que dominaba la plaza del centro de la ciudad. Para mí representaba la arquitectura autóctona de mi pasado americano, y cuando subía por los peldaños desgastados y oía el ruido de mis propios tacones en el suelo del vestíbulo debía recordarme que era un enviado del futuro, a punto de dirigirse a los habitantes de las eras tenebrosas de la vida secular con su propio vocabulario.

Ese día tenía una vista con un juez de lo administrativo. El comisionado estatal de educación había emprendido acciones a fin de revocar a la Comunidad el permiso para instruir a los niños en su propia escuela. Se sostenía que el incumplimiento de las leyes de alfabetización obligatoria para todos los niños daba pie a una revocación. No nos recibieron en un tribunal, sino en una sala empleada sobre todo para confeccionar jurados en casos de agravios. Tenía amplios ventanales y estores de color verde oscuro, bajados para proteger el interior del sol de la mañana. Representaban al estado tres abogados. El juez se hallaba tras otra mesa. Había sillas contra las paredes para los asistentes, todas ocupadas. Que yo supiera, no se había hecho anuncio público de la vista de esa mañana. Dos policías montaban guardia junto a la puerta.

El estado sostenía que, usando solo el Apocalipsis para enseñar a nuestros niños a leer y escribir y prohibiéndoles después, por añadidura, leer nada más que el Apocalipsis y escribir nada que no fueran sus pasajes, incumplíamos las leyes de alfabetización. Se establecía una distinción entre educación y adoctrinamiento y se afirmaba que esto último, tal como lo aplicaba nuestra secta (me levanté para protestar ante esta etiqueta despectiva), contravenía la presunción de la alfabetización como proceso continuado, que generaba experiencias lectoras cada vez más amplias y acceso a información. En cambio, en nuestra pedagogía cerrada, donde un texto y solo un texto era lo único que el niño leería, o recitaría, o entonaría, o cantaría por siempre jamás, se negaba la presunción de proceso abierto de alfabetización. El niño aprendería el texto de memoria y lo repetiría de carrerilla sin mayor necesidad de aptitudes lingüísticas.

Aduje que la alfabetización carecía de esa presunción de proceso abierto —implicaba únicamente la capacidad de leer—, que los propios inspectores del estado, en su visita a nuestras clases de primero y segundo, habían quedado satisfechos por cómo se enseñaban los principios de la lectura y la escritura desde el punto de vista del reconocimiento de las palabras y la fonética, la ortografía y la gramática, y que, solo al descubrir, en los cursos superiores, que el Apocalipsis era el único material de lectura de los niños, habían encontrado en falta a la Comunidad. Sin embargo, los niños, tal como les enseñamos nosotros, son de hecho capaces de leer cualquier cosa y están alfabetizados. Como dirigimos su lectura y contemplación al texto sagrado que es la base de nuestra fe y nuestra organización social, el comisionado vulneraría nuestro derecho a la libre expresión religiosa tal como se estipula en la Primera Enmienda. Toda religión enseña sus principios de generación en generación, afirmé. Y todo padre tiene el derecho a educar a su hijo conforme a su fe. Eso es lo que los padres de nuestra Comunidad hacían y tenían derecho a hacer, en tanto que la acusación de alfabetización defectuosa era en vista de esto un intento de entrometerse en la práctica religiosa de una minoría que el comisionado no aprobaba.

El juez dictó la revocación de nuestro permiso pero simultáneamente declaró que, siendo sólidas las apelaciones, aplazaría la puesta en vigor de la orden para darnos tiempo a presentar una recusación. Era lo que yo preveía. Los abogados y yo nos estrechamos las manos y ahí se acabó.

Pero cuando me disponía a abandonar la sala me detuvo un miembro del público, un hombre de cierta edad con las manos nudosas y un bastón. Usted trabaja para el Diablo, caballero, dijo. Vergüenza debería darle, vergüenza, vociferó a mis espaldas. Y luego, en el pasillo, un periodista a quien reconocí apareció a mi lado, caminando a mi paso. Conque jugando la carta de la libertad de culto, ¿eh, letrado? Ya sabe que ahora se le echarán encima. Estudios, exámenes, grabaciones en vídeo, expedientes escolares. Proceso de descubrimiento.

Ha sido un placer verle, dije.

En cualquier caso, ha ganado seis meses. Seis meses más para hacer lo que están haciendo. A no ser, claro está, que crucifiquen antes a su chico.

Cristo fue crucificado, contesté.

Ya, dijo el periodista, pero no por tener una cuenta en Suiza.

Sentí alivio al llegar al gran valle igual que un soldado siente alivio al llegar a sus propias líneas. Flotaba en el ambiente una sensación muy agradable de bulliciosa expectación por la inminencia del fin de semana: íbamos a celebrar un Abrazo.

Era la ocasión mensual en que recibíamos a personas de fuera que habían oído hablar de nosotros y hecho averiguaciones, o tal vez habían asistido a una de las Reuniones de Walter John Harmon en el exterior y sentido interés suficiente para pasar el día con nosotros. Aparcaban ante la Verja y los traían en un carromato de heno. En nuestros primeros tiempos no nos preocupaba la seguridad; ahora anotábamos los números de los carnets de conducir y pedíamos a los demás miembros de la familia su firma y su nombre.

La mañana de ese sábado de mayo llegaron unas veinticinco personas, muchas con niños, y los recibimos con sinceras sonrisas y café y pasteles bajo los dos robles. Yo no formaba parte de la Brigada de la Hospitalidad, pero Betty sí. Ella sabía conseguir que la gente se sintiera a gusto. Era guapa y compasiva, y del todo irresistible, como yo bien sabía. De inmediato detectaba a las almas sensibles más necesitadas e iba directa a ellas. Naturalmente, todos los que aparecían por entonces eran necesitados, o de lo contrario no habrían venido.

Pero algunos eran asustadizos o melancólicos, o estaban tan al borde de la desesperación que mostraban un escepticismo grosero.

Al final nadie podía resistir la calidez y la cordialidad de nuestro Abrazo. Tratábamos a todos los recién llegados como amigos perdidos hacía mucho tiempo. Y había actividades suficientes para mantener entretenido a todo el mundo. Estaba el recorrido por las viviendas y la casa principal, donde los niños entonaban una canción. Y estaba la Puesta de la Túnica. Todos los invitados recibían la túnica de muselina para ponérsela encima de la ropa. Esto los deleitaba como los deleitaría un juego, pero también los aclimataba a nuestra apariencia; así no nos veían tan ajenos. Se sacaban largas mesas de refectorio del taller de carpintería, y los invitados ayudaban a poner los manteles y a servir los cuencos y las fuentes con los exquisitos alimentos: las empanadas de carne, las verduras de nuestros huertos, los panes de nuestro horno, las jarras de agua fresca del pozo y limonada casera. Todos los niños se sentaban juntos a sus mesas y todos los adultos a las suyas, allí bajo el templado sol. Se situaba a cada invitado entre dos miembros, con otro justo enfrente. Y nuestro Patriarca Sherman Beasley, dotado por la naturaleza de una voz atronadora, se ponía en pie y bendecía la mesa, y todos atacaban la comida.

Era un día hermoso. Pude sentarme en mi sitio en el extremo de una de las largas mesas y olvidarme por un rato de las amenazas a nuestra existencia y sentirme afortunado por estar allí bajo un cielo azul y disfrutar del sol en la cara como si fuera el calor de Dios.

La conversación era animada. Teníamos instrucciones de contestar a todas las preguntas de la manera más diplomática posible. No debíamos impartir doctrina ni teología; solo los Patriarcas estaban autorizados a eso.

Una joven tímida sentada a mi derecha me preguntó por qué no había visto perros en la Comunidad. Era poco atractiva físicamente, con gafas de lentes gruesas, y se sentaba en el banco como procurando ocupar el mínimo espacio posible. Esto viene a ser una granja grande, comentó con su voz débil, y yo nunca he estado en una granja donde no haya uno o dos perros.

Solo le dije que los perros eran sucios.

Ella asintió y se detuvo a pensar por un momento. Después de un sorbo de limonada, añadió: Aquí todos son muy felices.

¿Eso te extraña?

Sí, un poco.

No pude evitar sonreír. Estamos con Walter John Harmon, dije.

Después del almuerzo llegó nuestra gran sorpresa. Nos llevamos a todos a la Sección Oeste, donde sobre unos cimientos ya colocados estaba construyéndose una casa para una pareja que acababa de hacer el juramento de entrada. El armazón ya estaba listo; tras sentarnos en la hierba para observar, los hombres nos levantamos y, siguiendo las instrucciones de los carpinteros, algunos nos pusimos a trabajar en el revestimiento del entablado exterior de las paredes, otros se subieron a las vigas del tejado para poner allí los tablones y los más diestros montaron las puertas y las ventanas. Naturalmente ese día no se acabaría nada del interior, pero lo emocionante para nuestros invitados estribaba en ver a tantos de nosotros construyendo tan deprisa una casa. Era una lección sin palabras. En realidad era una especie de actuación, porque habíamos construido una casa idéntica a esa muchas veces y cada hombre sabía qué tenía que hacer y dónde iba cada clavo. Se creaba una música natural con los martillazos y el aserrado y los tirones y los gruñidos, y oíamos las risas de nuestro público y los ocasionales aplausos de placer.

Al final, cuando estábamos todos de pie junto a la casa, el Patriarca Manfred Jackson presentó un papel enrollado a los nuevos ocupantes de la planta baja, los Donaldson, una pareja canosa, los dos llorando cogidos de la mano. Cuando varios miembros abrazaron a los Donaldson y los llevaron a sentarse junto a ellos, el Patriarca Jackson se volvió hacia los visitantes y explicó lo que acababan de presenciar: habían presenciado el Tercer Logro.

Manfred Jackson era nuestro único Patriarca negro. Era una figura imponente, alto, de hombros tan rectos como un joven pese a pasar ya de los ochenta años. Tenía el pelo blanco y lucía la túnica de muselina como un rey. Con el Tercer Logro, explicó, estos comunicantes de la Revelación en Curso han renunciado a todas sus propiedades personales y entregado sus riquezas al profeta. El Tercer Logro es un importante paso, porque no es poca cosa abjurar de los falsos valores del mundo y salir de su inmundicia. El profeta nos enseña que hay siete pasos para ser dignos de Dios. Nuestro será el reino de los castos y los absueltos, porque todo lo que es nuestro, todo lo que poseemos, todo lo que pensamos, todo aquello de lo que creemos que no podemos prescindir, se lo entregamos al profeta para que sea su carga. Nos ha traído aquí para que vivamos lejos del clamor y las mentiras de los incrédulos. Vestimos esta muselina para declarar que estamos en transición. Vivimos en casas que se llevará el tornado de Dios. Manfred Jackson señaló el valle adonde descendería la Ciudad Santa: aguardamos la gloria que no necesita sol, dijo.

• • •

Durante todo este tiempo Walter John Harmon no se había dejado ver. Conforme avanzaba el día, los invitados volvían la cabeza a uno y otro lado preguntándose dónde estaba el hombre que los había atraído hasta allí. A media tarde todos los actos organizados, el recital del coro, el paseo por la tierra sagrada y todo lo demás, habían concluido, y los visitantes empezaron a pensar en marcharse. Habíamos recogido sus túnicas de muselina como dándoles permiso para irse. Estaban indecisos. Algunos de sus hijos jugaban aún con los nuestros. Los padres estaban atentos por si alguien hacía ademán de dirigirse hacia los carromatos de heno. Mientras tanto, los Patriarcas y los miembros seguimos caminando con ellos y expresando nuestra satisfacción por su visita, desviándolos gradualmente hacia el Tabernáculo. Sabíamos qué vendría a continuación, pero dejamos que fueran ellos quienes descubriesen por sí solos al profeta sentado allí en silencio junto a la mesa de madera. Un niño fue el primero en verlo y lo anunció a voces, y fueron los niños quienes se echaron a correr por delante, seguidos por sus padres, y un murmullo reverencial surgió de ellos cuando se congregaron lentamente en la hierba y contemplaron a Walter John Harmon.

Para mí, ese era siempre un momento emocionante, una culminación del Abrazo del día. ¿Lo veis?, deseaba preguntar en voz alta, ¿lo veis?, con el pecho henchido de orgullo.

El profeta tenía por costumbre hablar a los visitantes, pero ese día permanecía absorto en sus reflexiones. Mantenía la vista baja. Estaba sentado en la silla un poco inclinado hacia delante, con los tobillos cruzados y las manos entrelazadas sobre el regazo. Iba descalzo. La gente se acomodó en la hierba esperando a que hablase, e incluso los niños se callaron. Se unieron a nosotros cada vez más miembros, y reinaba un silencio absoluto. La tierra estaba fresca. La luz del sol vespertino empezaba a proyectar sombras y una suave brisa soplaba sobre la hierba y agitaba el pelo del profeta. De pronto Betty apareció a mi lado, se postró de rodillas, me cogió la mano y me la apretó.

Transcurrieron unos minutos. El profeta no decía nada. El silencio se alargó hasta disiparse nuestra sensación de incomodidad o expectativa y finalmente cobró significación. Me invadió una gran paz y escuché la brisa como si fuera un idioma, como si fuera el idioma del profeta. Cuando una nube se deslizó ante el sol, vi la sombra desplazarse por la tierra como si fuera la escritura del profeta. Era como si su silencio se transmutase en el idioma del mundo puro de Dios. Decía que todo iría bien. Decía que el sufrimiento cesaría. Decía que nuestros corazones sanarían.

Al prolongarse el silencio, se hizo tan insoportablemente hermoso que la gente empezó a sollozar. Alguien pasó junto a mí y se acercó al profeta, que seguía allí sentado en su soledad impasible. Era uno de los visitantes, una muchacha rubia y regordeta que no podía tener más de quince o dieciséis años. Se tendió ante Walter John Harmon y, aovillándose en postura fetal, tocó los pies del profeta con la frente.

Entre las visitas de ese día, seis familias se comprometieron a entregar el diezmo para no residentes que se establecía en el Primer Logro. Pero conforme seguía creciendo nuestra Comunidad, en una especie de concatenación perversa, crecían también las atenciones de un mundo vengativo. Por desgracia, una de las inscritas en el Abrazo era columnista de un periódico de Denver que debió de entrar con una identidad falsa. Describió los acontecimientos del día con relativa precisión —tal era su artería—, pero el tono del artículo era condescendiente, si no desdeñoso. Yo no podía entender por qué habría de querer una columnista viajar desde Denver, tan lejos, solo para despreciarnos. La columna no podía considerarse difamatoria en sentido jurídico, pero me sentí personalmente traicionado al reconocer en la foto de la columnista a la joven poco atractiva de lentes gruesas que se había sentado a mi lado en la comida del mediodía y me había preguntado cómo era posible que todos fuéramos tan felices. Qué solapadamente había actuado, y qué animadversión albergaba en su insignificante ser.

En una reunión del comité directivo, los Patriarcas dictaron el Imperativo de que en adelante los Abrazos mensuales debían restringirse a familias con hijos. A mí me pareció, en vista del gran número de necesitados de este mundo, que tal limitación era poco afortunada, pero la verdad es que empezábamos a sentirnos acosados. Con regularidad recibíamos acusaciones que no nos venían de nuevo, dado que las habíamos oído ya muchas veces —de parientes, amigos o contactos profesionales con el exterior—, como si necesitáramos ver la luz: *Vuestro profeta es un alcohólico. Abandonó a su mujer y su hijo. Se ha enriquecido a costa vuestra.* ¿Cómo podía algo de esto haber sido una novedad para nosotros teniendo en cuenta que nuestro profeta era lo que habíamos sido nosotros, en nuestra totalidad? Mientras Walter John Harmon cargaba con nuestra maldad, nosotros habíamos renacido, librados ya de nuestras adicciones, nuestra concupiscencia y nuestra ilimitada codicia.

Su vida no escondía ningún secreto. Cada momento de ella era una confesión. Pero el mundo exterior se invertía tan oscuramente como el negativo de una fotografía, y eso mismo pasaba con su lógica.

Cada caso de publicidad negativa parecía promover otra demanda o investigación de un tipo u otro. El Patriarca Rafael Altman, nuestro censor jurado de cuentas, nos informó una mañana de que Hacienda había solicitado una orden judicial para exigir la presentación de los libros de la Comunidad. Uno de nuestros abogados fue enviado para pedir un requerimiento cautelar. Aquellos de nosotros con oficios que aún ejercíamos en el exterior nos reunimos en sesión extraordinaria con los Patriarcas a fin de elaborar una estrategia global para hacer frente a un mundo cada vez más proclive a vulnerar nuestros derechos. En cuanto a la mala prensa, hasta entonces habíamos reaccionado con devoto silencio. Ahora, por el bien del profeta, decidimos que debíamos hablar claramente en su nombre; debíamos prestar testimonio. No haríamos proselitismo, pero responderíamos. Judson Berglund, un miembro ya en la franja alta de los Logros que antes de instalarse con nosotros había tenido su propia agencia de relaciones públicas en California, recibió el Imperativo de organizar esta campaña. Enseguida puso orden. Cuando un semanario de ámbito nacional cuestionó el milagro del tornado de Fremont, Kansas, Berglund se encargó de que publicasen el testimonio de los Patriarcas en su sección de cartas al director. Reprodujimos audazmente una invectiva de un conocido enemigo de las sectas en nuestra página web, junto con las respuestas a modo de contrapeso de docenas de nuestros miembros. Y así sucesivamente.

Pero, como nos era propio, contestábamos con paciencia, determinación y ánimo de perdón.

Walter John Harmon conservó su característico estoicismo ante los crecientes problemas, pero, a medida que se acercaba el final del verano y las hojas de los robles empezaban a cambiar de color, parecía cada vez más ensimismado, como el día del Abrazo. Parecía irritarle que nada de lo que hacía pasara inadvertido, como si nuestra devoción lo agobiara. No obstante, Dios lo había elegido para no tener vida privada ni sentimientos privados, y por tanto estábamos preocupados por él. Nuestra jubilosa vida de paz y reconciliación, el exultante conocimiento infundido en nuestro ser de que actuábamos con exquisita rectitud a ojos de Dios y la expectación presente en nuestros rezos ante el advenimiento a nuestra tierra verde de la Ciudad Santa de Dios, todo ello se vio de pronto ensombrecido a causa de la inquietud que sentíamos por el espíritu de Su profeta. Cuando los niños cantaban, él no estaba atento. Daba largos paseos a solas por el recinto sagrado. Me pregunté si era posible que la carga de nuestros pecados fuera ya demasiado pesada para su alma mortal.

Lo que recuerdo ahora es a Walter John Harmon de pie con mi mujer, Betty, en el vergel más allá del Tabernáculo una tarde fría y gris de octubre. Nubarrones cargados de lluvia surcaban el cielo. Soplaba el viento. Los árboles del vergel solo tenían tres o cuatro años; los manzanos, los perales y los melocotoneros no eran mucho más altos que un hombre. Ahora solo daban fruta los manzanos, y ese día gris y ventoso, mientras los alumnos de Betty correteaban de aquí para allá recogiendo manzanas caídas o alargando los brazos para desprenderlas de las ramas inferiores, observé a Betty tender una manzana a Walter John Harmon. Él le cogió la muñeca con la mano y se inclinó y mordió la manzana que ella sostenía. Luego la mordió ella, y se quedaron mirándose a los ojos mientras masticaban. Después se abrazaron y sus túnicas, agitadas por el viento, se adhirieron a sus contornos, y yo oí a los niños reír y los vi correr en círculo alrededor de mi mujer y Walter John Harmon abrazados.

● ● ●

Una mañana, pasados unos días, unos miembros que habían ido a rezar al Tabernáculo repararon en una túnica abandonada en el suelo junto a la mesa. Era la de él, la del profeta. Lo supimos porque, para las ocasiones ceremoniales, no vestía muselina sino hilo. Ahora estaba allí como si la hubiera dejado caer a sus pies y se hubiera marchado. La llave seguía en la mesa, pero la piedra blanca estaba en el suelo. Los Patriarcas fueron emplazados de inmediato para que examinaran el lugar. Los carpinteros plantaron estacas para acordonar la zona en torno al lugar a fin de que los miembros que se acercaban no alteraran nada.

Se intentó localizar a Walter John Harmon. Nunca nos habíamos atrevido a cruzar su puerta. Ahora se hallaba abierta. Dentro, estaba todo patas arriba. Botellas de bebidas alcohólicas vacías, platos rotos. No quedaba nada en el armario. Desde la Verja, alguien informó de que el Hummer había desaparecido.

Al mediodía, interrumpidas todas las actividades, los Patriarcas anunciaron a la estupefacta Comunidad que Walter John Harmon ya no estaba entre nosotros. Se produjo un silencio absoluto. El Patriarca Bob Bruce dijo que los Patriarcas se reunirían en breve para tomar una determinación en cuanto al significado de la desaparición del profeta. Dirigió nuestras oraciones y luego nos instó a reanudar nuestras tareas. Los maestros debían llevarse otra vez a los niños a sus aulas. Mientras todos se dispersaban, un grupo de niños permaneció en el sitio, sin maestro que los guiara. Eran los alumnos de Betty. Sus colegas, perplejos, se llevaron a los niños de la mano. Todo el mundo estaba alterado, inquieto.

Yo habría podido decirles a todos que el profeta se había marchado cuando, la noche anterior, oí a Betty levantarse de la cama, vestirse y salir sigilosamente de la habitación. Agucé el oído y, poco después, en la oscuridad, oí a través de la noche despejada y fría el sonido lejano de un motor al encenderse, al revolucionarse.

Cuando se descubrió que el profeta se había marchado con mi mujer, me convocaron ante los Patriarcas. Me invitaron a unirme a ellos en sus consejos. Tal vez creyeron que en ningún caso ellos podían estar iluminados en igual medida que el marido cornudo. Tal vez creyeron que este era importante en otros sentidos. Sin duda, el desafío a la fe de los demás miembros podía ser mayor que el desafío a la mía, y, si yo era capaz de superarlo y entonar las loas a Dios, ¿quién no las entonaría conmigo?

Fuera cual fuese su razonamiento, encontré solaz en su dispensa. Mi dolor personal quedó subsumido. Por el bien de mi cordura, quería sacar determinación y fuerza de esa crisis. Pero también comprendí con meridiana claridad y sin la menor emoción que, si veía la traición de Betty con ánimo de perdón y me concentraba en su significado más amplio, apaciguaría mi corazón y al mismo tiempo me presentaría ante los Patriarcas como modelo de nuestros Ideales. En una comunidad como la nuestra, la moneda de cambio moral podía cambiarse algún día por una función directiva.

Las conversaciones se prolongaron durante tres días. Yo hablé con creciente aplomo y debo admitir que mi participación en las deliberaciones no fue pequeña. Llegamos al siguiente consenso: Walter John Harmon había hecho lo que la naturaleza de su profecía había exigido y dispuesto previamente. No solo nos había abandonado a nosotros, que lo habíamos amado y habíamos dependido de él, sino que, escapando con una de las esposas purificadas, había sembrado la duda sobre el principio central de su doctrina. ¿Qué más prueba necesitábamos de la verdad de su profecía que su total inmersión en el pecado y la deshonra? Era apasionante. El Patriarca Al Samuels, un octogenario menudo y encorvado con la voz aflautada y cascada propia de los muy viejos, fue también el que mostró una inclinación más filosófica. Declaró que nos hallábamos ante la hermosa paradoja de una profecía realizándose por medio de su negación. El Patriarca Fred Sanders, conocido y apreciado por su efusividad, se puso en pie y exclamó a voz en cuello: ¡Gloria a Dios por nuestro bendito profeta! Todos nos levantamos y exclamamos: ¡Aleluya!

Pero mientras se digería todo esto, la Comunidad había languidecido. Muchos lloraron y deambularon apáticamente. La gente se sentía incapaz de realizar su trabajo. Se convocaron sesiones extras de oración pero la asistencia fue escasa. Y unos cuantos miembros, los pobres desdichados, incluso recogieron sus exiguas pertenencias y se marcharon camino abajo hacia la Verja, sin atender las súplicas de nadie. Creo que fue así como corrió la voz sobre nuestra situación, por medio de nuestros desertores abatidos. No fue de gran ayuda que un noticiario mostrara en televisión una imagen de la Comunidad desde un helicóptero que nos sobrevolaba mientras un locutor hablaba de nosotros como grupo colectivamente engañado, despojado de nuestro patrimonio y abandonado allí en la humillación y la pobreza en medio de la nada.

Había llegado el momento de actuar. Por consejo de Judson Berglund, que hasta entonces había llevado con eficacia nuestras relaciones públicas, se preparó una gran celebración, con música de nuestros músicos de cuerda y mesas de buena comida y una buena provisión de vino ceremonial. Se suspendieron los trabajos y las clases para que los miembros de la Comunidad se reunieran y estuvieran juntos. Gracias a Dios, el tiempo se apaciguó y quedó uno de esos días de octubre en que el sol, a baja altura sobre el horizonte, proyecta una pátina dorada sobre la tierra. Aun así, la sensación de irresolución, de perplejidad, no nos abandonó por completo. La gente quería oír a los Patriarcas. Advertí que algunos de los niños habían ido en busca de sus padres naturales y ahora se aferraban a ellos.

Después del almuerzo, los músicos se retiraron y todo el mundo se congregó ante el Tabernáculo. Los Siete Patriarcas se dispusieron en sillas de madera frente a los reunidos. Se levantaron a hablar uno por uno. Su declaración fue algo a este tenor: el profeta prácticamente nos había advertido de que esto ocurriría algún día. Dijo que él no se contaría entre los afortunados que residieran en la Ciudad Santa. El hecho de que se haya ido tan pronto es un golpe brutal para aquellos de nosotros que lo amábamos, ya que todos lo amábamos, pero debemos amarlo más ahora que ha hecho esto. Ese es nuestro Imperativo. No podemos poner en duda lo que ha hecho, ya que no es más que su sacrificio final. Ha cargado con todos los pecados del mundo que nosotros habíamos acumulado y ha regresado con ellos al mundo a fin de que seamos rectos a los ojos de Dios. Tampoco debemos llorar su pérdida: si vivimos como hemos vivido, y aprendemos como hemos aprendido, ¿acaso no seguirá entre nosotros allí donde esté? Por esta razón, de hoy en adelante, nosotros los Patriarcas hablaremos con su voz. Pronunciaremos sus palabras y pensaremos con sus ideas. Y la profecía que fue es la profecía que es. Porque él tiró la piedra, y aquí en la mesa está la llave que abrirá la puerta del Reino de Dios. Y cuando los cuatro jinetes vengan cabalgando por la tierra y las plagas se eleven del suelo como un miasma y el sol se vuelva negro, y la luna rojo sangre, cuando tormentas de fuego envuelvan todas las ciudades y los guerreros nucleares del

mundo se consuman mutuamente, el profeta estará con no
sotros y, en medio de la carnicería y la devastación, nosotros
quedaremos indemnes. Ya que Dios bajó a la tierra un día en
forma de tornado, en forma de remolino que giró en torno a
este hombre humilde, cuya bondad y talla moral solo Dios vio
para elegirlo como profeta Suyo. Y nosotros que somos vuestros Patriarcas lo vimos con nuestros propios ojos. Y os anun-
ciamos que, cuando Dios vuelva a venir, no será un remolino,
será la ciudad resplandeciente autoiluminada de Su gloria y Su
paz, y nosotros que hemos vivido conforme a la profecía de
John Walter Harmon recorreremos estos prados y residiremos
allí eternamente.

La intervención de los Patriarcas surtió efecto. Vi la determinación reafirmarse en las posturas y las expresiones faciales
de los miembros. Muchos volvieron la mirada en dirección a
mí. Me vi de pronto bañado en la gloria refleja de mi esposa in-
fiel, que había sido elegida por Walter John Harmon para
unirse a él en el pecado final, su traición a la Comunidad.

Uno o dos días después, cuando una de las mujeres fue a la
casa del profeta para limpiarla, vio algo debajo de una silla que
inicialmente se había pasado por alto en medio de la agitación
general: un lápiz.

Nuestro profeta nunca había querido que se escribiera
nada.

El Patriarca a quien se emplazó allí descubrió algo más: en
la chimenea, medio enterradas entre las cenizas, había tres hojas de papel abarquilladas y un tanto chamuscadas en los bor-
des, pero milagrosamente intactas.

En dichas hojas, Walter John Harmon había dibujado los
planos para la construcción de un muro en torno a nuestra Co-

munidad. Había proporcionado bosquejos y medidas. La Verja situada ahora junto a la carretera debía trasladarse hacia atrás y colocarse a unos ciento diez metros de nuestras casas. El muro debía ser de piedra, de tres codos de grosor y cuatro codos de altura. Las piedras se extraerían del prado y los arroyos y torrentes. Se unirían con una mezcla de cemento cuyas proporciones había indicado con toda precisión. Y finalmente, para mayor misterio, la última hoja de instrucciones contenía al pie una frase críptica: Este muro para cuando llegue la hora, eso decía.

Sin lugar a dudas, este era un hallazgo de una magnitud inquietante. No planteaba más que preguntas. Un muro de piedra no concordaba con el Ideal de impermanencia que había guiado todas nuestras construcciones previas. ¿Qué significaba eso? ¿Equivalía a un nuevo Ideal? ¿Y cuándo llegaría esa hora? Pero había tirado los planos al fuego. ¿Por qué?

Sencillamente no sabíamos qué hacer respecto a esos planos. De no haber sido desechados, casi con toda seguridad habrían constituido una Exigencia.

Las páginas se conservaron en una carpeta de plástico transparente y se guardaron en la caja fuerte de la oficina en espera de ulteriores estudios.

Entre tanto, debíamos resolver nuestra situación general. Nos habíamos quedado con muy poco capital circulante. Todos los patrimonios cedidos por los miembros se liquidaban por medio de una sucesión de fideicomisos y se ingresaban por sistema a nombre del profeta en varias cuentas numeradas de bancos suizos para protegerlas de incursiones legales. Él personalmente concedía sumas según las solicitaba nuestro Patriarca financiero, Rafael Altman. Producíamos nuestra propia comida y nos vestíamos humildemente, pero estábamos atrasados en el pago del material para nuestro programa de

construcción, que más o menos había continuado incesante-
mente con la llegada de nuevos miembros. Tal vez no tendría-
mos muchos más miembros nuevos durante un tiempo. Pero
sobre varias de nuestras parcelas en la tierra del valle donde debía asentarse la Ciudad Santa pesaba una gran hipoteca. Y si
perdíamos siquiera uno de los pleitos civiles pendientes de resolución quedaríamos en una posición muy vulnerable.

A medida que transcurrían las semanas, se puso de manifiesto que teníamos por delante un invierno largo y frío de ad-
versidades indecibles. Nuestro dispensario, con su único médico y dos enfermeras, atendía a un tropel de niños enfermos.
Hubo varios casos de gripe. El patriarca Al Samuels sucumbió
a una pulmonía y lo enterramos en el promontorio por detrás
del vergel. El hombrecillo encorvado de voz aflautada era muy
querido, y el hecho de que tuviera casi noventa años cuando fa-
lleció no sirvió de consuelo a la Comunidad. Mi propia tristeza se vio paliada solo un poco cuando los Patriarcas supervi-
vientes me elevaron a su compañía. Necesitamos sangre más
joven, explicó el Patriarca Sanders a la vez que me daba un
apretón en el brazo. Te pasamos el testigo por decreto.

Ahora corre el mes de enero del Nuevo Año y escribo en
secreto por las noches en la intimidad de mi casa. Quizá, como
dice el profeta, la hora de la documentación llegue solo cuando
el mundo nos invada. Que así sea. Esto no tiene que ver con la
pérdida de la fe: la mía es firme y no cede. Mi fe en Walter John
Harmon y la verdad de su profecía no flaquea. Sí, digo a los es-
cépticos: es del todo improbable que alguien tan inculto, desventurado e imperfecto como ese simple mecánico pueda haber diseñado un culto tan inspirado. Y solo el roce sagrado de
Dios en su frente puede explicarlo.

La Comunidad, enclavada en estos llanos nevados, es ahora más pequeña, pero por eso mismo está más unida y muestra más determinación, y cada mañana nos reunimos para dar gracias a Dios por nuestro jubiloso descubrimiento de Él. Pero el mundo es abrumador, y si no sobrevivimos, al menos este testimonio, y otros que puedan escribirse, guiará a las futuras generaciones hacia nuestra fe.

Dadas las edades y los achaques de los Patriarcas, ahora actúo como actúa el socio gerente de un bufete. Y Walter John Harmon ha venido a vivir en mí y hablará por medio de mi voz. He estudiado las tres hojas de sus planos y he tomado la decisión de que en los primeros días tras el deshielo enviaremos a nuestra gente a los prados santos a recoger las rocas y pedruscos para nuestro muro. Y uno de los miembros más nuevos, un coronel del ejército retirado a quien he entregado los planos, ha ido a medir el terreno. Dice que es asombroso que nuestro profeta no tuviera experiencia militar. Porque, tal como están concebidos, estos parapetos aprovechan todas las ventajas del terreno y nos proporcionan posiciones para un fuego de enfilada devastador.

Nos asegura un campo de tiro despejado y libre de obstáculos.

UNA CASA EN LA LLANURA

Mamá dijo que en adelante debía ser su sobrino, y que la llamara tía Dora. Dijo que nuestra fortuna dependía de que ella no tuviera un hijo de dieciocho años que aparentaba más bien veinte. Di tía Dora, dijo. Lo dije. No quedó satisfecha. Me obligó a decirlo varias veces. Dijo que debía decirlo creyendo que ella me había acogido después de la muerte de su hermano viudo, Horace. Dije: no sabía que tuvieras un hermano que se llama Horace. Claro que no lo tengo, dijo con una sonrisa en la mirada. Pero tiene que ser una buena historia si he podido engañar a su hijo con ella.

No me sentí ofendido mientras la observaba retocarse en el espejo, arreglándose el pelo como hacen las mujeres, aunque luego nunca ves qué ha cambiado.

Con el seguro de vida, ella había comprado una granja a ochenta kilómetros del término municipal de la ciudad. ¿A quién le importaría allí si yo era hijo de su sangre o no? Pero ella tenía sus planes y miraba al frente. Yo no tenía planes. Nunca había tenido planes: solo la intuición de algo, a veces, no sabía de qué. Me encorvé y bajé por la escalera con el segundo baúl sujeto a la espalda con una correa. Fuera, al pie de la escalinata, los niños esperaban con las rodillas raspadas y los calcetines caídos en torno a los tobillos. Entonaban una canción infantil insertando sus propias palabras obscenas. Los ahuyenté y se dispersaron por un momento entre risas y gritos; luego, cuando subí por la escalera en busca del resto de las cosas, volvieron, como era de prever.

Mamá estaba de pie ante el hueco vacío de la ventana en saliente. Aquí, por un lado, está el tribunal de investigación, dijo; por otro está el tribunal de vecinos. Allí en el campo, dijo, nadie se precipitará a sacar conclusiones. Uno puede dejar la puerta abierta y las persianas levantadas. Todo es limpio y puro bajo el sol.

Bueno, eso yo lo entendía, pero en mi cabeza Chicago era el único sitio donde estar, con sus magníficos hoteles y sus restaurantes y sus avenidas asfaltadas con árboles y mansiones. Desde luego no todo Chicago era así. Nuestras ventanas del segundo piso no tenían una gran vista más allá de la hilera de casas de huéspedes en la acera de enfrente. Y es verdad que en verano la gente refinada no podía con el olor de los corrales, aunque a mí no me molestaba. El invierno era otra queja que a mí no me atañía: el frío me traía sin cuidado. En invierno el viento que soplaba desde el lago agitaba las faldas de las mujeres como un demonio bailando alrededor de sus tobillos. Y tanto en invierno como en verano podías montar en los tranvías eléctricos si no tenías nada mejor que hacer. La ciudad me gustaba sobre todo porque estaba llena de personas ajetreadas, y estrépito de carruajes y cascos de caballos, y carromatos de reparto y carretas y buhoneros y el ruido atronador y metálico de los trenes de mercancías. Y lo que más me gustaba era cuando los nubarrones surcaban el cielo desde el oeste, vertiendo sobre nosotros tempestades tales que era imposible oír los chillidos o maldiciones de la humanidad. Chicago podía soportar lo peor que pudiera mandarnos Dios. Entendía por qué se construyó: un sitio donde comerciar, claro, con ferrocarriles y barcos y demás, pero sobre todo para darnos una magnitud de desafío que no lo proporciona una casa en la llanura. Y la llanura era el lugar de donde venían esas tempestades.

Además, echaría de menos a mi amiga Winifred Czerwinska, que ahora se hallaba en su rellano mientras yo bajaba con las maletas. Entra un momento, dijo, quiero darte algo. Entré y ella cerró la puerta. Puedes dejarlas ahí, dijo, refiriéndose a las maletas.

Mi corazón siempre se aceleraba en presencia de Winifred. Yo lo notaba, y ella lo sabía también y eso la hacía feliz. Ahora apoyó la mano en mi pecho y se puso de puntillas para besarme, metiéndome la mano bajo la camisa para percibir los latidos de mi corazón.

Fíjate, tan peripuesto con abrigo y corbata. Ay, dijo, levantando la mirada, ¿qué voy a hacer sin mi Earle? Pero sonreía.

Winifred no era una mujer como mamá. Era menuda y flaca, y cuando bajaba por la escalera parecía un pájaro brincando. No se ponía polvos ni perfumes, salvo, sin querer, el azúcar de confitería con el que llegaba a casa manchada al volver de la panadería donde trabajaba de dependienta. Tenía unos labios frescos y dulces pero uno de sus párpados no se levantaba del todo por encima del azul, razón por la que no era tan guapa como de lo contrario habría sido. Y desde luego no podía decirse que anduviera muy sobrada de tetitas.

Puedes escribirme una o dos cartas, y yo te contestaré, dije.

¿Qué dirás en tu carta?

Ya se me ocurrirá algo, dije.

Tiró de mí hacia la cocina, donde separó los pies y apoyó los antebrazos extendidos sobre una silla para que yo pudiera levantarle el vestido y follarla tal como ella prefería. Aunque no se alargó mucho, mientras Winifred se contoneaba y emitía sus ruiditos felinos, yo oía a mamá preguntándome desde arriba dónde me había metido.

Habíamos pedido un carruaje para llevarnos a nosotros y el equipaje al mismo tiempo en lugar de enviar los bultos por tren, que era más barato, e ir a la estación en tranvía. La idea no fue mía, pero la cantidad exacta que quedó después de comprar mamá la casa solo la conocía ella. Bajó por la escalera con su sombrero de ala ancha y velo de viuda y se recogió la falda por encima de los zapatos cuando el cochero la ayudó a subir al carruaje.

Estábamos representando una salida majestuosa a plena luz del día. Era mamá en su estado puro, levantándose el velo y lanzando miradas de desdén a los vecinos que observaban asomados a sus ventanas. En cuanto a los granujillas, se habían quedado casi mudos ante nuestro despliegue de elegancia. Me coloqué al lado de mi madre, cerré la puerta y, por orden suya, lancé un puñado de centavos a la acera, y miré a los niños darse empujones y codazos e hincarse de rodillas mientras nos alejábamos en el carruaje.

Cuando doblamos la esquina, mamá abrió la sombrerera que yo había dejado en el asiento. Se quitó su sombrero negro y se lo cambió por uno azul orlado de flores artificiales. Sobre su vestido de luto se colocó un chal reluciente a rayas de colores como el arcoíris. Listos, dijo. Ahora ya me siento mucho mejor. ¿Y tú estás bien, Earle?

Sí, mamá, contesté.

Tía Dora.

Sí, tía Dora.

Ojalá tuvieras mejor cabeza, Earle. Podías haber prestado más atención al doctor cuando vivía. Teníamos nuestras discrepancias, pero, para ser hombre, era listo.

● ● ●

La estación de tren de La Ville se reducía a un andén de cemento y un cobertizo a modo de sala de espera sin taquilla. Cuando te apeabas alcanzabas a ver, en el extremo opuesto de un callejón, la calle Mayor. En la calle Mayor había una tienda de alimentación, una estafeta de correos, una iglesia de madera blanca, un banco de granito, una tienda de ropa, una plaza con un hotel de cuatro plantas, y en medio de esta, en la hierba, la estatua de un soldado de la Unión. Todo podía contarse porque había una sola cosa de cada. Un hombre con un carromato se prestó a llevarnos. Circuló por otras calles donde al principio había varias casas de sólida construcción y una o dos iglesias más, pero después, a medida que te alejabas del centro, se sucedían deterioradas casas de una sola planta con tejas de madera, porches pequeños y oscuros, huertos y tendederos en la parte de atrás, separadas solo por callejones. Yo no imaginaba cómo, pero según mamá vivía allí una población de más de tres mil personas. Luego, recorridos unos tres o cuatro kilómetros a través de tierras de labor, con algún silo aquí y allá junto a la carretera recta que se perdía en dirección oeste entre maizales, apareció algo que en modo alguno yo habría esperado: una casa de ladrillo rojo de tres plantas con azotea y escalinata de piedra ante la puerta, como algo sacado de una calle de casas adosadas de Chicago. Me costaba creer que alguien hubiera construido algo así a modo de casa de labranza. El sol se reflejaba vivamente en los cristales de las ventanas y tuve que protegerme los ojos para asegurarme de que veía lo que veía. Pero esa era, en efecto, nuestra nueva casa.

Tampoco es que tuviera tiempo para reflexionar, no mientras mamá se instalaba allí. Nos pusimos manos a la obra. La casa estaba llena de telarañas y polvo y apestaba a excrementos de animales. En la planta superior, donde yo viviría, se habían establecido unos mirlos. Era mucho el trabajo que teníamos por delante, pero ella no tardó en tenerlo todo organizado, y empezaron a llegar del pueblo los carromatos con los muebles que ella había mandado por tren y no pocos hombres dispuestos a ser contratados por un jornal, con la esperanza de recibir algo más de esa gran dama de buen ver con sortijas en varios dedos. Y así se levantó la cerca para el gallinero, y más allá se araron los eriales y se dragó el abrevadero para el ganado y se excavó el pozo negro del excusado, y durante unos días pensé que mamá era la mayor empresaria de La Ville, Illinois.

Pero ¿quién iba a sacar el agua del pozo y lavar la ropa y hacer el pan? La vida de campo era distinta, y fueron pasando los días, durmiendo yo bajo el tejado en la última planta y notando aún el calor del día en mi camastro mientras contemplaba por el ventanuco la lejanía de las estrellas, y me sentía tan desprotegido como nunca me había sentido en la civilización de la que nos habíamos apartado. Sí, pensé, nos habíamos movido en dirección contraria al progreso del mundo, y por primera vez dudé del buen criterio de mamá. En todos nuestros viajes de un estado a otro y en medio de tantos obstáculos a su ambición, nunca se me había ocurrido ponerlo en tela de juicio. Pero esa casa no era una casa de labranza más de lo que ella era labradora, como tampoco lo era yo.

Una tarde nos quedamos de pie en la escalinata contemplando el sol ponerse por detrás de los montes a kilómetros de distancia.

Tía Dora, dije, ¿qué se nos ha perdido aquí?

Me hago cargo, Earle. Pero algunas cosas llevan su tiempo.

Me vio mirarle las manos, lo rojas que las tenía ahora.

Voy a traer a una inmigrante de Wisconsin. Dormirá en esa habitación de detrás de la cocina. Llegará dentro de una semana o algo así.

¿Por qué?, pregunté. Hay mujeres en La Ville, las esposas de todos esos lugareños que vienen aquí por un jornal, a las que seguramente les iría bien el dinero.

No quiero tener en la casa a una mujer que se dedique a contar todo lo que ve y oye cada vez que vuelva al pueblo. Usa el sentido común que Dios te dio, Earle.

Lo intento, mamá.

Tía Dora, maldita sea.

Tía Dora.

Sí, dijo ella. Sobre todo aquí en medio de la nada y sin nadie a la vista.

Se había recogido la espesa mata de pelo tras la nuca por el calor e iba de aquí para allá con un vestido holgado, cómoda sin sus habituales armazones de mujer.

Pero no irás a decirme que el olor del aire no es dulce, dijo. Voy a encargar un porche con celosía y colocar un banco y unas mecedoras para poder contemplar el magnífico espectáculo de la naturaleza con toda comodidad.

Me alborotó el pelo. Y no pongas esa cara, dijo. Es posible que no aprecies este momento aquí, con el aire tan apacible y los trinos de los pájaros y sin que ocurra gran cosa en ningún sitio mires a donde mires. Pero seguimos en la brecha, Earle. Eso te lo aseguro.

Y así me quedé más tranquilo.

Con el tiempo adquirimos una anticuada calesa tirada por un caballo para las idas y venidas de La Ville, cuando la tía Dora tenía que ir al banco o a la estafeta de correos o necesitábamos provisiones. Yo era el cochero y el mozo de cuadra. Él —el caballo— y yo no nos llevábamos bien. No le puse nombre. Era feo, tenía el lomo hundido y abría las patas al trotar.

En Chicago yo había sacrificado y descuartizado jamelgos con mejor aspecto. Una vez, en el establo, cuando lo recogía para la noche, dio un bocado al aire justo al lado de mi hombro.

Otro problema era Bent, el factótum que mamá había contratado para el trabajo cotidiano. En cuanto ella se lo llevó arriba una tarde, él empezó a pavonearse de un lado a otro como si fuera el dueño del lugar. Eso era un problema, a mi modo de ver. Y en efecto: un día me ordenó que hiciera algo, una de sus propias tareas. Creía que el empleado eras tú, le dije. Era feo, como un pariente del caballo, y más bajo de lo que cabía esperar, teniendo en cuenta sus brazos tan largos y unas manos tan grandes y nudosas colgadas de ellos.

Ponte a ello, dije.

Con una sonrisa lasciva, me agarró por el hombro y acercó su boca a mi oído. Lo he visto todo, dijo. Y tanto que sí. He visto todo lo que un hombre desearía ver.

Ante esto, sin proponérmelo, no pude menos que construir un destino para Bent, el factótum. Pero era tan estúpido en su ebriedad que yo sabía que mamá debía de tener su propio plan para él —por qué si no estaría dispuesta a dar coba a un hombre de esa ralea—, así que dejé en suspenso mis ideas.

De hecho, para entonces pensaba ya que podía arrancar ciertas esperanzas de la vasta soledad de esa granja en medio de una llanura que se extendía hasta donde alcanzaba la vista. ¿Qué había acudido a mi cabeza? Una expectación en la que reconocí sensaciones de otros tiempos. Sí. Había percibido que lo que fuera que tenía que pasar había empezado. No estaba solo el factótum. Estaban, además, los huérfanos. Mi madre se había comprometido a acoger a tres niños, firmando un contrato con una agencia benéfica de Nueva York que sacaba a los huérfanos de las calles y los lavaba y vestía y los metía en un tren con destino a sus hogares de adopción tierra adentro. Los nuestros, dos niños y una niña, eran de aspecto bastante aceptable, aunque pálidos, y según su documentación contaban seis, seis y ocho años. Cuando los llevé al trote en la calesa a la granja, fueron sentados detrás de mí con la mirada fija en el paisaje sin pronunciar palabra. Y por tanto ahora estaban instalados en el dormitorio del fondo de la primera planta, y no se parecían en nada a las miserables ratas callejeras de nuestro barrio en la ciudad. Estos eran niños callados, salvo por las lloreras que les sobrevenían a veces por la noche, y en general hacían lo que se les decía. Mamá sentía algo de verdadero afecto por ellos, por Joseph y Calvin, y especialmente por la niña, Sophie. No se habían estipulado condiciones en cuanto al credo en que debía educárselos, ni nosotros teníamos ninguno previsto. Pero los domingos a mamá le dio por llevarlos a la iglesia metodista de La Ville para exhibirlos con la ropa nueva que les había comprado. Le proporcionaba placer. Y le permitía, además, mostrar el orgullo de su posición en la vida. Porque resultó que, como yo estaba descubriendo, incluso en los más lejanos confines del mundo rural se vivía en sociedad.

Y en medio de todo este gran plan maestro, mi tía Dora exigió a los pequeños Joseph, Calvin y Sophie que la consideraran su mamá. Llamadme mamá, les dijo. Y ellos así lo hicieron.

He aquí, pues, a esta familia nuestra, ya confeccionada, como algo comprado en unos grandes almacenes. Fannie era la cocinera y ama de llaves importada, quien por designio de mamá no hablaba inglés pero entendía de sobra lo que tenía que hacer. Era robusta, como mamá, con fuerza para el trabajo duro. Y además de Bent, que andaba escabulléndose por los graneros y cercas, fingiendo ladinamente que trabajaba, había un granjero de verdad un poco más allá, el aparcero de la porción de tierra destinada al cultivo de maíz. Y dos mañanas por semana una maestra del condado jubilada venía a instruir en lectura y aritmética a los niños.

Una noche mamá dijo: Tenemos aquí una empresa de una honradez intachable, una familia con un buen funcionamiento en una situación más holgada que la de la mayoría por estos lares, pero operamos con déficit y, si no le echamos mano a algo antes del invierno, los únicos recursos serán la póliza de seguro que contraté para los pequeños.

Tras encender la lámpara de queroseno en el escritorio del salón, escribió un anuncio personal y me lo leyó: «Viuda ofrece participación en tierra de labranza de primera a un hombre solvente. Se requiere una módica inversión». ¿Tú qué opinas, Earle?

Me parece bien.

Volvió a leerlo para sí. No, dijo. No es suficiente. Hay que obligarlos a mover el culo y salir de su casa para ir al Credit Union y luego coger un tren hasta La Ville, Illinois. Eso es mucho pedir, sin más incentivo que unas pocas palabras. A ver qué tal esto: «¡Se busca!». Eso está bien, refleja urgencia. ¿Y acaso no se creen todos los hombres del mundo que alguien los busca? «Se busca: viuda reciente con una próspera granja en la tierra de Dios necesita a un hombre nórdico con medios suficientes para participar como socio en la misma.»

¿Qué es nórdico?, pregunté.

Bueno, eso es pura argucia, Earle, porque es lo único que hay en los estados donde vamos a publicar esto: suevos y noruegos recién desembarcados. Pero yo les doy a entender la preferencia de una dama.

Vale, pero ¿qué es esto qué pones aquí: «con medios suficientes»? ¿Qué noruego recién desembarcado sabrá a qué te refieres?

Eso le dio que pensar. Bravo, Earle, a veces me sorprendes. Lamió la punta del lápiz. Entonces diremos solo «con dinero».

● ● ●

Publicamos el anuncio en los periódicos de pueblos de Minnesota, de uno en uno, y luego en los de Dakota del Sur. Empezaron a llegar las cartas de cortejo, y mamá anotaba en un libro de contabilidad los nombres y fechas de llegada, asegurándose de conceder a cada candidato tiempo suficiente. Siempre recomendábamos el tren de primera hora de la mañana, cuando el pueblo aún no estaba en danza. Además de ocuparme de mis obligaciones habituales, debía participar en la recepción familiar. Se les daba la bienvenida en el salón, y mamá servía café de un carrito con ruedas, y Joseph, Calvin y Sophie, sus hijos, y yo, su sobrino, nos sentábamos en el sofá y escuchábamos nuestras biografías con un final feliz, que era el momento presente. Mamá se expresaba tan bien en tales ocasiones que yo tendía, tanto como los pobres forasteros, a dejarme cautivar por su modestia, de tan ajena como ella era en apariencia a la gran bondad de su corazón. En general, aquellos hombres no adivinaban en ella su autocomplacencia. Y era una mujer grande y de muy buen ver, claro está. Para estas primeras impresiones vestía sus galas sencillas, una simple falda de algodón gris plisada y una blusa blanca almidonada, sin más joyas que la cruz de oro colgada de una cadena que caía entre sus pechos, y el pelo peinado hacia atrás y recogido en un moño en lo alto de la cabeza, en un estado de favorecedor descuido.

Soy su sueño del cielo en la tierra, me dijo mamá cuando íbamos por el tercero o el cuarto. Solo hay que ver cómo se les encienden los ojos, ahí de pie, a mi lado, contemplando sus nuevas tierras. Chupando sus pipas, lanzándome una mirada que me imagina dispuesta al matrimonio: ¿quién puede decir que no aporto nada a cambio?

Bueno, es una manera de verlo, dije.

No te des aires, Earle. No estás en situación. Dime un camino más fácil para llegar al cielo bendito de Dios que ser lanzado desde Su cielo en la tierra. Yo no sé de ninguno.

Y fue así como nuestra cuenta en el Banco de Ahorros de La Ville empezó a engrosarse de lo más satisfactoriamente. Las lluvias de finales del verano fueron muy beneficiosas para el maíz, como incluso yo pude ver, y eso representó unos imprevistos dólares de más recibidos por la cosecha. Si había alguna complicación de la que preocuparnos era el necio de Bent. De tan tonto era peligroso. Al principio mamá toleró sus celos. Yo los oía discutir en el piso de arriba: él bramando y ella contestándole con palabras tranquilizadoras en voz tan baja que yo apenas las oía. Pero no sirvió de nada. Cuando llegaba un noruego, casualmente Bent estaba siempre en la era, donde podía echar un buen vistazo. Una vez, para mirar, asomó su fea cara por la ventana del porche. Mamá me hizo una leve seña con la cabeza y yo me apresuré a levantarme y bajar la persiana.

Cierto era que mamá a veces cargaba un poco demasiado las tintas. Tan pronto coqueteaba con uno como adoptaba una pose de viuda devota con otro. Todo dependía de su intuición respecto a la personalidad del hombre en particular. Era relativamente fácil ganarse su fe. Si tuviera que juzgarlos a todos en conjunto, diría que eran hombres simples, no exactamente estúpidos, pero sin dominio de nuestro idioma ni ardides propios. Fuera cual fuese la combinación de sentimientos y firmas, ella nunca tenía nada personal previsto aparte del negocio en cuestión: inducirlos, paso a paso, a ingresar el efectivo en nuestra cuenta bancaria.

El necio de Bent imaginó que mamá buscaba marido entre esos hombres. Se sintió herido en su orgullo de dueño.

Cuando llegaba a trabajar cada mañana, a menudo estaba hecho un cuero y, si por alguna razón ella no lo invitaba a subir para la siesta, se marchaba a su casa furibundo, volviéndose en la carretera para blandir el puño y vociferar en dirección a las ventanas antes de encaminarse hacia el pueblo con su peculiar andar, a largos pasos y con las piernas muy flexionadas.

En una ocasión mamá me dijo: El condenado necio tiene sentimientos.

La verdad es que eso no se me había ocurrido en el sentido que ella le daba, y tal vez en ese momento mi concepto del factótum mejoró en cierto grado. Aunque no por eso era un individuo menos peligroso. Obviamente nunca había comprendido que la finalidad de la vida era mejorar tu posición en ella. Para él, esa era una idea inasequible. Fueras lo que fueses, siempre lo serías. Así que veía a esos forasteros que ni siquiera hablaban bien no solo como usurpadores, sino también como individuos que arrojaban una triste luz sobre su existencia. Si yo hubiese estado en su lugar, habría aprendido del ejemplo de esos inmigrantes y pensado qué podía hacer para reunir unos dólares y comprarme unas tierras de labranza. Cualquier persona normal pensaría eso. Él no. La idea solo traspasó su grueso cráneo lo justo para que tomara conciencia de que ni siquiera podía albergar las esperanzas del forastero más insignificante. Así las cosas, yo volvía de la estación con uno de ellos en la calesa, y el noruego se apeaba con su traje a cuadros y su lazo al cuello y su bombín, prendas que lo presentaban como hombre de medios suficientes, y era como si la sombra y el escalofrío repentino de un negro nubarrón se cernieran sobre el pobre Bent, que solo podía entender que ya era tarde para él; demasiado tarde para todo, quiero decir.

Y finalmente, para demostrar lo tonto que era, lo que no comprendió fue que era demasiado tarde también para ellos.

• • •

A continuación todo lo verde empezó a amarillear, las lluvias del verano pasaron y el viento de la pradera levantó el mantillo reseco en remolinos racheados que ascendían y caían como olas en un mar de polvo. De noche las ventanas se sacudían. Con las primeras escarchas, los niños cogieron difteria.

Mamá retiró el anuncio «Se busca» de los periódicos de fuera del estado, aduciendo que necesitaba recuperar el aliento. Yo no sabía qué contenía el libro de contabilidad, pero de esas palabras se desprendía que nuestra situación económica había mejorado. Y ahora, como era el caso de todas las familias campesinas, el invierno sería un tiempo para el descanso.

No es que yo lo esperara con ilusión. ¿Cómo iba a ser así, si no tenía nada que hacer?

Escribí una carta a mi amiga Winifred Czerwinska, la de Chicago. Hasta entonces había estado tan ocupado que ni había tenido tiempo para sentirme solo. Le decía que la echaba de menos y esperaba volver pronto a la vida urbana. Mientras escribía, me invadió una repentina lástima de mí mismo y casi sollocé ante la imagen en mi cabeza de los trenes elevados y las luces en movimiento de las marquesinas de los teatros y los sonidos que imaginé de los tranvías e incluso los mugidos en el matadero donde me había ganado el salario. Pero solo decía que esperaba que me contestara.

Creo que los niños pensaban lo mismo de este entorno frío y rústico. Habían sido desplazados desde una distancia mayor, desde una ciudad más grande que Chicago. No podían haber pasado más frío acurrucados junto al vapor de un respiradero que ahora con las mantas hasta la barbilla. Desde el día de su llegada no se separaban nunca y, aunque Sophie no contrajo la difteria, se quedó con los dos niños en su habitación, atendiéndolos en sus ataques de tos y resuellos y durmiendo en un sillón por la noche. Fannie les preparaba gachas para desayunar y sopa para la cena, y yo asumí la tarea de subirles la bandeja para conseguir que hablaran conmigo, ya que en cierto modo estábamos todos emparentados y en sus cabezas yo debía de ser un huérfano de mayor edad también acogido, como ellos. Pero no hablaban mucho, solo contestaban sí o no a mis cordiales preguntas con sus voces bajas, mirándome todo el rato con una misteriosa expectación en los ojos. Eso no me gustaba. Me constaba que hablaban entre sí continuamente. Eran niños criados en las calles que enseguida se habían hecho idea de por dónde iban los tiros. Sin ir más lejos, supieron que no les convenía acercarse a Bent cuando se emborrachaba. Pero cuando estaba sobrio, lo seguían a todas partes. Y un día entré en el establo, para poner los arreos al caballo, y los encontré husmeando por allí, así que no carecían por completo de curiosidad malsana. Luego se produjo el desagradable incidente con uno de los niños, Joseph, el más bajo y moreno: había encontrado un reloj de bolsillo y su leontina en la era y, cuando dije que era mío, él contestó que no. De quién es, pues, pregunté. Sé que no es tuyo, repuso a la vez que me lo entregaba por fin. No era prudente llevar las cosas más lejos y lo dejé correr, pero no me olvidé.

Mamá y yo fuimos en todo momento prudentes, discretos y considerados con los sentimientos de los demás en nuestros modales y conducta, pero creo que los niños tienen un sexto sentido que les permite saber algo incluso cuando no saben expresar qué es. De niño yo debí de tenerlo, pero lo pierdes al crecer, claro está. Puede que sea un rasgo otorgado a los niños para asegurar su supervivencia hasta que llegan a adultos.

Pero yo no quería pensar lo peor. Llegué a la conclusión de que, si a mí me hubieran plantado tan lejos de mis calles, entre desconocidos con quienes se me ordenaba vivir como si fueran mi familia, en medio de esa tierra llana de vastos campos vacíos que no suscitarían en ningún pecho más que la percepción de la imperante sordera y mutismo del mundo natural, también yo me habría comportado como se comportaban esos niños.

Y en diciembre, un día de un frío punzante, yo había ido al pueblo a recoger un paquete en la estafeta. Teníamos que pedir por correo a Chicago aquello que no podía encargarse a los comerciantes locales. El paquete había llegado, pero también una carta dirigida a mí, y era de mi amiga Winifred Czerwinska.

La caligrafía de Winifred me arrancó una sonrisa. Las letras eran finas y exiguas y no estaban en línea recta sino que se inclinaban en dirección descendente, como si hubiese traspasado parte de su ser mortal al papel de carta. Y supe que había escrito desde la panadería, porque había azúcar en polvo en los pliegues.

Se alegraba mucho de tener noticias mías y saber dónde paraba. Pensaba que me había olvidado de ella. Decía que me echaba de menos. Decía que se aburría en su trabajo. Había ahorrado e insinuaba que de buena gana lo gastaría en algo interesante, como un billete de tren. Sentí calor en las orejas al leerlo. En mi imaginación vi a Winifred mirarme con los ojos entornados. Casi sentí que metía la mano bajo mi camisa para notar los latidos de mi corazón, como le gustaba.

Pero en la segunda página decía que tal vez me interesase conocer las noticias del viejo barrio. Iban a iniciar otra investigación, o tal vez a reabrir la misma.

Tardé un momento en comprender que hablaba del doctor, el marido de mamá en Chicago. La familia del doctor había pedido que se exhumara el cadáver. Winifred lo supo por el agente que iba llamando de puerta en puerta. La policía intentaba averiguar adónde nos habíamos ido mamá y yo.

Como yo aún no había recibido tu carta, explicaba Winifred, no tuve que mentir y decir que no sabía dónde estabas.

Volví a casa a toda prisa. ¿Por qué pensaba Winifred que en caso contrario habría tenido que mentir? ¿Se creía todo lo que contaban de nosotros las malas lenguas? ¿Era ella igual que todos los demás? Yo la consideraba distinta. Me sentí decepcionado, y de pronto me enfadé mucho con Winifred.

Mamá dio una interpretación distinta a la carta. Tu señorita Czerwinska es nuestra amiga, Earle. Eso es algo superior a una amante. Si en algún momento me preocupó que su párpado caído pudieran heredarlo los niños, ahora pienso que, si se da el caso, ya lo corregiremos con cirugía.

Qué niños, pregunté.

Los niños de tu santa unión con la señorita Czerwinska, dijo mamá.

No vayan a pensarse que mamá dijo esto únicamente por alejar de mí las preocupaciones sobre el problema de Chicago. Ella ve las cosas antes de que las vean los demás. Tiene planes que se extienden en todas las direcciones del universo: la suya no es una mente a piñón fijo, la de mi tía Dora. Me ilusioné con sus designios para mí, como si los hubiera concebido yo mismo. Quizá los había concebido yo mismo en secreto, pero ella había desentrañado ese secreto y ahora daba su beneplácito. Porque desde luego a mí me gustaba Winifred Czerwinska, cuyos labios sabían a pastas horneadas, y que gozaba tanto cuando me la follaba. Y ahora había salido todo a la luz, y mamá no solo conocía mis sentimientos, sino que además los expresaba por mí y ya solo quedaba anunciarle a la damisela que estábamos comprometidos.

Pensé entonces que su visita sería apropiada, sobre todo teniendo en cuenta su buena disposición a pagarse el viaje. Pero mamá dijo: No, todavía no, Earle. En la casa todos estaban al corriente de vuestros toqueteos y, si ella abandonara su empleo en la panadería, hiciera la maleta y se fuera a la estación del tren, incluso la policía de Chicago, por estúpida que sea, ataría cabos.

No se lo discutí, claro está, aunque en mi opinión la policía descubriría nuestro paradero en cualquier caso. Había indicios por todas partes, y nada tan difícil como una pista accesible solo al más sagaz de los inspectores, sino transferencias bancarias, la nueva dirección para el reenvío de la correspondencia y demás. Caramba, pero si incluso el cochero que nos llevó a la estación podía haber oído algún comentario nuestro, y desde luego el taquillero de Union Station podía acordarse de nosotros. Siendo mamá una mujer de aspecto tan fuera de lo común, muy decorativa y regia a ojos de los hombres, sin duda sería recordada por un taquillero, que no vería a otra igual que ella más que de año en año.

Quizá pasó una semana hasta que mamá expresó una opinión sobre el problema. No puedes fiarte de nadie, dijo ella. Ha sido esa condenada hermana suya, que ni siquiera derramó una lágrima ante la tumba. Caray, pero si incluso me comentó lo afortunado que había sido el doctor de encontrarme en etapa tan tardía de su vida.

Me acuerdo, dije.

Y lo bien que yo había cuidado de él.

Cosa que era verdad, dije.

No hay rosa sin espina, y la espina es siempre la familia, Earle.

● ● ●

El hecho de que mamá, más que preocuparse, se irritase significaba que teníamos más tiempo del que yo habría pensado. Nuestras plácidas vidas de invierno siguieron como hasta entonces, si bien, mientras yo observaba y aguardaba, ella sin duda cavilaba. Yo me contenté con aguardar, pese a lo atenta que ella se mostraba con Bent, invitándolo a cenar como si fuese no ya un empleado, sino un vecino granjero. Y yo tenía que sentarme enfrente, en el lado de los niños, y observarlo mientras forcejeaba para sostener la cuchara de plata en el puño y sorber la sopa, y compadecerlo por la patética manera en que se había alisado el pelo patéticamente y remetido la camisa y por cómo escondía los dedos cuando de pronto veía la mugre bajo las uñas. Manduca buena la que se come aquí, decía en voz alta a nadie en particular, e incluso Fannie, mientras servía, dejaba escapar un leve gruñido, como si a pesar de no saber inglés entendiera con toda claridad lo fuera de lugar que estaba aquel hombre sentado a nuestra mesa.

En fin, el caso es que había circunstancias que yo desconocía; sin ir más lejos que la niña, Sophie, había adoptado a Bent, o tal vez lo había convertido en una mascota como uno haría con una bestia estúpida, pero se habían hecho amigos o algo así y ella le había confiado comentarios que había oído en la casa. Tal vez si estaba convirtiendo a mamá en su mamá pensó que debía convertir en padre a ese miserable holgazán de empleado, no lo sé. Comoquiera que fuese, existía entre los dos esa alianza que me demostró que ella nunca saldría de su ingrata vida en la calle como niña vagabunda. Parecía un ángel con su boquita abullonada y su cara pálida y sus ojos grises y su cabello recogido en una única y larga trenza, que la propia mamá le hacía todas las mañanas, pero tenía el oído de un murciélago y desde el rellano de la primera planta podía escuchar escalera abajo nuestras conversaciones privadas en el salón. Yo, eso, solo lo supe más tarde, claro está. Fue mamá quien se enteró de que Bent andaba difundiendo entre sus compinches de borracheras del pueblo que la Madame Dora a quien consideraban toda una dama era su esclava amorosa y una mujer al margen de la ley en Chicago.

Mamá, dije, nunca me ha gustado ese necio, aunque me he reservado mis opiniones por el destino que tengo previsto para él. Pero acepta nuestras pagas y se come nuestra comida, ¿y luego va y hace esto?

Calla, Earle, todavía no, todavía no, dijo. Pero tú eres buen hijo para mí, y puedo enorgullecerme de que, aun siendo una mujer sola, he inculcado en ti el más alto sentido del honor familiar. Vio lo atribulado que estaba. Me abrazó. ¿No eres acaso mi caballero de la mesa redonda?, dijo. Pero no me sentí reconfortado. Me parecía que las fuerzas se concentraban lenta pero implacablemente contra nosotros del modo más amenazador. Eso no me gustaba. No me gustaba que siguiéramos adelante como si todo nos fuera de perlas, hasta el punto de ofrecer una gran fiesta de Nochebuena para las varias personas de La Ville a quienes mamá había conocido, ni que vinieran todos en sus coches bajo la luna —tan reluciente sobre las llanuras nevadas que parecía pleno día pero de color negro—: el banquero, los comerciantes, el párroco de la Primera Iglesia Metodista y otros dignatarios del mismo rango con sus esposas. El abeto en el salón se importó de Minnesota y estaba iluminado todo él con velas, y los tres niños, vestidos para la ocasión, iban de un lado a otro con tazas de ponche de huevo para los invitados allí reunidos. Yo sabía lo importante que era para mamá asentar su reputación como persona con clase que había halagado a la comunidad incorporándose a ella, pero a mí toda esa gente me ponía nervioso. No me parecía prudente tener tantos coches aparcados en la era ni tantos pies pisando ruidosamente por la casa o saliendo al excusado. Todo se reducía a un problema de falta de seguridad en mí mismo, claro está, y no pocas veces mamá me había advertido de que nada había más peligroso que eso, porque se traslucía en la cara y en el aspecto físico como señal de una mala acción, o al menos de indefensión, lo que equivalía a lo mismo. Pero yo no podía evitarlo. Me acordé del reloj de bolsillo que el pequeño llorica de Joseph había encontrado y sostenido en alto ante mí, oscilando en el extremo de la leontina. A veces yo cometía errores, era humano, y a saber qué otros errores habrían quedado por ahí para que alguien los descubriera y esgrimiera contra mí.

Pero en ese momento mamá me miró por encima de las cabezas de sus invitados. La institutriz de los niños había traído su armonio y nos reunimos todos en torno a la chimenea para cantar unos villancicos. Incitado por la mirada de mamá, fui yo quien cantó más alto. Tengo una buena voz de tenor y la elevé hacia las alturas para que las cabezas se volvieran hacia mí y los vecinos de La Ville sonrieran. Imaginé que adornaba los pasillos con ramas de acebo hasta que hubiese yesca y broza suficientes para prender fuego a toda la casa.

Poco después de Año Nuevo apareció un hombre ante nuestra puerta, otro sueco, con su maletín Gladstone en la mano. No habíamos puesto el anuncio «Se busca» en todo el invierno y mamá no tenía intención de recibirlo, pero el individuo era hermano de uno de quienes habían respondido al anuncio el otoño anterior. Dio su nombre, Henry Lundgren, y dijo que no se tenía noticia de su hermano, Per Lundgren, desde que se marchó de Wisconsin para estudiar las perspectivas de aquí.

Mamá lo invitó a pasar y le ofreció asiento y pidió a Fannie que sirviera té. En cuanto lo miré, recordé al hermano. Per Lundgren había entrado directamente en materia. No se sonrojó ni mostró timidez alguna en presencia de mamá, ni se la comió con los ojos. En lugar de eso, hizo preguntas sensatas. También había eludido la conversación acerca de sus propias circunstancias, sus lazos familiares y demás, asuntos que mamá sacaba a colación a fin de saber a quién habían dejado en casa y quién podía estar esperándolos. La mayoría de los inmigrantes, si tenían familia, la tenían aún en su país de origen, pero había que asegurarse. Per Lundgren era parco en palabras, pero sí reconoció que era soltero y por lo tanto decidimos seguir adelante.

Y ahora allí estaba Henry, el hermano a quien en ningún momento había mencionado, sentado rígidamente en el sillón de orejas, con los brazos cruzados y expresión de agravio en la cara. Los dos tenían la misma tez pálida rojiza, con una mandíbula alargada y el pelo rubio ralo, y ojos muy claros de mirada triste con pestañas rubias. Yo habría dicho que Henry era un par de años más joven, pero resultó tan listo como Per, o quizá más aún. No pareció tan convencido de la sinceridad de las manifestaciones de preocupación de mamá como a mí me habría gustado. Dijo que su hermano había iniciado el viaje a La Ville con la intención de realizar después más altos en el camino relacionados con otros posibles negocios, una granja a unos treinta kilómetros de la nuestra y otra en Indiana. Henry había viajado a dichos lugares, y era así como había descubierto que su hermano no había llegado a esas citas. Dijo que Per había partido con algo más de dos mil dólares guardados en el cinturón portadinero.

Cielos, eso sí que es dinero, dijo mamá.

Los ahorros de los dos, dijo Henry. Viene aquí a ver su

granja. Tengo el anuncio, dijo, sacando un recorte de periódico del bolsillo. Este es el primer sitio que vino a ver.

No sabría decirle si llegó aquí, dijo mamá. Hubo muchos interesados.

Llegó, afirmó Henry Lundgren. Llegó la noche de antes para ser puntual a la mañana siguiente. Así es mi hermano. Para él eso es importante, aunque cueste dinero. Duerme en el hotel de La Ville.

¿Y eso usted cómo lo sabe?, preguntó mamá.

Lo sé por el registro de huéspedes del hotel de La Ville donde encuentro su firma, dijo Henry Lundgren.

Mamá dijo, Bien, Earle, tenemos mucho más trabajo pendiente antes de marcharnos de aquí.

¿Nos vamos?

¿Hoy qué es? Lunes. Quiero estar en camino el jueves como muy tarde. Pensaba que por lo que se refiere al asunto de la investigación allá en Chicago podríamos estar tranquilos al menos hasta la primavera. Este asunto del hermano precipita un poco las cosas.

Yo ya estoy listo para marcharme.

Ya lo sé. No te ha gustado la vida de granjero, ¿verdad que no? Si ese sueco nos hubiera dicho que tenía un hermano, no estaría donde ahora está. Se pasó de listo. ¿Dónde está Bent?

Mamá salió a la era. Bent estaba en la esquina del granero abriendo un agujero en la nieve con su orina. Ella le ordenó que cogiera el coche y fuera a La Ville y cargara con media docena de latas de queroseno de cuatro litros en la tienda del pueblo. Debía dejarlas a cuenta.

Pensé que aún nos quedaba una cantidad considerable de nuestra provisión de queroseno para el invierno. No dije nada.

Mamá se había puesto en acción, y yo sabía por experiencia que todo se aclararía a su debido tiempo.

Y ya tarde esa noche, cuando yo estaba en el sótano, me avisó desde lo alto de la escalera de que Bent iba a bajar para echar una mano.

No necesito ayuda, gracias, tía Dora, dije, tan atónito que se me secó la garganta.

Tras lo cual los dos bajaron ruidosamente por la escalera y se acercaron al cubo de las patatas, donde yo estaba trabajando. Bent, como siempre, me sonreía con aquella mueca dentona suya, para recordarme que él tenía ciertos privilegios.

Enséñaselo, me dijo mamá. Adelante, no pasa nada, me aseguró.

Y eso hice, se lo enseñé. Le enseñé algo que tenía a mano. Abrí la boca del saco de arpillera y él miró dentro.

La sonrisa del necio se esfumó, la cara sin afeitar palideció, y empezó a respirar por la boca. Jadeó, no podía respirar, un débil chillido escapó de él, y me miró, allí con mi delantal de goma, y las rodillas le flaquearon y se desplomó sin conocimiento.

Mamá y yo nos quedamos de pie junto a él. Ahora ya lo sabe, dije. Lo contará.

Es posible, dijo mamá, pero no lo creo. Ahora es uno de los nuestros. Acabamos de convertirlo en cómplice.

¿Cómplice?

Una vez consumado el hecho. Pero será algo más que eso cuando yo acabe con él, dijo ella.

Le echamos agua encima y lo pusimos en pie. Mamá lo subió a la cocina y le dio un par de tragos rápidos. Bent estaba totalmente intimidado y, cuando subí y le dije que me siguiera, se levantó de un salto de la silla como si le hubieran pegado un tiro. Le entregué el saco de arpillera. Para alguien como él, tampoco pesaba tanto. Lo sostuvo con una sola mano, extendiendo el brazo al frente como si mordiera. Lo guie hasta el viejo pozo seco situado detrás de la casa, donde lo echó al lodo. Vertí la cal viva encima y después dejamos caer unas cuantas piedras grandes y volvimos a clavar la tapa del pozo, y Bent el factótum no pronunció una sola palabra, sino que se quedó allí tembloroso, esperando que yo le dijera qué hacer a continuación.

Mamá había pensado en todo. Había pagado la granja al contado pero en algún momento había conseguido que el banco de La Ville le concediera una hipoteca, y por tanto, cuando la casa ardió, fue el dinero del banco. Había estado retirando cantidades de la cuenta todo el invierno y, ahora que cerrábamos el tenderete, me mencionó por primera vez la suma real a que ascendía nuestra fortuna. Me conmovió mucho su muestra de confianza, como si fuera su socio.

Pero en realidad fueron los pequeños detalles los que demostraron su genialidad. Por ejemplo, se había fijado de inmediato en que el hermano inquisitivo, Henry, era de estatura no mucho mayor que la mía, del mismo modo que con Fanny el ama de llaves había contratado a una mujer de contornos similares a los suyos. Entre tanto, siguiendo sus instrucciones, yo me estaba dejando crecer la barba. Y al final, antes de ordenar a Bent que subiera y bajara por la escalera derramando queroseno en todas las habitaciones, se aseguró de que estuviera bien borracho. Dormiría de principio a fin en el establo, y allí es donde lo encontraron abrazado a una lata vacía de queroseno como quien se abraza a un amante.

El plan era que yo me quedara atrás unos días solo para observar qué ocurría. Hemos organizado algo prodigioso que pasará a los anales de la historia, dijo mamá. Pero eso significa que toda clase de gente acudirá aquí en tropel y nunca se sabe cuándo surgirá lo imprevisto. Todo irá bien, por supuesto, pero si hay algo más que hacer, tú ya te darás cuenta.

Sí, tía Dora.

Eso de tía Dora era solo para aquí, Earle.

Sí, mamá.

Además, aunque no fuese necesario observar qué ocurre, igualmente tendrías que esperar a la señorita Czerwinska.

Ahí es donde no entendí su razonamiento. Lo único malo de todo esto es que Winifred leería la noticia en los diarios de Chicago. No había forma segura de ponerme en contacto con ella ahora que estaba muerto. Era el fin, pues, aquello se había acabado. Pero mamá había dicho que no era necesario ponerse en contacto con Winifred. Ese comentario me enfureció.

Dijiste que te caía bien, recordé.

Y es verdad, dijo mamá.

Según tú, era amiga nuestra, dije.

Y lo es.

Ya sé que no hay remedio, pero yo quería casarme con Winifred Czerwinska. Qué puede hacer ella ahora aparte de secarse las lágrimas y, quizá, poner una vela por mí y salir a buscar otro novio.

Ay, Earle, Earle, qué poco sabes del corazón de una mujer.

En todo caso, me atuve al plan de quedarme allí un tiempo, cosa que tampoco fue muy difícil con la oscura barba de varios días y un sombrero distinto y un abrigo largo. Había tal gentío que nadie se habría fijado en nada que no fuera lo que había venido a ver, tal era la fiebre que se había apoderado de aquellas almas. Todo el mundo recorría el camino en procesión para ver la tragedia. Iban en sus coches de caballos y andando y, de pie, a bordo de carromatos —la gente pagaba por cualquier vehículo con ruedas que la llevara hasta allí desde el pueblo—, y, después de salir la noticia en los periódicos, venían no solo de La Ville y las granjas vecinas sino también de fuera del estado con sus automóviles y en tren desde Indianápolis y Chicago. Y con el gentío llegaron los mercachifles para vender bocadillos y café caliente, y buhoneros con globos y banderines y molinetes para los niños. Alguien había sacado fotos a los esqueletos tendidos en sus costras de arpillera y las había impreso en forma de postales para enviar por correo, que se vendían como rosquillas.

Inducida por los restos chamuscados aparecidos en el sótano, la policía decidió mirar en el pozo y luego excavar el gallinero y el suelo del establo. Habían llevado un bote de remos para dragar el abrevadero. Fueron francamente concienzudos. Hacían un descubrimiento tras otro y disponían lo que hallaban en ordenadas hileras dentro del granero. Habían llamado al sheriff del condado y sus hombres para que ayudaran a contener al gentío, y así consiguieron cierto orden, obligando al público a ponerse en fila para que pasara por turno ante las puertas abiertas del granero. Fue la única solución que encontró la policía para evitar altercados, pero incluso así los mirones recorrían todo el camino hasta el final de la cola para incorporarse de nuevo a la procesión: fueron los dos cadáveres decapitados de Madame Dora y su sobrino los que más atención atrajeron, amén de, claro está, los bultos envueltos de los pequeños.

Esta multitud emanaba tal calor que la nieve del camino se fundió, y en la era y detrás de la casa, e incluso en los campos donde las furgonetas y automóviles estaban aparcados, todo se había convertido en barro, de tal modo que parecía que hasta la estación se hubiese transformado. Yo me limité a quedarme allí mirando y tomando nota de todo, y fue asombroso ver a tanta gente con ese feliz sentimiento de primavera, como si una población de criaturas se hubiese formado a partir del barro especialmente para la ocasión. Eso no mejoró el olor, pese a que daba la impresión de que nadie lo notaba. La visión de la casa en sí me apenó, una estructura semiderruida, humeante, a través de la cual se veía el cielo. Yo le había cogido apego a esa casa. Un fragmento del suelo colgaba de la segunda planta, allí donde antes estaba mi habitación. No vi con buenos ojos que la gente desprendiera ladrillos sueltos para llevárselos de recuerdo. Todo eran risas y griterío, pero yo no dije nada, claro está. De hecho, pude hurgar entre los escombros sin llamar la atención, y en efecto encontré algo: era la jeringuilla, y mamá, como yo sabía, me agradecería que la hubiese recuperado.

Oí a hurtadillas alguna que otra conversación sobre mamá. En esencia decían: qué final tan atroz para dama tan refinada, que amaba a los niños. Pensé que, con el paso del tiempo, en la historia de nuestra vida en La Ville yo no sería recordado con gran claridad. Mamá alcanzaría fama en la prensa como víctima trágica llorada por sus buenas obras, en tanto que yo constaría solo como un sobrino muerto. Aun si el pasado al final podía más que su reputación y la difamaban como viuda sospechosa de varios maridos con seguros de vida, yo quedaría igualmente en la sombra. A mí esto se me antojaba un desenlace injusto teniendo en cuenta mi aportación, y por un momento no pude evitar cierto resentimiento. Quién iba yo a ser en la vida ahora que estaba muerto y ni siquiera tenía allí a Winifred Czerwinska para abrirse de piernas ante mí.

Por la noche, en el pueblo, rodeé la cárcel hasta la ventana de la celda que ocupaba Bent y me subí a una caja y lo llamé en voz baja y, cuando su cara legañosa asomó, me agaché a un lado donde no me viera y susurré estas palabras: «Ahora lo has visto todo, Bent. Ahora lo has visto todo».

Me quedé en el pueblo para esperar todos los trenes que llegaban de Chicago. Podía hacerlo sin temor, tal era allí el denso tráfico, tales los remolinos de gente que, en su excitación y entusiasmo, no reparaba en alguien que permanecía de pie en silencio en un portal o sentado en el bordillo de la callejuela detrás de la estación. Y como mamá me dijo, yo no sabía nada del corazón de una mujer, porque de repente allí estaba Winifred Czerwinska apeándose del vagón, maleta en mano. Por un momento la perdí de vista en medio del vapor que la locomotora expulsaba sobre el andén, pero allí reapareció después, con su abrigo oscuro y un sombrerito y la expresión más melancólica que he visto jamás en un ser humano. No me acerqué hasta que todos los demás se habían dispersado. Dios mío, qué apenada se la veía allí sola en el andén, con su maleta y unas grandes lágrimas resbalándole por la cara. Era obvio que no sabía qué hacer a continuación, ni adónde ir ni a quién dirigirse. Así que no había podido contenerse al oír la horrenda noticia... ¿y acaso no se desprendía de eso que, si se sentía atraída por mí en la muerte, me amaba de verdad en la vida? Viéndola allí, tan menuda y corriente en su apariencia, me maravilló que solo yo supiera que bajo aquella ropa y dentro de su pequeña caja torácica latía el corazón de una gran amante.

La cosa es que hubo uno o dos malos momentos. Tuve que ayudarla a sentarse. Estoy aquí, Winifred. No pasa nada, le repetí una y otra vez y rodeé con mis brazos su cuerpo trémulo, sollozante y convulso.

Quería que los dos siguiéramos a mamá a California, compréndanlo. Pensé que, una vez dadas todas las indicaciones, Winifred aceptaría el papel de cómplice tras el hecho consumado.

JOLENE: UNA VIDA

Se casó con Mickey Holler cuando tenía quince años. Se casó con él para salir de su último hogar de adopción, donde su supuesto padre tonteaba con ella, la obligaba a tocársela, cosas así. Incluso antes de que le llegara la regla. Y a su madre adoptiva le gustaba pegarle en la cabeza sin motivo alguno. O por cualquier motivo. Así que se casó con Mickey. Y lo quería: eso era un extra. Era una experiencia nueva para ella. La inducía a mirarse en el espejo y arreglarse el pelo. Él, Mickey, tenía veinte años. En realidad se llamaba Mervin. Era un chico encantador sin gran cosa en la azotea, como ella supo ya desde la primera cita. No le llegaba el talón de un pie al suelo y estaba mal de la vista, pero no era la clase de hombre que ponía la mano encima a una mujer. Y cuando ella le decía que quería algo, como ir al cine, o tomar un bocadillo de queso a la plancha y un batido de chocolate, eso se convertía para él en el objetivo de su vida. Él la amaba, la amaba de verdad, aunque de eso sabía poco.

Pero el hecho era que ella había salido por fin de aquella casa, e iba con una alianza al instituto South Sumter. Algunos de los chicos le decían obscenidades, pero las chicas la miraban con renovado respeto.

El tío de Mickey, Phil, los había acompañado al juzgado para actuar como padrino. Después de la ceremonia sonrió y dijo, Bienvenida a la familia, Jolene, cielo, y le dio un gran abrazo que se prolongó quizás un poco demasiado. El tío Phil era como un padre para Mickey y lo tenía trabajando con él, al volante de uno de los camiones de su negocio de reparto de petróleo a domicilio. Mickey Holler era casi huérfano. Su verdadero padre estaba en la penitenciaría del estado sin libertad condicional por la misma razón que su madre estaba en un cementerio detrás de la Primera Iglesia Baptista. Jolene preguntó a Mickey, ahora que se sentía autorizada por ser pariente, qué había hecho su madre para merecer semejante destino. Pero él se alteró mucho al intentar hablar de ello. Aquello sucedió cuando él contaba solo doce años. Jolene tuvo que deducir por sí sola que el padre era un borracho chiflado que ya antes había hecho cosas malas. Pero en cualquier caso, esa era la razón por la que Jolene vivía ahora con Mickey bajo el mismo techo que sus tíos Phil y Kay.

La tía Kay era listísima. Era subdirectora del banco Southern People, situado en la plaza enfrente del juzgado. Así que entre ella y el negocio del petróleo del tío Phil tenían una bonita casa con un jardín en la parte de atrás, donde había una mesa de picnic y dos hamacas entre los árboles.

A Jolene le gustaba la habitación que ocupaban Mickey y ella, aunque daba al camino de acceso, y hacía lo necesario para mantenerla limpia y en orden, por más que Mickey dejara tirado su mono grasiento en el suelo. Pero ella entendía la doble obligación de ser esposa y además huésped que no pagaba. Como llegaba a casa del instituto antes de que los demás acabaran su jornada, procuraba ser de utilidad. Disponía de una hora poco más o menos para hacer sus tareas y luego iba a la cocina y preparaba algo para la cena de todos.

A Jolene siempre le había gustado la escuela: allí se sentía como en casa. Su asignatura preferida era la de arte. Había dibujado desde tercero, cuando la clase hizo un mural de la Batalla de Gettysburg y ella dibujó una parte mayor que los demás. En esta etapa de su vida, como mujer casada, ahora que ya no estaba sola, no podía dedicarse mucho al arte. Pero todavía se fijaba en las cosas. Era alguien con buen ojo para aquello que quiere ser dibujado. Mickey tenía el pecho blanco y lampiño con una clavícula que sobresalía de hombro a hombro como si fuera la bestia de carga de alguien. Y un cuello largo y una columna vertebral que ella podría haber usado para hacer sumas. Sin duda él la quería —a veces lloraba de tanto como la quería—, pero eso era todo. Ella cumplió dieciséis años, y Mickey le compró un salto de cama que eligió él mismo en los grandes almacenes Berman's. Era tres tallas más grande que la suya. Jolene podía llevarlo a cambiar, por supuesto, pero la asaltó la inquietante idea de que, como mujer de Mickey, lo único que ocurriría en su vida era que acabaría ensanchándose hasta alcanzar esa talla. A él le gustaba observarla mientras ella hacía los deberes, cosa que la llevó a comprender que él, Mickey Holler, no tenía ambiciones. Nunca sería dueño de un negocio ni jugaría al golf los fines de semana como el tío Phil. Era una persona que vivía al día. Ni siquiera hablaba de la posibilidad de comprar su propia casa, ni de avanzar hacia algo que les permitiera vivir en una situación distinta. Ella podía pensar esto de él por más que le gustase besarle el pecho pálido y recorrer con los dedos los bultos de su columna vertebral.

El tío Phil era alto, tenía una mandíbula fuerte, una mata de pelo negro lustroso que se peinaba con una especie de onda, y una voz grave, y bromeaba con mucha seguridad en sí mismo… y unos ojos oscuros muy elocuentes: en fin, era todo un hombre, de eso no cabía duda. Al principio Jolene se ponía nerviosa cuando él la examinaba de arriba abajo. O le cantaba un verso de una famosa canción de amor. «¡Eres tan bella para mí!» y luego se echaba a reír para darle a entender que todo aquello eran sus chanzas de siempre. Estaba bronceado por el tiempo que pasaba al aire libre, en el campo de golf del condado, e incluso la poca barriga que se le marcaba debajo del polo le quedaba bien. Lo importante en él era que disfrutaba de la vida y era popular: tenían su grupo social, aunque saltaba a la vista que la mayoría de los amigos de la pareja llegaban a través de él.

No podía decirse que la tía Kay fuese el polo opuesto de Phil, pero sí era una persona que no se andaba con frivolidades. Era una mujer formal que nunca se recostaba en el asiento descalza y, aunque amable y correcta por lo que a Jolene se refería, habría preferido a todas luces disponer de la casa para ella sola ahora que Mickey tenía a alguien que cuidara de él. Jolene lo sabía, no hacía falta que se lo dijeran. Podría trabajar hasta dejarse la piel y la tía Kay seguiría sin quererla. La tía Kay era del norte y había venido a vivir al sur por una oferta de trabajo. Ella y el tío Phil llevaban quince años casados. Lo llamaba Philip, cosa que Jolene veía como una manera de darse aires. Vestía trajes y medias, siempre, y blusas abotonadas hasta el cuello. No era guapa, pero se adivinaba qué había visto Phil en ella: sus fríos ojos de color azul muy claro, quizás, y el pelo rubio natural, y poseía la generosa silueta que exigía el uso de una faja, de la que nunca prescindía.

Pero de pronto el tío Phil adquirió la costumbre de despertarlos por la mañana, entrando en su habitación sin llamar y anunciando con su voz grave, «¡Hora de ir a trabajar, Mickey Holler!», mirando a la vez a Jolene mientras ella se tapaba con las mantas hasta la barbilla.

Jolene sabía que ese hombre hacía algo que no debía hacer con su rutina de despertarlos, y la irritaba pero no sabía qué hacer al respecto. Mickey parecía ciego al hecho de que su propio tío, el hermano de su difunta madre, le hubiera echado el ojo a ella. Al mismo tiempo a Jolene le producía cierta excitación que un hombre de mundo se hubiera fijado en ella. Sabía que Phil, como hombre apuesto y risueño de dientes blancos, debía de ser muy consciente de su efecto en las mujeres, así que procuraba no prestarle más atención que la que merecía en calidad de tío y jefe de su marido. Pero eso le resultó cada vez más difícil, viviendo en la misma casa que él. Sin querer, pensaba en él. En su imaginación, Jolene se inventó una historia: que gradualmente, con el paso del tiempo, se ponía de manifiesto que el tío Phil y ella estaban hechos el uno para el otro. Que entre ellos nacía un acuerdo y se prolongaba durante unos años, posiblemente hasta que la tía Kay muriese o lo abandonase... eso no estaba muy claro en la imaginación de Jolene.

Pero el tío Phil no era de los que se andaban con sueños. Una tarde ella estaba fregando el suelo de la cocina en pantalón corto, arrodillada y con el trasero en alto, y él había llegado a casa antes de hora, porque siendo como era su propio jefe, podía ir y venir a su antojo. Ella tarareaba *I Want to Hold Your Hand* y no lo oyó.

Phil se quedó de pie en la puerta observando cómo se reflejaba en sus nalgas el movimiento de fregar y, casi a la vez que ella se daba cuenta de que no estaba sola, él la levantó cogiéndola por la cintura, en esa misma posición arrodillada, y la llevó así al dormitorio, con el cepillo todavía en la mano.

Esa noche en su propia cama, Jolene olía aún el aftershave del tío Phil y sentía las pequeñas bolas de algodón de su colcha de felpilla entre los dedos cerrados. Estaba demasiado irritada incluso para los endebles asaltos de Mickey.

Y ese fue el principio. En toda la corta vida de Jolene nunca había estado en situación de sentir impaciencia por ver a alguien. Intentaba contenerse, pero su rendimiento escolar empezó a decaer, pese a que siempre había sido una estudiante aplicada, sin ser la más lista de la clase. Pero a Phil le pasaba lo mismo: aquello era tan intenso y constante que ya no se reía. Era más bien como si fueran iguales en su atracción magnética. Sencillamente nunca les bastaba. Era todos los días, siempre mientras la tía Kay cuadraba sus números en el banco Southern People y Mickey, el pobre Mickey, recorría su ruta de reparto de petróleo, trazada por el tío Phil para llevarlo hasta los confines del pueblo y más allá.

En fin, la pasión entre personas solo puede verse atajada por los legítimos esposos en torno a ellas, y al cabo de un mes o dos todo el mundo lo supo, y la crisis acudió a aporrear a la puerta del dormitorio clamando el nombre de ella, y de pronto Mickey cabalgaba a espaldas de Phil como un mono, pegándole en la cabeza y llorando a la vez, y Phil, en calzoncillos, bajo los puñetazos de Mickey, iba a trompicones por el salón comedor, hasta que por fin retrocedió con el pobre chico a cuestas hacia el gran televisor y lo incrustó contra la pantalla. Jolene, en sus posteriores reflexiones, cuando no tenía nada que hacer en la vida más que matar el tiempo, lo recordó todo: recordó el estallido del cristal del televisor, recordó lo mucho que la sorprendió ver lo delgadas que Phil tenía las piernas, y que el sol que se filtraba por las persianas era tan intenso porque se había producido el cambio de hora sin que los amantes se enteraran, y por eso las personas con un empleo habían vuelto a casa antes de lo esperado. Pero en ese momento no había tiempo para pensar. La tía Kay, agarrándola del cabello, la arrastró por la alfombra de pelo largo del pasillo hasta la cocina y, después de atravesar el suelo de falsas baldosas, la sacó por la puerta de la cocina, la echó a patadas escalera abajo y la dejó en la calle como si fuera el condenado gato de otra persona, y encima un gato que no dejaba de maullar.

Jolene, en viso, se quedó esperando en el límite de la propiedad, agachada entre los arbustos, con los brazos cruzados ante los pechos. Se quedó esperando a que Phil saliera y se la llevara, pero no lo hizo. Fue Mickey quien abrió la puerta. Se plantó allí mirándola, en el silencio exterior, mientras que dentro de la casa se oía vocerío y ruido de objetos rotos. Mickey tenía el pelo de punta y las gafas torcidas sobre la nariz. Jolene lo llamó. Lloraba; quería que él la perdonara y le dijera que no se preocupara. Pero lo que hizo él, su Mickey, fue subirse a su furgoneta con su camisa ensangrentada y marcharse. Eso fue lo que Jolene acabó considerando el final del Capítulo 1 de la historia de su vida, porque Mickey se marchó al centro del puente del río Catawba, donde se detuvo y, con el motor todavía en marcha, saltó a aquel río rocoso y se mató.

Más de un vecino debió de verla errar por las calles, hasta que la recogió un coche patrulla, que primero la llevó a urgencias, donde se comprobó que tenía bien las constantes vitales, aunque le enseñaron una parte del cuero cabelludo donde le habían arrancado un puñado de pelo rojo. Luego la dejaron en un motel al pie de la interestatal mientras las autoridades decidían qué hacer con ella. Era una rompehogares, pero también viuda, pero también menor de edad sin parientes vivos. Los padres adoptivos a quienes había abandonado para casarse con Mickey se negaron a asumir la menor responsabilidad sobre ella. Pasó el tiempo. Vio culebrones. Lloró. Una supervisora la vigilaba día y noche. Luego fue a entrevistarla un psiquiatra que trabajaba para el condado. Al día siguiente la llevaron al juzgado, donde se celebró una vista en la que prestó testimonio el psiquiatra del condado, a quien ella había contado su historia con total sinceridad, y eso la llenó de rabia, lo vio como

la mayor traición de todos los tiempos, porque, a raíz de la re-
comendación de ese hombre, la remitieron al manicomio de
menores, donde permanecería hasta ser una adulta razonable
capaz de cuidar de sí misma.

Así que allí estaba ahora, atontada por las pastillas, amo-
dorrada la mayor parte del día y la noche, y naturalmente,
como pronto descubrió, aquel no era sitio para recobrar la cordura, si es que ya de entrada la hubiera perdido, y no era así,
como sabía solo con mirar a los demás allí internados. Al cabo
de unos dos meses en aquel infierno, una mañana le quitaron el
habitual vestido holgado gris y le pusieron otro oscuro más reconocible como tal, aunque le quedaba grande, y le recogieron
el pelo con un pasador y una vez más la llevaron al juzgado, en
una camioneta, aunque esta vez para que prestara declaración
ella, sobre sus relaciones con el tío Phil, que estaba allí, en la
mesa de la defensa, con un aspecto espantoso. Jolene no supo
qué había cambiado en él hasta que cayó en la cuenta de que
su cabello había perdido el lustre y, de hecho, lo tenía gris. Entonces comprendió que, durante todo el tiempo en que ella había estado tan impresionada, él se lo teñía. Estaba encorvado
por el aprieto en que se encontraba y no la miró ni una vez, ese
hombre de mundo. Algo del antiguo sentimiento surgió en
ella, y se enfadó consigo misma, pero no pudo evitarlo. Esperó
a recibir cierto reconocimiento de su presencia, pero no llegó.
La cosa era que la tía Kay lo había echado a patadas, él dormía
en su despacho, su negocio se había ido a pique y ninguno de
sus amigotes jugaba ya al golf con él.

Jolene había sido citada a fin de demostrar al juez que, a sus
dieciséis años, era menor de edad para esas cosas, lo que convertía a Phil en culpable de haber mantenido relaciones sexua-
les con una menor. Se entabló toda una discusión jurídica, durante un minuto o dos, en torno al hecho de que era una mujer

casada en ese momento, una adúltera a decir verdad, y desde luego no era ajena a las cuestiones de la vida carnal, pero eso no cuajó, por lo visto. La dejaron ir y la llevaron de vuelta al manicomio y le pusieron de nuevo el vestido holgado gris y las zapatillas, y ahí se acabó para ella el mundo real. Se enteró de que Phil cumplió dieciocho meses en la penitenciaría del estado. No pudo sentir compasión, ya que ella misma estaba en su propia cárcel.

Jolene no pensaba mucho en Mickey, pero dibujaba su cara una y otra vez. Dibujaba lápidas en un cementerio y luego dibujaba la cara de él en las lápidas. Esto le pareció una labor artística digna. Cuanto más dibujaba a Mickey, más recordaba los detalles de cómo la miró la última tarde de su vida, pero con ceras era difícil: solo le daban ceras para dibujar, no los lápices de colores que había pedido.

Un día ocurrió algo bueno. Una de las chicas de la sala rompió el espejo del lavabo en el cuarto de baño y usó una esquirla para cortarse las venas. Eso en sí no fue bueno, desde luego, pero retiraron todos los espejos del baño y ninguna interna podía verse excepto quizá si se subían a la cama y el sol estaba en el punto exacto en las ventanas detrás de la tela metálica. Así que Jolene inició un negocio de retratos. Dibujó la cara de una chica, y pronto las tuvo haciendo cola para que las retratara. No tenían un espejo pero tenían a Jolene. Algunas no se parecían demasiado, pero eso a nadie le importaba porque en la mayoría de los casos quedaban mucho mejor que las originales. La señora Ames, la jefa de enfermeras, pensó que era una buena terapia para todas, así que Jolene recibió un juego de acuarelas con tres pinceles y un gran cuaderno de dibujo muy grueso, y cuando pasó la fiebre de los retratos pintó todo lo demás: el pabellón, la sala de juegos, el jardín donde paseaban, las flores del arriate, la puesta de sol a través de la malla metálica, todo.

Pero como estaba tan cuerda como el que más, su desesperación por salir de allí era cada vez mayor. Pasado un año poco más o menos, llegó al mejor acuerdo posible con una de las auxiliares del turno de noche, una tal Cindy, mujer de rasgos afilados y tez cetrina pero decente y toscamente amable con las internas. Jolene creía que Cindy, con sus arrugas en la cara correosa, debía de tener por lo menos cincuenta años. Le había echado el ojo a Jolene desde el principio. Le daba cigarrillos para fumar fuera, detrás de los contenedores, y entendía de peinados y maquillaje. Decía, Roja —Jolene tenía el pelo rojo fresa, y por tanto ese era, naturalmente, su apodo allí—, Roja, no te conviene taparte esas pecas. Quedan encantadoras en una chica como tú, le dan luz a tu cara. Y mira, si siempre llevas el pelo recogido hacia atrás en una coleta, el nacimiento retrocederá, así que te lo cortaremos un poco para que se te rice como quiera y enmarque tu dulce cara, y estarás tan guapa como un retrato, ya verás.

A Cindy también le gustaban las pecas en los pechos de Jolene, y no estaba tan mal ser amada por una mujer. No era su opción preferida, pero Jolene pensaba, Una vez en marcha, da igual quién es o qué tiene: se da el mismo pánico, al fin y al cabo, y en esos momentos somos ciegos. Pero en todo caso el acuerdo era ese, y aunque para salir del manicomio accedió a vivir con Cindy en su propia casa, donde se acurrucaría a escondidas como una hija natural, aceptó con la idea de quedarse solo hasta que pudiese escapar también de allí. Sin más que un par de chasquidos de cerraduras, y unos minutos escondida en un armario de material, y luego el giro de otras llaves y el chirrido de una verja, Jolene salió a la libertad en el maletero del destartalado Corolla de Cindy. Fue aún más fácil, después de una noche, salir por la puerta de la calle de la casa de Cindy a plena luz del día cuando la mujer regresó al trabajo.

Jolene se hizo a la carretera. Quería salir a toda costa de aquel pueblo y aquel condado. Disponía de casi cien dólares por el negocio de las acuarelas. Hizo autoestop a ratos y a ratos viajó en autobuses locales. Tenía una pequeña maleta y mucho carácter para ayudarla a cruzar las fronteras de los estados. Trabajó en un todo a cien de Lexington y en una lavandería industrial de Memphis. Siempre había un albergue de la Asociación de Jóvenes Católicas, para no meterse en líos. Y si bien tuvo que respirar hondo y venderse una o dos veces mientras cruzaba el país, le sirvió para curtirse en interés de su propia protección. Para entonces tenía solo diecisiete años, pero con ropa nueva tenía el porte de una mujer diez años mayor, de modo que nadie se daba cuenta de que dentro de la figura contoneante con sandalias de plataforma solo había una niña asustada.

Así llegó a Phoenix, Arizona, una ciudad calurosa y plana en el desierto, pero con mucha gente acelerada que vivía dentro de su aire acondicionado.

Jolene agradecía que en el Oeste la sociedad humana fuese menos envarada, que nadie se preocupase mucho por saber a qué te dedicabas o quiénes eran tus padres, y que casi todo el mundo a quien conocías fuese de otra parte. Al poco tiempo trabajaba en un restaurante de comida rápida, Dairy Queen, y tenía una íntima amiga, Kendra, que era una de sus compañeras de piso, una chica norteña de Akron, Ohio.

El Dairy Queen estaba en el límite de la vida urbana, y desde allí, por encima de unos almacenes, se veía el desierto llano con sus carreteras rectas y, a lo lejos, unos montes parduzcos. Tuvo que retrotraerse a su edad real para conseguir ese trabajo. Había que patinar sobre ruedas, aptitud que por

suerte no había olvidado. Patinaba hacia los clientes con su pedido en una bandeja que enganchaba en la ventanilla del coche. Se cobraba solo el salario mínimo, pero algunos hombres
dejaban buenas propinas; las mujeres nunca daban nada. Y en
todo caso eso no duraría, porque había cierto tipo guapo que
iba allí todos los días. Tenía el pelo largo, una perilla rala y un
aro en la oreja: parecía una estrella del rock. Además de vaqueros y botas, vestía camiseta de tirantes, de modo que se le
veían los tatuajes que le cubrían los brazos de arriba abajo, los
hombros y el pecho. Incluso llevaba una guitarra en la parte de
atrás de su Cadillac, un descapotable de color ciruela de 1965.
Naturalmente, ella no hacía caso a sus ruegos, pero él siempre
volvía y, si lo atendía otra chica, preguntaba dónde estaba Jolene. Y es que todas las chicas llevaban el nombre en una placa.
Un día él se presentó allí y, cuando ella volvió con su pedido,
lo encontró sentado en el respaldo del asiento delantero con
una amplia sonrisa, pese a que le faltaba un diente delantero.
Rasgueó la guitarra y dijo, Escucha esto, Jolene, y le cantó una
canción que había compuesto, y mientras cantaba reía apre-
ciativamente, como si cantara otro.

Jolene, Jolene
qué mala es
no se deja ver conmigo
en el Dairy Queen.

Jolene, Jolene
por favor no seas mala
Tu nombre significa mucho para mí
Mi amor cosecharás en mí
Tengo tantas ganas de ver
lo felices que podemos ser

cuando seamos uno solo
Jolene, Jolene
mi Dairy Queen.

Bueno, ella sabía ya que era un tipo astuto, pero al menos se había tomado la molestia de ponerle cierta inventiva, ¿o no? La gente del coche contiguo se echó a reír y aplaudió, y ella se sonrojó por debajo de las pecas, pero no pudo evitar reírse también. Y oyendo aquella voz suya no muy buena y aquella guitarra suya no del todo afinada, supo naturalmente que no era una estrella del rock, pero era estridente y no le importaba hacer el ridículo, y eso a ella le gustó.

De hecho, era de profesión tatuador. Se llamaba Coco Leger, que se pronunciaba Leryey. Había nacido en Nueva Orleans, y el sábado siguiente Jolene salió con él a bailar, pese a que su amiga Kendra se lo desaconsejó encarecidamente. Ese tío es un sinvergüenza, dijo Kendra. Jolene pensó que quizá tuviera razón. Ahora bien, Kendra no tenía novio propio en ese momento. Y andaba criticándolo casi todo: el trabajo, lo que comían, las películas que veían, los muebles del apartamento alquilado y quizá incluso la ciudad de Phoenix en su totalidad.

Así y todo, Jolene acudió a la cita y Coco se comportó casi como un caballero. Bailaba bien la música disco, aunque era un poco exhibicionista con sus movimientos pélvicos, pero al fin y al cabo qué había de malo en ello. Coco Leger la hizo reír, y no había tenido ningún motivo para reír en mucho tiempo.

Una cosa llevó a la otra. Primero tuvo que grabarse gratuitamente un pequeño corazón en el trasero, y al cabo de poco tiempo trabajaba de aprendiz en el Instituto de Arte Corporal de Coco. Él le enseñó cómo se hacían las cosas, y ella aprendió deprisa y al final empezó a atender a los clientes que querían tatuajes estándar baratos. Era dibujar con una aguja, un proceso lento, como utilizar solo la punta del pincel, dando un toque cada vez. Coco quedó muy impresionado por la velocidad a la que aprendía. Dijo que era toda una aportación. Despidió a la mujer que trabajaba para él y, después de una conversación seria, Jolene accedió a irse a vivir con él a su apartamento de dos habitaciones encima de la tienda, o el estudio, como él lo llamaba.

Kendra, que seguía en el Dairy Queen, se quedó sentada viéndola hacer la maleta. Sé lo que ve en ti, Jolene, dijo. Tienes un tipín y todo en ti se mueve como debe incluso sin proponértelo. Gracias, Kendra. Tienes una piel clarísima, dijo Kendra. Y esa nariz respingona, y una sonrisa cautivadora. Gracias, Kendra, repitió ella, y la abrazó, porque, si bien se sentía feliz por sí misma, estaba triste por Kendra, cuya cara verdaderamente bonita casi ningún hombre veía tal como era porque era una chica robusta con grasa en los hombros y no patinaba con mucha gracia. Pero, prosiguió Kendra, no veo que ves tú en él. Ese es un hombre nacido para traicionar.

Aun así, Jolene no quería volver a patinar a cambio de propinas. Coco estaba enseñándole un oficio que se acomodaba a su talento. Pero cuando después de solo dos o tres semanas Coco decidió que debían casarse, ella tuvo que reconocer para sí que no sabía nada de él, ni de su pasado ni de su familia. No sabía nada y, cuando le preguntó, él se limitó a reír y dijo, Nena, soy un huérfano en la tormenta, igual que tú. No me apreciaban mucho en el sitio de donde soy, pero, por lo que me ha parecido ver, ni tú ni yo tenemos un pasado como para echar las campanas al vuelo, dijo, y la abrazó y la besó en el cuello. Lo que cuenta es el momento presente, susurró, y los momentos futuros que nos esperan.

Ella dijo para sus adentros el nombre Jolene Leger, pronunciado Leryey, y le pareció melodioso. Así que, después de otro juzgado y un ramillete en la mano y un vestido de flores hasta los tobillos y una botella de champán, fue en efecto Jolene Leger, otra vez una mujer casada. Volvieron al apartamento de dos habitaciones situado sobre la tienda y fumaron porros e hicieron el amor, cantándole Coco al ritmo de ella «Jolene Jolene es una máquina del amor» y, cuando él se durmió y empezó a roncar, ella se levantó y se acercó a la ventana y contempló la calle. Para entonces eran las tres de la madrugada, pero estaban encendidas todas las farolas y los semáforos en marcha, pese a que no se veía a un solo ser humano. Bullía de actividad aquella calle vacía en su silencio, con los letreros de las tiendas brillando en todo su esplendor, los colores de neón en los escaparates, la lavandería, el puesto de cobro de talones, el local de revelado en una hora y fotos de pasaporte, el quiosco, la cafetería y la tintorería, y los parquímetros que parecían de oro bajo la luz ambarina de las farolas. Era el mundo en marcha como si la gente fuera la última de sus necesidades o deseos.

De pronto se le ocurrió pensar que si afeitasen a Coco la perilla rala y pudiesen borrarle los tatuajes, y si le quitasen las botas con alzas y le cortasen el pelo y quizá le pusiesen unas gafas sobre la nariz, no sería muy distinto de su primer marido, el difunto Mickey Holler, y se echó a llorar.

Durante un tiempo fue comprensiva con las costumbres de Coco y quiso creer sus historias. Pero cada vez le costaba más. Él se pasaba la mitad del tiempo fuera en su maldito coche, dejándola a ella al frente del negocio como si le trajera sin cuidado si perdían clientes. Él se quedaba todo el dinero. Jolene se dio cuenta de que trabajaba sin salario, cosa que solo haría una esposa… ¿quién si no iba a aceptar algo así? Era una especie de esclavitud, ¿o no? Eso fue lo que Kendra dijo, sin el menor tacto, cuando fue a visitarla. Coco criticaba prácticamente

todo lo que Jolene hacía o decía. Y cuando necesitaba dinero
para comida o cosas así, él apartaba de mala gana un billete o
dos de su fajo cuidadosamente acumulado. Ella empezó a pre-
guntarse de dónde sacaba todo ese dinero; desde luego no del
negocio de los tatuajes, que no era precisamente boyante en
cuanto llegó el invierno frío y seco de Arizona. Y cuando por
fin entraba una mujer de aspecto aceptable, él no paraba de hacer toda clase de insinuaciones, como si fueran las dos únicas
personas en el local. Eso no me gusta nada, decía Jolene. Nada
de nada. Te has casado con un guaperas, decía Coco. Hazte a la
idea. Y cuando Jolene se encontraba en el trance de tatuar una
serpiente o un pez con bigote a un cachas y, como cabía esperar
trabajando tan cerca, él se sobrepasaba con ella, lo único que
se le ocurría decir a Coco cuando ella se quejaba era Eso es
lo que hace girar el mundo. Ella lo pasaba mal a diario. Las
drogas que él vendía le exigían cada vez más tiempo y, cuando
ella se lo echó en cara, él no lo negó. De hecho, dijo, era la única
manera de mantener la tienda. Deberías saberlo sin necesidad
de decírtelo, Jolene; ningún tatuador de este país sale adelante
si no tiene alguna otra cosa entre manos.

Un día paró un taxi delante de la tienda y entró una mujer
con un bebé y una maleta. Era rubia, muy alta, incluso escul-
tural y, aunque el letrero estaba claramente estampado en el escaparate, preguntó: ¿Este es el Instituto de Arte Corporal, propiedad de Coco Leger? Jolene asintió. Me gustaría verlo, por
favor, dijo la mujer, dejando la maleta en el suelo y pasándose el
bebé de un brazo al otro. Aparentaba unos treinta o treinta y
cinco años y llevaba sombrero, y solo una chaqueta de hilo y
un vestido amarillo con medias y zapatos, cosa insólita en ese
día invernal de Phoenix, o si a eso vamos, en cualquier estación
del año, porque allí nunca se veía a nadie que no llevara vaqueros. Una sensación extraña asaltó a Jolene. Sintió que volvía a

ser una niña. Estaba de nuevo en la infancia: solo había jugado a ser adulta y no era la señora de Coco Leger más que en sus absurdos sueños. Era una premonición. Volvió a mirar al bebé y en ese momento supo lo que no necesitaba que le dijeran. Tenía escrita su ascendencia en la minúscula cara. Solo le faltaba una pequeña perilla.

¿Y tú eres?, preguntó Jolene. Soy Marin Leger, la esposa de ese hijo de la gran puta, respondió la mujer.

Como si fuera necesaria la confirmación, la ancha mano que sacó de debajo del trasero del bebé lucía una alianza de oro hincada en la carne de su anular.

He gastado hasta el último centavo que tenía en localizarlo y quiero verlo ya, en este mismo instante, dijo la mujer. Al cabo de un momento, como si se hubiese invocado una magia poderosa, el Cadillac de Coco se detuvo junto a la acera, y quizá todas las desdichas de aquella mujer hubieran valido la pena solo por ver la expresión de estupefacción en el rostro de Coco cuando se apeó del coche y vio a Marin Leger y ella lo vio a él al mismo tiempo a través del escaparate de la tienda. Pero, siendo Coco quien era, se recuperó en el acto. Se le iluminó la cara y la saludó con un gesto como si no pudiese estar más encantado. Y entró por la puerta con una sonrisa. Mira por dónde, dijo. ¡Mira tú por dónde!, dijo con los brazos abiertos. Como Marin Leger era más alta, en el abrazo, él aplastó la cara contra el bebé que ella tenía en los brazos, y este empezó a berrear. Y cuando Coco retrocedió, soportó el fuerte bofetón que le dio la mujer en la mejilla con la mano libre.

A ver, cariño, tranquilízate, le dijo, tú tranquilízate. Todo tiene su explicación. Ven conmigo, tenemos que hablar, le dijo, como si siempre hubiese estado esperándola. Lo creas o no, es para mí un gran alivio verte, le dijo. No volvió a prestar la menor atención al niño en brazos de la mujer y, cuando cogió la bolsa de ella y la condujo a la puerta, se volvió atrás para mirar a Jolene y le dijo por la comisura de los labios que aguantara firme, que aguantara firme, y ya fuera abrió galantemente la puerta del coche a Marin Leger y la ayudó a sentarse con su bebé, y se marcharon en el Cadillac descapotable de color ciruela de 1965 en el que en otro tiempo iba diariamente a ver a Jolene mientras ella meneaba el culo con sus patines.

«Jolene, Jolene, del Dairy Queen, qué mala es, destrozó todos los aparatos…» Nunca en la vida había estado tan tranquila como cuando, serena y metódicamente, hizo añicos el Instituto de Arte Corporal Leger, volcando el autoclave, arrancando los carteles con las muestras, agarrando las pistolas de tatuar por los cables y estampándolas contra la pared de obra vista del fondo hasta reventarlas, desperdigando los portaagujas, derramando las tintas por el suelo, desprendiendo de la pared la vitrina con las joyas corporales de acero inoxidable 316L, rompiendo los libros sobre tatuajes del expositor giratorio. Hizo pedazos las sillas de director y lanzó un taburete metálico por la ventana de la puerta de atrás. Subió al piso superior y, tomando conciencia de pronto por primera vez de que las habitaciones apestaban al repugnante cuerpo sin lavar de él, arrasó con todo lo que pudo, hizo jirones la ropa de cama, tiró por el suelo todo lo que había en el botiquín y arrancó las cortinas que ella misma había elegido para crear un ambiente más hogareño. Cogió una pila de ropa de ella y la metió en dos bolsas de papel y, cuando encontró en un estante del armario una caja de zapatos con una bolsa de plástico de cierre hermético que contenía otra bolsa llena de un polvo blanco que al contacto con el pulgar parecía levadura, la dejó donde estaba y, cuando volvió a bajar, arrambló con los pocos dólares que había en la caja, cogió el teléfono, dejó un mensaje muy preciso para el Departamento de Policía de Phoenix y, colocando el letrero

VUELVO EN CINCO MINUTOS, cerró la tienda de un portazo y se marchó.

Seguía sin tener lágrimas en los ojos cuando fue al monte de piedad, a dos manzanas de allí, y obtuvo quince dólares por su alianza nupcial. Aguardó ante la puerta de la agencia de viajes donde paraban los autobuses y no empezó a llorar hasta que se preguntó, por primera vez en mucho tiempo, quiénes podían haber sido sus padres y si aún vivían, como pensaba que debía de ser si al nacer ella eran tan jóvenes como para no poder hacer nada más que ponerle el nombre de Jolene y abandonarla para que las autoridades se hicieran cargo de ella.

En Las Vegas fue camarera de una cafetería hasta que reunió dinero suficiente para alisarse el pelo, que era lo que le dijo el director del Starlet Topless que debía hacer si quería un empleo. Así, si sacudía la cabeza al echarse hacia atrás cogida a la barra metálica, el pelo se le mecía sobre los hombros. Llevar un tanga y zapatos de tacón no era lo más cómodo del mundo, pero le cogió el tranquillo enseguida y ganó popularidad como la chica más menuda del local. También se ganó las simpatías de las otras chicas: la llamaban Baby y cuidaban de ella. Alquiló una habitación en el apartamento de un par de ellas. Incluso el gorila se mostró solícito a partir del momento en que, mintiendo, dijo que estaba comprometida.

Cuando conoció a Sal, un hombre distinguido de pelo cano y cintura más bien amplia, fue a petición del director, que la llevó a una mesa del fondo. El hecho de que ese Sal prefiriese no sentarse a la barra para mirarle el culo le dio a entender que no era el clásico colgado que iba al Starlet. Era un caballero que, aun sin estar casado, tenía varios nietos. Las fotos de estos fueron lo primero que le enseñó cuando ella subió a su suite en

el ático en su primera cita. Eso muestra hasta qué punto el señor
Sal Fontaine era un ciudadano probo. Ella se acercó a la ventana,
desde donde se veía todo Las Vegas. Sal, hombre callado y de
voz suave, no solo era adorable, como ella descubrió al conocerlo, sino también muy respetado como fundador y propietario
de Sal's Line, con una oficina y baterías de teléfonos con opera-
doras que recibían llamadas de personas de todo el país intere-
sadas en Sal's Line para los asuntos más diversos, desde caballos hasta quién iba a ser el próximo presidente. Sin ceremonias,
porque así era él, le puso una gargantilla de diamantes en el cuello y le pidió que se instalara allí con él. Jolene no pudo dar crédito a su buena suerte: vivir con un hombre respetadísimo en la
comunidad en la suite de seis habitaciones de un ático desde
donde se veía todo Las Vegas. Tenía servicio de limpieza cada
mañana. Podía encargarse la cena al restaurante francés de la
planta baja, que venía servida en un carrito rodante que se convertía en mesa. Sal le compraba ropa, en la peluquería ella lo
cargaba todo a cuenta de él y, cuando salían —si bien él estaba
siempre tan ocupado que eso no sucedía a menudo—, recibía
un trato respetuoso por parte de quienes los saludaban, y de los
contactos profesionales de Sal, en su mayoría caballeros en
torno a la misma edad que él. Se sentía totalmente abrumada.
Imaginaos, con semejante despliegue de culos y piernas largas
en Las Vegas, ¡y la pequeña Jolene tratada como una princesa! Y
no solo eso, además disponía de tiempo para crear su propio negocio, basado en las tarjetas de felicitación que dibujaba ella
misma, de estilo psicodélico, inspiradas a veces en su experiencia con el diseño de tatuajes, pero expresando siempre los sentimientos presentes en las relaciones familiares afectuosas tal
como ella las imaginaba, como si lo supiera todo al respecto.

Nunca pensó que llegaría a ser tan feliz. A Sal le gustaba
que ella se subiera sobre él, le gustaba tenerla encima, y se tra-

taban los dos con gran ternura y muchas caricias, en especial por parte de ella, desde luego, porque en el fondo de su cabeza anidaba siempre el miedo a que él se excediera en el esfuerzo. Y él hablaba en voz muy baja, y se creía o fingía creer la historia de su vida, tanto las partes que ella se inventaba como las partes ciertas.

A medida que se acostumbraba a esa vida, llegó a la conclusión de que Sal Fontaine no entregaba nada de sí fácilmente. No era una cuestión de generosidad material. Nunca se confiaba a ella. Manifestaba una actitud distante, o quizás incluso una melancolía que él, pese a su éxito, no podía cambiar. Si ella hacía preguntas, si mostraba curiosidad, se topaba con un muro. Sal se movía despacio, como si el aire ofreciera una resistencia que solo lo afectaba a él. Cuando sonreía, era una sonrisa triste, pese a llevar fundas en los dientes. Y tenía unos carrillos colgantes y unos ojos tristes de párpados caídos, más oscuros aún por las ojeras, muy azules. Tal vez no podía olvidar lo que había perdido, su antiguo país o su familia original, ¿cómo iba a saberlo ella?

Jolene le decía que lo quería, y en ese momento lo sentía de verdad. El resto del tiempo más o menos tendía a la indiferencia. El carácter contractual de su relación para ella estaba muy claro, y empezó a sospechar que el respeto con que los amigos de Sal la trataban no se correspondía con el sentimiento que debían de expresar entre sí. Esa vida, en cuanto dejó de ser una novedad para ella, era como comer algodón de azúcar todo el día. Ahora tenía reflejos en la melena roja y lisa. Por las mañanas nadaba en la piscina olímpica del hotel con el pelo recogido en una sola trenza, que llevaba a remolque. Era esa tal Jolene que se ponía distintos conjuntos de estilo Las Vegas según la hora del día o la noche. Un día se vio a sí misma en el espejo de un probador de I. Magnin y la palabra que le vino a la cabeza fue «dura». ¿En qué momento había adquirido ese rictus en la boca y esa mirada pétrea de una Barbie de Las Vegas? Dios santo.

Una noche, mientras veían la televisión, Sal le dijo, sin venir a cuento, que no debía preocuparse, que sus necesidades estarían cubiertas, que él ya le dejaría las cosas resueltas. Gracias, cielo, dijo ella, sin saber exactamente ni cómo ni cuándo haría él eso, pero comprendiendo el significado básico: que se hallaba en una situación destinada a no durar. A la mañana siguiente llevó todos sus dibujos para las tarjetas de felicitación a una imprenta en el límite en la ciudad y dedicó dos horas a tomar decisiones sobre el material que quería, el diseño, los tipos de letra, las cantidades que se imprimirían de cada una y demás. Era un negocio de verdad, y se sintió bien, pese a que no tenía ni la menor idea de quién distribuiría las tarjetas y menos aún quién las compraría. Paso a paso, se dijo en el taxi de regreso a casa. Paso a paso.

Al cabo de una semana sonó el teléfono justo cuando se levantaban y Sal le dijo que se vistiera rápidamente y fuera a desayunar a la cafetería porque iba a mantener una reunión allí con unos hombres. Ella le respondió que no se preocupara, que se encerraría en el dormitorio con una taza de café y el *Sun* para no estorbar. No discutas, gritó él, y le tiró un vestido a la cara. Ella se quedó sin habla: Sal nunca le había levantado la voz. Mientras esperaba el ascensor, se abrieron las puertas y salieron ellos, los hombres con quienes iba a reunirse Sal. Jolene los vio y ellos la vieron a ella; eran dos y, como tantos hombres en Las Vegas, parecían no haber sentido nunca el sol en la cara.

Pero en la cafetería cayó en la cuenta. De pronto le entró una sensación de frío y se le revolvió el estómago. Corrió al lavabo y se sentó allí con un sudor frío. Se suponía que esas historias que una oía nunca irrumpían en la propia vida.

¿Cuánto tiempo pasó allí sentada? Cuando reunió valor para salir, y luego para abandonar la cafetería y entrar en el vestíbulo, vio una ambulancia ante la entrada. Se detuvo entre la multitud allí congregada y vio las puertas del ascensor abiertas y a alguien en una camilla, transportado por el vestíbulo con una mascarilla de oxígeno en la cara y conectado a un gota a gota.

Enseguida todo el mundo coincidió en que aquel era Sal Fontaine. Menos claro estaba qué le había ocurrido exactamente. Al final, un agente de policía que pasaba por ahí dijo que había sido un infarto. Un infarto.

Ella ni siquiera había cogido el bolso, solo llevaba encima el vestido corto naranja estampado y las sandalias. Ni siquiera se había maquillado: no tenía nada. Vio el nombre del hospital en la ambulancia cuando arrancó y decidió subir a la suite para cambiarse e ir allí en taxi. Pero no podía moverse. Subió por la escalera de caracol hasta el entresuelo y allí se sentó en un sillón con las manos entre las rodillas. Finalmente se armó de valor para regresar al ático. Si había sido un infarto, ¿qué hacían allí la policía y las cámaras de televisión? El mundo entero se agolpaba en el rellano, y la puerta del apartamento estaba precintada con cinta amarilla y custodiada y todo quedaba fuera de su alcance: el señor Sal Fontaine, y toda su ropa, y su gargantilla de diamantes, e incluso el dinero que él le había dado a lo largo del tiempo, pese a que nunca le permitía pagar nada.

Tenía más de mil dólares en el cajón de su mesilla de noche. Sabía que con el tiempo podría reclamarlos si estaba dispuesta a dejarse interrogar por la policía. Pero nada de lo que pudiera sucederle ahora sería tan malo como lo que le sucedería si asumía ese riesgo. Aun cuando no les dijera nada, ¿qué efecto tendría Sal's Line en las posibilidades de que ella llegara a su decimonoveno cumpleaños, que casualmente era al día siguiente? Él no estaba allí para decírselo.

Y así es como cambia la vida, igual que azota el rayo, y en un instante lo que era ya no es lo que es, y te encuentras sentado en una roca al borde del desierto, con la esperanza de que pase un autobús y se compadezca de ti antes de que te encuentren allí muerta como un animal cualquiera atropellado en el asfalto.

Al cabo de dos años, Jolene vivía sola en Tulsa, Oklahoma. Un camionero le había contado, en un restaurante de carretera del norte de Texas, donde ella servía mesas, que Tulsa era una ciudad próspera sin población suficiente para todos los puestos de trabajo. Había cogido una habitación en un hotel residencia para mujeres y encontrado un primer empleo, a media jornada, en la biblioteca pública, colocando libros en las estanterías, y luego otro a jornada completa como recepcionista en una empresa que alquilaba equipo de extracción petrolífera. Hacía tiempo que no estaba con ningún hombre, pero en realidad eso tenía su lado bueno. Le sorprendió lo agradable que podía ser la vida cuando una estaba sola. Le gustaba cómo se sentía al pasear por la calle o sentarse tras un escritorio. Independiente. Sin ninguna exigencia dentro de ella. He madurado, se dijo. He madurado.

Para embolsarse unos dólares más, trabajaba al final de la jornada para un servicio de catering que la llamaba a veces. Tuvo que invertir en el uniforme —blusa blanca, pantalón negro y zapatos de salón negros—, pero cada vez que la llamaban le representaba sesenta dólares, por un mínimo de tres horas. Llevaba el pelo recogido en una sola trenza que le caía por la espalda y mantenía la mirada baja como le habían indicado; aun así, consiguió ver a gran parte de la flor y nata de Tulsa.

Una noche servía champán en una bandeja en una fiesta privada cuando apareció ante ella cierto individuo de metro ochenta y pelo secado con secador. Era atractivo y él lo sabía. Cogió una copa de champán, se la bebió, cogió otra y la siguió a la cocina. No le sonsacó nada salvo su nombre, pero la localizó a través de la empresa de catering y le mandó flores con una nota, firmada por Brad G. Benton, donde la invitaba a cenar. Jamás en su vida le había pasado algo así.

Se compró, pues, un vestido y fue a cenar con Brad G. Benton al club de campo, donde el mantel de hilo estaba almidonado y había copas de cristal y mullidas sillas de cuero rojo con tachones de latón. No recordaría lo que comió. Permaneció allí sentada y escuchó con las manos en el regazo. No tuvo que decir gran cosa; fue él quien habló la mayor parte del tiempo. Brad G. Benton no llegaba a los treinta y cinco años y ya era vicepresidente en una agencia de cambio y bolsa donde le daban una bonificación tras otra. No quería solo llevársela a la cama. Dijo que, como Jesús había entrado en su corazón, para él el único buen sexo que quedaba era el sexo conyugal. Dijo, Claro que para eso necesitas a alguien muy apreciado y especial, como tú, Jolene, y fijó una profunda mirada en los ojos de ella.

Al principio Jolene no se creyó qué él hablara en serio. Después de un par de citas más, comprendió que sí iba en serio. Pensaba que Brad G. Benton debía de estar loco. Por otro lado, estaban en la zona conocida como Cinturón de la Biblia; en su empleo de recepcionista, había visto a esa clase de personas supersinceras. Podían ser ricos y dedicarse a complejos negocios en todo el mundo, pero tenían auténtica fe en la palabra escrita de Dios, sin condiciones, añadidos ni salvedades. A juzgar por las apariencias, era una combinación excelente, aunque un poco extraña, como si tuvieran un pie en el consejo de dirección y otro en el cielo.

No sabes nada de mí, dijo Jolene en un esfuerzo por convencerse de su propia integridad. Espero saberlo todo pronto, respondió él desplegando una sonrisa amplia y atractiva que podría haber sido lasciva.

Se lo tenía muy creído, el condenado. A ella casi le molestaba que él nunca albergara la menor duda sobre lo que ella iba a contestar. Insistió en que dejara su trabajo y se instalara en un hotel a su cargo hasta el día de la boda. Ah, ¿y cuándo será ese día?, preguntó ella en broma, pero él era un hombre incontrolado: El compromiso será breve por fuerza, respondió, a la vez que le ponía un anillo de diamantes en el dedo.

Al cabo de una semana contrajeron matrimonio en la capilla de la Primera Iglesia Metodista allí en Tulsa, que parecía la catedral de Winchester. Brad G. Benton la llevó a vivir a su apartamento en un edificio nuevo que tenía piscina en el sótano y gimnasio en el último piso. Estaban a tal altura que veían toda la ciudad, aunque en Tulsa, Oklahoma, no había mucho que ver.

Así que una vez más había cambiado su fortuna y la pequeña Jolene era una joven esposa de la clase alta. Quería escribir a alguien sobre este increíble giro en su vida, pero ¿a quién podía escribirle? ¿A quién? No tenía a nadie. En ese sentido nada había cambiado, porque estaba tan sola como siempre había estado: era una forastera en tierra extraña.

Al principio las cosas fueron bien en el matrimonio, pese a que algunas de las ideas de Brad G. Benton no eran del agrado de Jolene. Era muy atlético y, tan pronto como se satisfacía en un orificio, le daba la vuelta para empezar por el otro. Además, no parecía prestar atención a la actividad artística de ella. Jolene se había comprado un caballete y había instalado un pequeño taller en lo que se había concebido como la habitación de la criada, porque la mujer india que guisaba y hacía la limpieza tenía su propia casa a la que volver cada noche. Pintaba allí y tensaba sus lienzos, e iba a una clase de pintura figurativa una vez por semana donde había modelos de verdad. Le iba bien, su profesora la animaba mucho, pero Brad no veía nada de todo esto. Sencillamente no se fijaba: estaba muy ocupado con su trabajo y sus sesiones de gimnasio y sus noches fuera y sus noches dentro de ella.

Resultó que Brad G. Benton provenía de una destacada familia de Tulsa. Ni un solo pariente había ido a la boda, con la intención de dejarle a ella bien claro que la consideraban una muerta de hambre del sur. Al principio ella no le concedió mayor importancia. Pero veía en los periódicos las fotos de los miembros de la familia, agasajados en actos benéficos. Ponían su nombre a alas de edificios. Un día, cuando volvía después de ir de compras, miró por la ventana del taxi al pasar por delante de un bloque de oficinas de cristal con un cubo metálico gigantesco en equilibrio sobre uno de sus ángulos, de cara a la plaza, donde se leía BENTON INTERNATIONAL.

Le dijo a Brad: Creía que, si no a mí, al menos te respetarían a ti. Pero él solo se rio. Más que por sus ideales demócratas, como ella con el tiempo comprendería, era por el hecho de que uno de los objetivos de su vida consistía en hacer cosas escandalosas y armar revuelo. Era así como captaba la atención de todos. Le encantaba dar que hablar. Era un espíritu de la contradicción. No se había incorporado a la empresa familiar de los Benton como se esperaba de él —era un holding con negocios muy diversos entre manos—, sino que se había independizado para dejar claro de qué madera estaba hecho.

Jolene sabía que si ella quería demostrar algo a la familia Benton, si aspiraba a una mínima aceptación social en Tulsa, Oklahoma, tendría que ganárselo a pulso. Tendría que empezar a leer libros y apuntarse a uno o dos cursos de algo intelectual y adoptar su estilo de vida, sus modales, sus formas de actuar y hablar, siendo paciente y manteniendo bien abiertos los ojos y los oídos. Además, asistiría a su iglesia. Por incontrolado que fuese, Brad era como su padre, lo que él llamaba un cristiano inquebrantable. Ese era el único lugar donde por fuerza debían de coincidir y, a Jolene no le cabía duda, entablar conversación. ¿Y cómo podría entonces la familia no dirigirle la palabra?

Curiosamente, estaba más guapa que nunca, y Brad la llevaba una vez por semana a cenar al club de campo para lucirla. Para entonces, toda la ciudad conocía ya la historia de esta supuesta Cenicienta. Un escándalo más. A él le traía sin cuidado. Sencillamente no le preocupaba, en tanto que ella apenas podía levantar la cabeza. Una noche, los padres de él ocupaban otra mesa, a cierta distancia, con sus invitados, que parecían estar allí para servirlos en igual medida que los camareros. Brad hizo una seña —fue más bien como un saludo militar— y el padre asintió y reanudó la conversación.

Sin tener culpa de nada, Jolene se había metido en una situación que le amargaba la vida. No sabía qué le pasaba a aquella gente, pero ¿qué tenía ella que ver con todo eso? Nada. Ella no contaba para nada.

Lo cierto era que ya aquella primera vez que Brad se acercó a ella en la fiesta le había parecido un bicho raro. Había entrado en la cocina, acechándola como un animal, cogiéndole la bandeja de copas vacías de las manos, y le había dicho que las pelirrojas olían distinto. Y se quedó allí olfateándola y diciendo, Mmm, sí, a leche caliente.

Después de nacer el bebé, cuando Brad G. Benton empezó a maltratarla, Jolene no pudo por menos que recordar esa primera impresión. Cualquier cosa lo sacaba de quicio. Llegó un punto en que ella no podía hacer nada, decir nada, sin que él se disparase. Empezó a pegarle, abofetearla en la cara, darle puñetazos. ¿Qué haces?, gritaba ella. ¡Para, para! Era su nueva forma de calentarse. Decía: ¿Te gusta esto? ¿Te gusta? La molía a palos y luego la tiraba a la cama. Ella se acostumbró a vivir con el miedo a las palizas y al sexo contra su voluntad. Aún no sabía lo que le enseñarían en el centro de acogida: si pasa una sola vez, se acabó, te vas. Pero de momento intentaba hacer de tripas corazón. Brad G. Benton había estudiado en la universidad, procedía de una familia acaudalada y vestía bien, y para Jolene era halagüeño que él se hubiera enamorado de ella, que ni siquiera había acabado la secundaria. Por otra parte estaban, claro, las disculpas y las súplicas de perdón y las oraciones de los dos juntos en la iglesia, y por ese camino poco a poco se convirtió en una esposa maltratada de manera rutinaria.

Solo cuando se acabó todo, comprendió que el problema no era simplemente haber tenido el hijo; el problema eran los planes de ellos para ese hijo, los planes de la familia Benton para el niño de Jolene, su Abejita de Pezón. Era un heredero, al fin y al cabo. Tan pronto como se enteraron de que ella estaba embarazada, se pusieron manos a la obra. Y después del nacimiento, fueron dándoselo a Brad poco a poco, a pequeñas dosis: todo lo que sus investigadores habían averiguado sobre la vida anterior de Jolene. Poco importó que ella hubiera intentado contar a Brad lo de sus matrimonios, su vida en la carretera. Él nunca quiso saber nada, no tenía la menor curiosidad por ella, ninguna. Jolene había aparecido en Tulsa como una visión, la compañera sexual elegida por Dios para él, un virgen nueva y húmeda y resplandeciente de pelo rojo. Todas esas palizas eran lo que le habían contado, y todas esas disculpas eran el residuo de su amor por ella. Se compadecía de él cuando podía, por lo crispado, lo desquiciado que estaba. Era como si los suyos estuvieran expulsando de dentro de él su naturaleza incontrolada, su elección de vida independiente, expulsándola como si fuera el demonio. Era que esos padres poco a poco lo absorbían otra vez a su rectitud.

Un día Brad G. Benton apareció ante la puerta de su pequeño taller a una hora en que normalmente habría estado trabajando. Ella trazaba una cuadrícula en un lienzo tal como le habían enseñado. ¡Brad!, dijo, sonriendo, pero no vio en sus ojos la menor señal de reconocimiento. De un puntapié apartó el taburete de debajo de ella. Partió el caballete estampándoselo contra la rodilla, arrojó los lienzos contra la pared, arrancó los dibujos que ella había clavado allí, y luego, manteniéndola inmovilizada en el suelo, le vació los tubos de pintura en la cara. Y mientras estaba allí tirada, empezó a pegarle. Le asestó puñetazos en la cara, le asestó puñetazos en la garganta. Cuando se irguió, ella oyó su respiración: era como un llanto. Él se quedó por un momento a su lado, le asestó un último puntapié en el costado y se marchó tal como había llegado.

Jolene se quedó allí tendida, gimiendo de dolor, incapaz de levantarse por el miedo y la conmoción hasta que se acordó del bebé. Fue a rastras a la habitación del niño. La mujer cherokee, que lo había oído todo, permanecía sentada junto a la cuna tapándose los ojos con la mano. Pero el bebé dormía plácidamente. Jolene se lavó la cara y, tras envolver a su Abejita de Pezón, se fue a rastras, con el pequeño en brazos, a ver a un médico. Le dijeron que tenía el pómulo fracturado, dos costillas rotas, contusiones en la garganta y un traumatismo renal. ¿Cómo ha ocurrido?, preguntó el médico. A ella le dio miedo decírselo y, además, el dolor no le permitía hablar. Pero la enfermera de la consulta no necesitó explicación alguna. Anotó el nombre y la dirección de un centro de acogida y dijo Ve allí ahora mismo. Te pediré un taxi. Y fue así como, con su tesoro en brazos y sin nada más que lo que llevaba puesto, Jolene abandonó su matrimonio.

No soportaba estar en el centro de acogida, donde todas esas mujeres endebles buscaban su amistad, su compañía. Jolene se negaba incluso a asistir a las sesiones de grupo. Se quedaba sola y amamantaba a Abejita de Pezón.

El centro de acogida le facilitó el nombre de una abogada y ella pagó una provisión de fondos. Consígame un divorcio lo antes posible, dijo a la abogada. En cuanto al dinero, me da igual, aceptaré lo que me den. Lo único que quiero es marcharme de aquí y marcharme de Tulsa, Oklahoma. Y entonces esperó, y esperó, y no pasó nada. Absolutamente nada. Las cosas siguieron así durante un tiempo. Y un día Jolene se enteró, cuando apenas le quedaba nada en la libreta de ahorros, de que la abogada la había dejado plantada. Era una mujer de cierta edad que vestía trajes de milrayas y lucía enormes aros de bronce. Puede que esté arruinada, le dijo Jolene, pero Brad G. Benton está forrado y puedo pagarle después con la pensión compensatoria o de alimentos.

No me contó que su pasado incluía un periodo en un reformatorio, dijo la abogada. Por no hablar de un matrimonio anterior sin anular con un traficante de drogas convicto.

Jolene se quedó tan atónita que no se le ocurrió preguntar cómo se había enterado la abogada si ella no se lo había dicho.

Se enfrentaba a un marido canalla en su propio territorio. Qué podía esperar, pues, salvo que las cosas fuesen a peor, como así ocurrió, si al fin y al cabo él sabía desde el principio dónde se había escondido, y si tuteaba a todo el mundo en la ciudad, como seguramente a los mismísimos agentes de policía que se presentaron una mañana para detenerla por el secuestro ilegal de su propio hijo, a quien le quitaron de los brazos y se llevaron en un coche patrulla, a la vez que Jolene, desde otro, miraba hacia atrás sin dejar de gritar.

No quiero saber qué es legal en este país y qué no lo es, dijo Jolene al abogado de oficio que le asignaron. ¿Sabe usted lo que es que le quiten a un hijo? Tendría que vivirlo usted mismo en su propia piel para saber que es algo peor que la muerte. Porque, aunque una quiera matarse, no puede permitirse ese alivio al pensar que el bienestar de su hijo está en manos de un padre enfermo que nunca le ha sonreído y que ha tenido celos de él desde el día en que nació.

Mi bebé, decía en voz alta cuando estaba sola. Mi bebé.

El niño tenía la tez y la nariz respingona y el pelo rojo zanahoria de la madre. Bebía de ella con un conocimiento innato de lo que se esperaba de él. Era una vida totalmente nueva entre sus brazos, y por primerísima vez, que ella recordara, tenía algo que deseaba. Ella era Jolene, la madre del niño, y a partir de ese momento ya podía creer en Dios, que hasta entonces nunca le había parecido una de las realidades de la vida.

Y ahora tenía por delante una vista por el divorcio que Brad había solicitado. Y su miserable familia estaba allí al completo: resultaba que sí lo querían ahora que se libraba de ella y se le echaba en cara su pasado. Lo tenían todo, hasta el último detalle, incluido el informe médico sobre la ETS contagiada por Coco, su vida en pecado, e incluso la expulsión de un trimestre en el Instituto South Sumter por fumar hierba. Era pan comido; el abogado de oficio, un pipiolo, no estaba a la altura, y el juez, sin darle muchas vueltas, dictaminó que ella no era apta como madre y concedió a Brad G. Benton la guardia y custodia exclusiva de su Abejita de Pezón.

Para colmo, estando como estaba en plena lactancia y teniendo que extraerse la leche, debió de cometer algún error, porque acabó en el hospital con una infección de estafilococos que tuvieron que drenarle, como si la leche se le hubiera agriado y vuelto verde. Pero tuvo ocasión de reflexionar. Se planteó sus opciones. Podía matar a Brad G. Benton —sería relativamente sencillo comprar una pistola y esperarlo—, pero en ese caso la familia Benton criaría al bebé. ¿Qué sentido tenía, pues? Podía encontrar un empleo y ver al bebé durante una hora un domingo de cada dos, que era lo que permitía el juez, y dejar que pasara el tiempo hasta que un día, aprovechando un momento en que nadie mirara, pudiera secuestrarlo y huir. Pero lo que pasó fue que en su primera visita Brad estaba arriba en el gimnasio y una nueva mujer india enorme acompañaba a su Abejita de Pezón, y la madre de Brad, una bruja, se plantó de espaldas a la puerta y no permitieron a Jolene cogerlo en brazos; solo pudo sentarse al lado de la cuna y mirarlo mientras dormía. Y pensó Si me quedo en Tulsa por las visitas, a medida que crezca me verá como un motivo de bochorno, una pariente pobre, y eso no puedo consentirlo.

Ahora Jolene trabaja en West Hollywood dibujando a tinta para una pequeña editorial de cómics, aunque ellos no los llaman cómics; los llaman novelas gráficas. Porque en su mayoría no tienen nada de cómico; son todos muy serios. La gente del trabajo le cae bien, son buenos compañeros y salen juntos a comer pizza. Pero el lugar donde ella vive, un estudio cerca del mercado, es sagrado para ella. Allí no puede entrar nadie por buen amigo que sea. Tiene un pequeño aparato estéreo para oír sus cedés de Keith Jarrett y enciende una vela y bebe un poco de vino y sueña con sus propios planes. Piensa que algún día, cuando tenga más experiencia, escribirá una novela gráfica sobre ella misma, *La vida de Jolene*.

Tiene un dibujo al pastel que hizo una vez de su preciado bebé. ¡Es tan adorable! Es el único retrato que tiene. A veces contempla el dibujo y luego mira su propia cara en el espejo, y, como él ha heredado su tez y sus rasgos, intenta dibujarlo tal como podría ser a su edad actual, que es de cuatro años y medio.

Sus amigos le dicen que podría dedicarse al cine, porque aunque tenga veinticinco años aparenta menos. Y les gusta la voz que le ha quedado por gentileza de su exmarido, que se le quiebra como a Janis Joplin. Y la sonrisa sesgada, que aunque ella no lo explique se debe a una fractura de pómulo. Así que se ha hecho unas fotos y está enviándolas a representantes profesionales.

¿Y por qué no?, se dice Jolene. ¿No podría verla su hijo en la pantalla algún día? Y cuando ella volviera a Tulsa en su Rolls-Royce, él abriría la puerta y allí estaría su madre, una estrella de cine.

EL ESCRITOR DE LA FAMILIA

En 1955 murió mi padre, y su anciana madre aún vivía en una residencia de la tercera edad. La mujer tenía noventa años y ni siquiera se había enterado de que él estaba enfermo. Temiendo que el disgusto la matase, mis tías le dijeron que se había trasladado a Arizona por su bronquitis. Para la generación inmigrante de mi abuela, Arizona era el equivalente en Estados Unidos a los Alpes: era el lugar adonde uno iba por su salud. Más exactamente, era el sitio adonde uno iba si tenía el dinero necesario. Dado que mi padre había fracasado en todos los negocios de su vida, ese fue el aspecto de la noticia en el que se centró mi abuela, el hecho de que su hijo por fin había alcanzado cierto éxito. Y fue así como mientras nosotros, en casa, llorábamos su pérdida con una mano delante y otra detrás, mi abuela alardeaba ante sus amistades de la nueva vida de su hijo en el aire seco del desierto.

Mis tías habían decidido esa línea de acción sin consultarnos. Implicaba que ni mi madre ni mi hermano ni yo podríamos visitar a la abuela porque supuestamente nosotros también nos habíamos trasladado al oeste, como familia que éramos. A mi hermano Harold y a mí no nos importó: la residencia había sido siempre una pesadilla, con todos allí sentados mirándonos mientras intentábamos entablar conversación con la abuela. Ella tenía un aspecto espantoso, padecía un sinfín de males y se le iba la cabeza. No verla tampoco representaba una decepción para mi madre, que nunca se había llevado bien con la vieja y no la visitaba ni siquiera cuando aún podía. Pero lo molesto fue que mis tías habían actuado como era habitual en esa rama de la familia, ejerciendo la autoridad en nombre de todos: por un lado, ellas, las auténticas ciudadanas por lazos de sangre; por otro lado, los demás, ciudadanos inferiores por lazos matrimoniales. Era precisamente esta actitud la que había atormentado a mi madre durante toda su vida de casada. Sostenía que la familia de Jack nunca la había aceptado. Se había enfrentado a ellos durante veinticinco años como intrusa.

Pocas semanas después de nuestro duelo ritual, mi tía Frances nos telefoneó desde su casa de Larchmont. La tía Frances era la más rica de las hermanas de mi padre. Su marido era abogado, y sus dos hijos estudiaban en Amherst. Había llamado para decir que la abuela preguntaba por qué no tenía noticias de Jack. Yo había atendido el teléfono. «Tú eres el escritor de la familia —dijo mi tía—. Tu padre tenía mucha fe en ti. ¿Te importaría inventarte algo? Envíamelo y yo se lo leeré a ella. No notará la diferencia.»

Esa noche, en la mesa de la cocina, aparté mis deberes y redacté una carta. Intenté imaginar cómo habría respondido mi padre a su nueva vida. Él nunca había viajado al oeste. Nunca había ido a ningún sitio. En su generación, el gran viaje era de la clase trabajadora a la clase profesional. Eso tampoco lo había conseguido. Pero adoraba Nueva York, donde había nacido y vivido su vida, y siempre descubría cosas nuevas sobre la ciudad. Adoraba especialmente las zonas antiguas por debajo de Canal Street, donde encontraba proveedores de buques o empresas que comerciaban al por mayor con especias y té. Era vendedor al servicio de un mayorista de electrodomésticos, con clientes por toda la ciudad. Le encantaba llevar a casa quesos raros o verduras exóticas de otros países que se vendían solo en determinados barrios. Una vez llevó a casa un barómetro, otra vez un catalejo antiguo en un estuche de madera con cierre de latón.

«Querida mamá —escribí—. Arizona es un sitio precioso. Luce el sol todo el día y el aire es cálido, y hacía años que no me sentía tan bien. El desierto no es tan yermo como podría pensarse, sino que está lleno de flores silvestres y cactus y extraños árboles torcidos que parecen hombres con los brazos extendidos. Puedes ver a grandes distancias mires a donde mires y al oeste hay una cordillera, quizás a unos ochenta kilómetros de aquí, pero por la mañana, cuando el sol la ilumina, se ve la nieve en sus picos.»

Mi tía telefoneó al cabo de unos días y me dijo que fue al leer la carta en voz alta a la vieja cuando sintió el pleno efecto de la muerte de Jack. Tuvo que disculparse y salir a llorar al aparcamiento.

—No sabes cómo lloré —dijo—. Lo añoré tanto. Tienes toda la razón; le encantaba ir a sitios, le encantaba la vida, le encantaba todo.

Empezamos a intentar organizar nuestras vidas. Mi padre había pedido un préstamo a cuenta del seguro y quedaba muy poco. Se adeudaban aún ciertas comisiones pero no parecía que su empresa fuera a cumplir con su obligación. Quedaban un par de miles de dólares en una cuenta de ahorro de un banco, que tuvieron que dejarse ahí hasta que se liquidara la herencia. El abogado que se ocupaba era el marido de Frances y era muy formal.

—¡La herencia! —exclamó mi madre entre dientes, gesticulando como si fuera a mesarse el pelo—. ¡La herencia!

Solicitó un empleo a tiempo parcial en la oficina de ingresos del hospital donde se le había diagnosticado la enfermedad terminal a mi padre, y donde había pasado unos meses hasta que lo enviaron a casa a morir. Ella conocía a muchos médicos y otros empleados de allí y se había familiarizado «por amarga experiencia», como les dijo, con la rutina del hospital. La contrataron.

Yo detestaba ese hospital. Era oscuro y lúgubre y estaba lleno de personas atormentadas. Me pareció un acto de masoquismo por parte de mi madre buscar trabajo allí, pero no se lo dije.

Vivíamos en un apartamento en la esquina de la calle Ciento Setenta y Cinco con Grand Concourse, en la primera planta. Una habitación, salón y cocina. Yo compartía el dormitorio con mi hermano. Estaba abarrotado de trastos porque cuando mi padre necesitó una cama de hospital en las últimas semanas de su enfermedad trasladamos unos cuantos muebles del salón al dormitorio y le cedimos el salón a él. Teníamos que sortear estanterías, camas, una mesa abatible, burós, un tocadiscos y una radio, pilas de discos de 78 rpm, el trombón y el atril de mi hermano, y demás. Mi madre siguió durmiendo en el sofá cama del salón que había sido la cama de ellos antes de la enfermedad de él. El salón y la habitación estaban comunicados por un estrecho pasillo, más estrecho aún debido a las estanterías adosadas a la pared. Al pasillo daban una pequeña cocina, una zona de comedor y un cuarto de baño. En la cocina había muchos electrodomésticos —grill, tostadora, olla a presión, lavavajillas con encimera, licuadora—, que mi padre había conseguido por su trabajo a precio de coste. Una expresión esta muy valorada en nuestra casa: a precio de coste. Pero la mayoría de estos aparatos ni se estrenaban, porque a mi madre no le interesaban. Los artefactos cromados con temporizadores o indicadores que requerían la lectura de complejas instrucciones no estaban hechos para ella. A estos se debía en parte el horrendo desorden en nuestras vidas, y ahora quería deshacerse de todos. «Nos están enterrando —decía—. ¡Quién los necesita!»

Así que acordamos tirar o vender todo lo que fuera superfluo. Mientras yo buscaba cajas para los electrodomésticos y mi hermano ataba las cajas con cordel, mi madre abrió el armario de mi padre y sacó su ropa. Tenía varios trajes, porque como vendedor, necesitaba la mejor presencia posible. Mi madre quiso que nos probáramos los trajes para ver si alguno podía arreglarse y usarse. Mi hermano se negó a probárselos. Yo me probé una chaqueta, que me venía grande. Noté frío en los brazos por el forro de las mangas y me llegó un vaguísimo olor a la existencia de mi padre.

—Esto me queda enorme —dije.

—No te preocupes —respondió mi madre—. Lo llevé a la tintorería. ¿Crees que te dejaría ponértelo, si no?

Era de noche, a finales de invierno, y la nieve caía en el alféizar y se fundía al posarse. La bombilla del techo iluminaba una pila de trajes y pantalones de mi padre todavía en sus perchas, echados sobre la cama, con la forma de un hombre muerto. Nos negamos a probarnos nada más, y mi madre rompió a llorar.

—¿Por qué lloras? —preguntó mi hermano levantando la voz—. Querías tirar cosas, ¿no?

Al cabo de unas semanas, mi tía volvió a telefonear y dijo que, en su opinión, ya hacía falta otra carta de Jack. La abuela se había caído de una silla y tenía magulladuras y estaba muy deprimida.

—¿Cuánto tiempo tiene que durar esto? —preguntó mi madre.

—Tampoco es para tanto —contestó mi tía—. Con el poco tiempo que le queda, qué cuesta hacerle las cosas más llevaderas.

Mi madre colgó bruscamente.

—¡Ni siquiera puede morir cuando él quiera! —exclamó—. ¡Mamá está por delante incluso de la muerte! ¿Qué temen? ¿Que se muera del disgusto? A esa no la mata nada. ¡Es indestructible! ¡No se moriría ni clavándole una estaca en el corazón!

Cuando me senté en la cocina para escribir la carta, me costó más que la primera vez.

—No me mires —dije a mi hermano—. Ya es bastante difícil.

—No tienes que hacer algo solo porque alguien quiere que lo hagas —dijo Harold. Era dos años mayor que yo y ya había empezado a estudiar en la universidad pública. Pero cuando mi padre enfermó, Harold pasó a nocturno y consiguió un trabajo en una tienda de discos.

«Querida mamá —escribí—. Espero que estés bien. Nosotros estamos todos de maravilla. La vida aquí está bien y la gente es muy amable e informal. Aquí nadie va con traje y corbata. Llevan solo un pantalón y una camisa de manga corta. Quizás un jersey por la noche. He comprado una participación en una tienda de discos y radios muy próspera y me va sobre ruedas. ¿Te acuerdas de Jack's Electric, mi viejo establecimiento en la calle Cuarenta y Tres? Pues ahora es Jack's Arizona Electric y también vendemos televisores.»

Envié esa carta a mi tía Frances y, como todos preveíamos, telefoneó poco después. Mi hermano tapó el auricular con la mano.

—Es Frances con su última reseña —anunció.

—¿Jonathan? Eres un joven de mucho talento. Solo quería decirte que la carta ha sido una bendición. Se le ha iluminado la cara al leer esa parte sobre la tienda de Jack. Esa sería una manera excelente de continuar.

—Bueno, espero no tener que volver a hacerlo, tía Frances. No es muy honrado.

Su tono cambió.

—¿Tu madre está ahí? Déjame hablar con ella.

—No está —contesté.

—Dile que no se preocupe —dijo mi tía—. Una pobre vieja que siempre ha deseado lo mejor para ella pronto morirá.

No se lo repetí a mi madre, para quien aquello habría sido uno más en la antología familiar de comentarios imperdonables. Pero por otro lado tuve que soportarlo yo, pensando que acaso tuviera algo de verdad. Cada bando defendía su postura con retórica, pero yo, que quería paz, racionalizaba los desaires y los golpes que se infligían mutuamente, manteniéndome neutral, como mi propio padre.

Años atrás su vida había caído en una sucesión de fracasos comerciales y oportunidades perdidas. La gran discusión entre su familia, por un lado, y mi madre Ruth, por otro, era la siguiente: ¿quién era el responsable de que él no hubiera estado a la altura de las expectativas de los demás?

En cuanto a las profecías, al llegar la primavera se impuso la de mi madre. La abuela seguía viva.

Un cálido domingo, mi madre, mi hermano y yo cogimos el autobús al cementerio Beth El de Nueva Jersey para visitar la tumba de mi padre, situada en un pequeño montículo. Nos quedamos allí contemplando los ondulados campos salpicados de sepulcros. Aquí y allá, procesiones de coches negros circulaban por tortuosos caminos, o corrillos de personas permanecían ante sepulturas abiertas. En la tumba de mi padre había plantados pequeños brotes de plantas de hoja perenne, pero no había lápida. Habíamos elegido y pagado una, pero justo entonces los canteros fueron a la huelga. Sin lápida, mi padre no parecía muerto con honor. No me parecía debidamente enterrado.

Mi madre miró la parcela junto a la suya, reservada para su propio ataúd.

—Siempre se creían muy superiores a los demás —dijo—. Incluso antiguamente, en los tiempos de la calle Stanton. Se daban aires. Nunca había nadie a la altura de ellos. Al final, ni siquiera el propio Jack estuvo a la altura de ellos. Salvo cuando había que conseguirles cosas a precio de mayorista. Entonces sí estaba a su altura.

—Mamá, por favor —dijo mi hermano.

—Si lo hubiera sabido… Antes de conocerlo, ya estaba pegado a las faldas de su madre. Y os aseguro que las faldas de Essie eran como cadenas. Teníamos que vivir cerca para las visitas de los domingos. Cada domingo, la visita a *mamaleh*, así era mi vida. A todo aquello que le constaba que yo quería… un piso mejor, cualquier mueble, un campamento de verano para los niños… ella se oponía. Ya sabéis cómo era vuestro padre: cada decisión debía ser pensada y repensada. Y no cambiaba nada. Nunca cambiaba nada.

Se echó a llorar. La ayudamos a sentarse en un banco cercano. Mi hermano se alejó y leyó los nombres de las lápidas. Yo miré a mi madre, que lloraba, y me marché en busca de mi hermano.

—Mamá sigue llorando —dije—. ¿No deberíamos hacer algo?

—No pasa nada —contestó—. Ha venido para eso.

—Ya —dije, y un sollozo escapó de mi garganta—. Pero yo también tengo ganas de llorar.

Mi hermano Harold me rodeó con el brazo.

—Fíjate en esta vieja lápida negra —dijo—. Cómo está tallada. Se ve el cambio de la moda también en los sepulcros... como en todo lo demás.

En algún momento de esa época empecé a soñar con mi padre. No con el padre robusto de mi infancia, el hombre apuesto de piel rubicunda y saludable y ojos castaños y bigote y pelo con raya en medio. Mi padre muerto. Lo llevábamos a casa desde el hospital. Se sobreentendía que había vuelto de la muerte. Esto era un hecho asombroso y feliz. Por otro lado, se lo veía atroz y misteriosamente deteriorado o, para ser más exactos, estropeado y sucio. Estaba muy amarillento y debilitado por la muerte, y no existía la menor garantía de que no fuera a morir pronto otra vez. Él parecía consciente de eso y toda su personalidad había cambiado. Estaba irascible e impaciente con todos nosotros. Intentábamos ayudarlo de una manera u otra, esforzándonos por llevarlo a casa, pero cada vez algo nos lo impedía, algo que teníamos que resolver, una maleta maltrecha que se había abierto, algo mecánico: él tenía coche pero no arrancaba; o el coche era de madera; o su ropa, que ahora le venía grande, se quedaba enganchada a la puerta. En una versión, estaba vendado de la cabeza a los pies y, cuando intentamos levantarlo de la silla de ruedas para meterlo en un taxi, el vendaje empezó a desenrollarse y quedó atrapado en los radios de una rueda de la silla. Esto nos parecía poco razonable por su parte. Mi madre observaba con tristeza y trataba de convencerlo para que cooperara.

Ese era el sueño. No se lo conté a nadie. Una vez que me desperté gritando, mi hermano encendió la luz. Quiso saber qué había soñado pero fingí que no me acordaba. Me sentía culpable por el sueño. También me sentía culpable en el propio sueño porque mi padre, encolerizado, sabía que no queríamos vivir con él. En el sueño aparecíamos llevándolo a casa, o intentándolo, y aun así entre nosotros se daba por sobreentendido que viviría solo. Era un ser abandonado que había vuelto de la muerte, pero nosotros lo que hacíamos era llevarlo a un sitio donde viviría solo sin la ayuda de nadie hasta volver a morir.

Llegué a un punto en el que el sueño me daba tanto miedo que me resistía a dormirme. Procuraba pensar en cosas buenas de mi padre y recordarlo tal como era antes de su enfermedad. Me llamaba «compi». «Hola, compi», decía cuando llegaba a casa del trabajo. Siempre quería que fuésemos a algún sitio: a la tienda, al parque o a un partido. Le encantaba pasear. Cuando iba a pasear con él, decía: «Echa los hombros atrás, no te encorves. Mantén la cabeza en alto y mira el mundo. ¡Camina con toda la intención!» Cuando avanzaba por la calle, movía los hombros de un lado a otro, como si oyera un *cakewalk* o algo así. Tenía un andar elástico. Siempre quería saber qué había al otro lado de la esquina.

La siguiente vez que me pidieron una carta coincidió con una ocasión especial en la casa: mi hermano Harold había conocido a una chica que le gustaba y había salido con ella varias veces. Ahora iba a venir a cenar.

Llevábamos días preparándolo: dimos a la casa un repaso general, limpiamos todo lo que había a la vista, quitamos el polvo de la cristalería y la vajilla buena acumulado a causa del desuso. Mi madre volvió temprano del trabajo para ponerse con la cena. Abrimos la mesa abatible en el salón y acercamos las sillas de la cocina. Mi madre vistió la mesa con un mantel blanco lavado y planchado y sacó su cubertería de plata. Era la primera celebración familiar desde la enfermedad de mi padre.

La novia de mi hermano me cayó muy bien. Era una chica delgada, con el pelo muy liso, que tenía una sonrisa imponente. Parecía excitar el aire con su presencia. Resultaba asombroso tener a una chica vivita y coleando en casa. Miró alrededor y lo que dijo fue:

—¡Vaya, nunca había visto tantos libros!

Mientras mi hermano y ella se sentaban a la mesa, mi madre trajinaba en la cocina sirviendo la comida en fuentes y yo iba de la cocina al salón, bromeando como un camarero, con un paño blanco colgado del brazo y un elegante estilo de servicio, colocando la bandeja de judías verdes en la mesa con un floreo. En la cocina, mi madre tenía un brillo en los ojos. Me miró y movió la cabeza en un gesto de asentimiento y, con mímica, dio a entender las palabras: «¡Es encantadora!»

Mi hermano se dejó servir. Temía lo que pudiéramos decir. Una y otra vez lanzaba miradas a la chica —se llamaba Susan— para ver si gozábamos de su aprobación. Trabajaba en una compañía de seguros y hacía un curso de contabilidad en la universidad pública. Harold se hallaba sometido a una gran tensión, pero al mismo tiempo estaba entusiasmado y feliz. Había comprado una botella de vino de uva Concord para acompañar el pollo asado. Levantó la copa y propuso un brindis. Mi madre dijo:

—Por la salud y la felicidad.

Y todos bebimos, incluso yo. En ese momento sonó el teléfono y fui a cogerlo al dormitorio.

—¿Jonathan? Soy tu tía Frances. ¿Cómo estáis?

—Bien, gracias.

—Quiero pedirte un último favor. Necesito una carta de Jack. Tu abuela está muy enferma. ¿Crees que podrás?

—¿Quién es? —preguntó mi madre desde el salón.

—Vale, tía Frances —me apresuré a responder—. Ahora tengo que dejarte, estamos cenando. —Y colgué el auricular.

—Era mi amigo Louie —dije al sentarme—. No sabía qué páginas de matemáticas había que repasar.

La cena fue muy bien. Harold y Susan lavaron los platos y, para cuando acabaron, mi madre y yo habíamos plegado la mesa abatible y la habíamos arrimado de nuevo a la pared y yo había barrido las migas con el cepillo mecánico. Nos sentamos y charlamos y escuchamos discos durante un rato; luego mi hermano acompañó a Susan a su casa. La velada había transcurrido a las mil maravillas.

Una vez, cuando mi madre no estaba en casa, mi hermano había señalado un hecho: en realidad las cartas de Jack no eran necesarias.

—¿A qué viene este ritual? —dijo con las palmas de las manos en alto—. La abuela está casi ciega, está medio sorda y lisiada. ¿Acaso una situación así requiere realmente una composición literaria? ¿Necesita verosimilitud? ¿Notaría esa vieja la diferencia si le leyeran el listín telefónico?

—¿Y entonces por qué me lo pide la tía Frances?

—Esa es la cuestión, Jonathan. ¿Por qué? Al fin y al cabo, ella misma podría escribir la carta, ¿qué más daría? Y si no Frances, ¿por qué no los hijos de Frances, los estudiantes de Amherst? A estas alturas ya habrán aprendido a escribir.

—Pero no son los hijos de Jack —repuse.

—Ahí está —confirmó mi hermano—. La cuestión es el *servicio*. Papá se dejaba la piel consiguiéndoles cosas a precio de mayorista, consiguiéndoles gangas. Frances de Westchester necesitaba realmente cosas a precio de coste. Y la tía Molly. Y el marido de la tía Molly, y el exmarido de la tía Molly. Para la abuela, si necesitaba que le hicieran un recado. Siempre lo tenían liado con algo. Nunca dieron importancia al tiempo de él. Nunca pensaron que cada favor que le hacían era un favor que él tenía que devolver. Electrodomésticos, discos, relojes, porcelana, entradas para la ópera, cualquier cosa; llamemos a Jack.

—Para él era una cuestión de orgullo poder hacer algo por ellos —dije—. Tener contactos.

—Ya, me pregunto por qué —comentó mi hermano. Miró por la ventana.

De pronto tomé conciencia de que me estaban implicando.

—Tendrías que usar más la cabeza —dijo mi hermano.

Aun así, había aceptado una vez más escribir una carta desde el desierto, y eso hice. Se la envié a la tía Frances. Unos días más tarde, cuando llegué del colegio, me pareció verla sentada en su coche delante de casa. Estaba al volante de un Buick Roadmaster negro, un automóvil muy grande y limpio con neumáticos de banda blanca. En efecto, era la tía Frances. Dio un bocinazo al verme. Me acerqué y me agaché junto a la ventanilla.

—Hola, Jonathan —dijo—. No tengo mucho tiempo. ¿Puedes subir al coche?

—Mamá no está en casa —contesté—. Está en el trabajo.

—Ya lo sé. He venido para hablar contigo.

—¿Quieres entrar en casa?

—No puedo, tengo que volver a Larchmont. ¿Puedes subir un momento, por favor?

Subí al coche. Mi tía Frances era una mujer guapa de pelo cano, muy elegante, y vestía con buen gusto. A mí siempre me había caído bien, y desde que era niño se complacía en decir a la gente que parecía más hijo de ella que de Jack. Llevaba guantes blancos y, mientras hablaba, tenía las manos en el volante y miraba al frente, como si el coche estuviera circulando y no estacionado junto al bordillo.

—Jonathan —dijo—, ahí está tu carta, en el asiento. Huelga decir que no se la he leído a la abuela. Te la devuelvo y no diré nunca una sola palabra a nadie. Esto es un asunto entre tú y yo. No esperaba tal crueldad de tu parte. No imaginaba que fueras capaz de un acto tan intencionadamente cruel y perverso.

Callé.

—Tu madre alberga un gran resentimiento y ahora veo que te ha envenenado a ti con él. Siempre ha guardado rencor a la familia. Es una persona muy obstinada, muy egoísta.

—No es verdad —repliqué.

—No esperaba que estuvieras de acuerdo. Volvió loco al pobre Jack con sus exigencias. Siempre andaba con las más altas aspiraciones y él nunca era capaz de realizarlas a la entera satisfacción de ella. Cuando Jack aún conservaba la tienda, tenía en plantilla al hermano de tu madre, que bebía. Después de la guerra, cuando empezó a ganar un poco de dinero, tuvo que comprar a Ruth una chaqueta de visón porque ella la quería a toda costa. Él tenía deudas, pero ella no podía pasar sin su visón. Era una persona muy especial, mi hermano: debería haber logrado algo especial, pero quería a tu madre y consagró su vida a ella. Y a ella lo único que le preocupaba era no ser menos que el vecino.

Observé el tráfico que circulaba por Grand Concourse. Unos cuantos niños esperaban en la parada del autobús de la esquina. Habían dejado los libros en el suelo y hacían el ganso por allí.

—Lamento tener que rebajarme a esto —dijo la tía Frances—. No me gusta hablar de la gente así. Si no tengo nada bueno que decir sobre alguien, prefiero no decir nada. ¿Cómo está Harold?

—Bien.

—¿Te ayudó él a escribir esta maravillosa carta?

—No.

Tras un momento preguntó con tono menos severo:

—¿Cómo os va?

—Bien.

—Os invitaría en Pascua si pensara que tu madre aceptaría.

No contesté.

Puso el motor en marcha.

—Me despido ya, Jonathan. Coge tu carta. Espero que dediques un tiempo a pensar en lo que has hecho.

Esa tarde, cuando mi madre llegó a casa del trabajo, vi que no era tan guapa como la tía Frances. Por lo general pensaba que mi madre era una mujer atractiva, pero en ese momento vi que tenía unos kilos de más y un peinado anodino.

—¿Por qué me miras? —preguntó.

—No te miro.

—Hoy me he enterado de algo interesante —dijo mi madre—. Puede que tengamos derecho a una pensión de veterano de guerra por el tiempo que tu padre pasó en la marina.

Eso me cogió por sorpresa. Nadie me había contado que mi padre hubiese servido en la marina.

—En la Primera Guerra Mundial —explicó ella— estuvo en la Academia Naval de Webb, a orillas del río Harlem. Se preparaba para ser alférez. Pero terminó la guerra y no llegaron a asignarle destino.

Después de la cena los tres registramos los armarios en busca de la documentación de mi padre con la esperanza de encontrar una prueba que pudiera presentarse a la Administración de Veteranos. Dimos con dos cosas, una medalla de la Victoria, que según mi hermano recibieron todos por su servicio en la Guerra del Catorce, y una sorprendente foto en sepia de mi padre y sus compañeros de tripulación en la cubierta de un barco. Vestían pantalón de pata ancha y camisetas e iban armados con fregonas y baldes, escobas y cepillos.

—No sabía nada de esto —dije sin poder evitarlo—. No sabía nada de esto.

—Lo que pasa es que no te acuerdas —señaló mi hermano.

Reconocí a mi padre. Estaba al final de la fila, un chico delgado, guapo, con una espesa mata de pelo, bigote y un semblante risueño e inteligente.

—Tenía un chiste —contó mi madre—. Al buque escuela lo llamaban *SS Estreñimiento*, porque nunca se movía.

Ni la foto ni la medalla eran prueba de nada, pero mi hermano pensó que tenía que haber una copia de la hoja de servicios de mi padre en algún lugar de Washington y que todo se reducía a averiguar cómo localizarla.

—La pensión no sería gran cosa —dijo mi madre—, veinte o treinta dólares. Pero desde luego ayudaría.

Cogí la foto de mi padre y sus compañeros de tripulación y la apoyé contra la lámpara de mi mesilla de noche. Examiné su rostro juvenil e intenté relacionarlo con el padre al que conocía. Miré la foto largo rato. Solo gradualmente mi mirada estableció el vínculo entre ella y la colección de Grandes Novelas del Mar dispuesta en el estante inferior de la librería, a pocos metros de mí. Mi padre me había regalado esa colección a mí: todos los libros estaban encuadernados en verde con letras doradas e incluían obras de Melville, Conrad, Victor Hugo y el capitán Marryat. Y colocado sobre los libros, encajonado bajo el estante alabeado de encima, estaba su antiguo catalejo, en el estuche de madera de cierre metálico.

Pensé en lo estúpido, poco perspicaz y egocéntrico que fui para no ver, en vida de mi padre, cuál fue el sueño de su vida.

Por otro lado, había escrito en mi última carta desde Arizona —la que tanto había enfadado a la tía Frances— algo que podía permitirme, a mí, el escritor de la familia, juzgarme con menos severidad. Concluiré reproduciendo aquí la carta íntegramente.

Querida mamá:

Esta será la última carta que te escribo, porque el médico me ha dicho que me muero.

He vendido la tienda con buenas ganancias y envío a Frances un cheque de cinco mil dólares para que lo ingrese en tu cuenta. Un regalo para ti, Mamaleh. Que Frances te enseñe la libreta de ahorros.

En cuanto al carácter de mi mal, los médicos no me han dicho qué es, pero me consta que sencillamente me muero por una vida equivocada. Nunca debería haber venido al desierto. No es el lugar para mí.

He pedido a Ruth y los chicos que incineren mi cuerpo y esparzan las cenizas en el mar.

Tu hijo que te quiere,

JACK

WILLI

Un día de primavera me adentré en el prado que se extendía detrás del establo y sentí elevarse alrededor las exhalaciones del campo el húmedo dulzor de la hierba, e imaginé que, al calor del sol, el espíritu de la tierra ascendía y se fundía conmigo en un abrazo divino. Era tal la luminosa convicción de los colores en el henar dorado, en el cielo azul, que no pude contener la risa. Me tiré entre la hierba y extendí los brazos. De inmediato me sentí en trance y a la vez, sin embargo, me mantenía increíblemente consciente, de modo que en todo aquello en lo que posaba los ojos no solo veía su existencia sino que también la sentía. Tales estados se producen de manera natural en los niños. Resonaba en mí el zumbido del universo; el mundo y yo, en una gran unión de revelación natural, éramos indiferenciables. Vi la languidez de los bichos mientras tejían entre las hojas de hierba y dejaban hilos infinitesimalmente finos de una red resplandeciente, de textura tan tupida que el aliento de la tierra, al elevarse, creaba en ella suaves ondulaciones. En los tallos de heno diminutas criaturas reptantes acometían colosales odiseas, viajes de toda una vida, ante mis ojos. Aun así, no estaba presente en mi cabeza la idea de milagro, del milagro de la percepción microscópica. La escala del uni-

verso era irrelevante, y las menores señales de energía eran pro-
porcionales a la del sol, que se hallaba como un ojo egipcio entre los tallos, y los iluminaba tal como ilumina la tierra, en mi-
tades. El heno había quedado aplastado debajo de mí, de modo
que el contorno de mi cuerpo se dibujaba en el campo, los brazos y piernas extendidos, los dedos, y tenía conciencia de mi
ser como la silueta arbitraria de una entidad que había decidido convertirme así en un medio para comunicarse conmigo.
La idea misma de una cabeza y unas extremidades y un tronco
solo tenía sentido como acto de comunicación, y yo me percibía
a mí mismo en el hormigueo de la hierba aplanada, y de pronto
la sensación de imposición era enorme, un aguijoneo, un alza-
miento de esa parte del mundo que por alguna razón estaba
momentáneamente bajo mi responsabilidad, esa parte que me
concedía la posesión de sí misma. Y me levanté y tuve la sensación de deslizarme sobre los planos del sol, que percibí como
finas estrías alternadas con delgadas líneas de las esencias hú-
medas de la tierra. Y vuelto invisible por mi revelación, llegué al
establo y examiné la fachada, arrimando la cara a la blancura
pintada de su resplandor como un perro o un gato permanece
con el hocico contra una puerta hasta que se acerca alguien y
lo deja salir. Y pegado a la pared blanca del establo, avancé de
lado hasta llegar a la ventana, que era un simple recuadro sin
cristal y se percibía solo por la frescura geométrica de su volumen de aire interior, porque dentro estaba a oscuras. Y allí me
quedé, como en la boca de un vacío, y sentí la existencia insus-
tancial del prado al sol atraída en torno a mí hacia el interior
del establo, como una implosión torrencial de luz hacia la oscuridad y de vida hacia la muerte, y yo mismo me desintegré
también en esa fuerza y fui absorbido como la paja del campo
en medio de ese rugido. Pero permanecí donde estaba. Y en
una relación espacial muy normal con mi entorno sentí el calor

sereno del sol en la espalda y la frescura del establo fresco en la cara. Y el ventoso rugido universal en los oídos se había estrechado y depurado hasta alcanzar una frecuencia reconocible, la del canto pulsátil de una mujer en el acto del amor, el suspiro y la nota y el suspiro y la nota de una partitura extática. Escuché. Y empujado por el sol, como si este fuera una mano en mi nuca, metí la cara en el umbral de esa oscuridad fresca, y mis ojos, ya cegados por el sol, vieron en la paja y en el estiércol a mi madre, desnuda, en una postura de absoluta degradación, un cuerpo, un cuerpo enrojecido sin cabeza, la cabeza amortajada con su propia ropa, todo invertido, como vuelto del revés por una ráfaga de viento, todo orden, verdad y razón, y esta madre profanada era tañida violentamente y obligada a cantar su propia profanación. ¡Cómo describir lo que sentí! ¡Sentí que merecía ver aquello! Sentí que era mi triunfo, pero me sentí monstruosamente traicionado. Me sentí de pronto privado de fuerza para sostenerme en pie. Me volví y deslicé la espalda pared abajo hasta quedar sentado bajo la ventana. El corazón me palpitaba en el pecho en nauseabunda proporción a los gritos de ella. Quise matarlo, matar a ese hombre que mataba a mi madre. Quise entrar de un salto por la ventana y clavarle un bieldo en la espalda, pero quise que él la matara, quise que él la matara por mí. Quise ser él. Me tendí en el suelo y, con los brazos sobre la cabeza y las manos entrelazadas y los tobillos cruzados, rodé pendiente abajo por detrás del establo, entre la hierba y la cosecha de heno. Aplasté el heno como un cilindro mecánico de fuerza irrefrenable que rodaba cada vez más deprisa sobre las piedras, a través de los riachuelos y los surcos, y por encima de la tierra desigual, imperfecta, defectuosa e irregular, destellando el sol en mis ojos cerrados con urgencia diurna, como si el tiempo y el planeta se hubieran descontrolado. Como así fue. (Estoy recordando estas cosas ahora, siendo ya un hombre de mayor edad que mi padre cuando murió, y para quien una mujer de la edad de mi madre cuando todo esto ocurrió es una mujer joven a la que prácticamente le doblo la edad. ¡Qué increíble logro de la fantasía es la mente científica! Postulamos un mundo empírico y, sin embargo, ¿cómo es posible que yo esté aquí, ante esta mesa, en esta habitación… y que no esté aquí? Si la memoria se reduce a la estimulación de un sinfín de células del cerebro, cuanto mayor sea el estímulo —el remordimiento, la toma de conciencia del destino—, tanto más intensamente plena será la sensación de la memoria, hasta el punto de que se producirá un desplazamiento, como en una máquina del tiempo, y la memoria pasará a ser, en sentido ontológico, otra realidad.) Papá, ahora te veo en el universo creado por ti. Camino por los suelos encerados de tu casa y me siento a tu mesa en el comedor. Noto las borlas del mantel en mis rodillas desnudas. La luz de los candelabros ilumina tu boca risueña de dientes grandes. Veo el abultamiento de tu garganta producido por el cuello de la camisa. El cuero cabelludo rosado se ve a través del corte de pelo al rape de estilo alemán. Veo tu cabeza en alto durante una conversación y tu mano blanca y carnosa de gesto consumado dejando las cosas claras a tu esposa en el extremo opuesto de la mesa. Mamá está muy atenta. La llama de la vela arde en sus ojos e imagino la fiebre allí, pero está muy tranquila y realmente absorta en lo que dices. De su cuello largo, muy blanco, cuelga una fina cadena, de la que pende en la oscuridad de su pudoroso vestido un camafeo de color crema, el perfil labrado de otra bella dama de otro tiempo. En su cuello se advierte una palpitación lenta y delicada. Tiene las pequeñas manos entrelazadas y los huesos de sus muñecas sobresalen de la orla de encaje de los puños. Te sonríe en el seno de tu afectuoso sentido de la propiedad, orgullosa de ti, complacida de ser tuya, y señora de esta casa, y madre de este niño. De la presencia de mi preceptor, sentado a la mesa frente a mí, girando distraídamente el pie de la copa de vino y lanzándole miradas, apenas es consciente. Solo tiene ojos para su marido. Ahora pienso, papá, que en ese momento sus sentimientos son sinceros. Ahora me consta que cada momento posee su propia convicción y lo que llamamos traición es la convicción de cada momento, el deseo de que algo sea lo que parece ser. En el estado de regocijo, es posible amar a la persona a la que se ha traicionado y regenerarse en el amor por ella; es plenamente posible. El amor renueva todas las caras y costumbres e ideales y deja relucientes los barrotes de la prisión. Pero ¿cómo podía saber eso un niño? Corrí a mi habitación y esperé a que alguien me siguiese. A quienquiera que se atreviese a entrar en mi habitación lo atacaría, lo destrozaría. Quería que fuese ella, quería que ella acudiese a mí, para abrazarme y cogerme la cabeza entre sus manos y besarme en los labios como a ella le gustaba, quería que emitiese esos sonidos inarticulados de consuelo que emitía mientras me estrechaba cuando yo me hacía daño o me sentía desdichado, y entonces yo le pegaría con los puños, la derribaría a golpes y la vería levantar las manos aterrorizada e impotente mientras yo le pegaba y le asestaba puntapiés y saltaba sobre ella y le arrancaba el aire del cuerpo. Pero fue mi preceptor quien, al cabo de un rato, abrió la puerta, se asomó a la habitación con la mano en el pomo, sonrió, pronunció unas palabras y me dio las buenas noches. Cerró la puerta y lo oí subir por la escalera a la planta de arriba, donde tenía su habitación. Ledig, se llamaba. Era cristiano. Yo había buscado en su cara, sin encontrarlo, algún indicio de autosuficiencia, de orgullo burlón o de crueldad. No se advertía la menor ordinariez, nada que pudiera ofenderme. Contaba apenas veinte años. Incluso me pareció detectar en sus ojos cierto grado de tormento. En todo caso se lo veía casi siempre melancólico, y durante mis clases a menudo dejaba vagar el pensamiento y se quedaba mirando por la ventana y suspiraba. Era un colegial en igual medida que su alumno. Existían, pues, todas las razones para abstenerse de juzgarlo, para dejar pasar el tiempo, para reflexionar, para adquirir entendimiento. Nadie sabía lo que sabía yo. Yo tenía esa opción. Pero ¿la tenía? Me habían puesto en una posición intolerable. Se me había concedido doble visión, de esa que se produce después de un golpe brutal. Descubrí que no quería saber nada de mi madre dulce y considerada. Descubrí que no soportaba la delicada pedagogía de mi preceptor. ¿Cómo cabía esperar, en medio de ese aislamiento rural, que yo siguiera adelante? No tenía amigos, no se me permitía jugar con los hijos de los campesinos que trabajaban para nosotros. Solo disponía de esa trinidad de Madre y Preceptor y Padre, esta trinidad no precisamente santísima del engaño y la ignorancia que me había excomulgado de mi vida a la edad de trece años. Esta es, por supuesto, en el calendario del judaísmo tradicional la edad en que un niño se inicia en la madurez.

Entre tanto mi padre vivía centrado en el triunfo de su vida, dirigiendo una explotación agropecuaria conforme a los principios más modernos de la gestión científica, asombrando a sus campesinos e indignando a los demás granjeros de la región con su éxito. El sol hacía crecer sus cultivos, la Sociedad Agrícola de Galitzia le concedió un premio por la calidad de su leche y vivía en el estado de satisfacción perdurable otorgado a los individuos que están sobradamente a la altura de la vida que han elegido. Yo lo había incorporado al universo de los poderes gigantescos que, como niño, experimentaba con el cambio de las estaciones. Veía a los toros fecundar a las vacas, veía parir a las yeguas, veía salir la vida del huevo y el prodigio multiplicador de las charcas y los estanques, la gelatina y el cieno de la vida rielando en una expectativa grávida. Allí donde ponía los ojos, la vida brotaba de algo que no era vida, los insectos se desplegaban desde el interior de sus sacos en la superficie de las aguas quietas y al instante empezaban a merodear en busca de cena; todo aquello que empezaba a existir sabía de inmediato qué hacer y lo hacía sin sorprenderse de ser lo que era, indiferente al lugar donde estaba; la gran tierra expulsaba, por cada poro, por cada célula, a sus recién nacidos ensangrentados, alumbraba su propia diversidad a partir de todas las sustancias concebibles que contenía en sí misma, manaba vida que volaba o se agitaba al viento o descendía desde las montañas o se adhería a la cara inferior negra y húmeda de las rocas, o nadaba o mamaba o mugía o se separaba por la mitad en silencio. Yo situaba a mi padre en medio de todo esto como propietario y administrador. Él vivía en el universo de los poderes gigantescos porque lo comprendía y lo ponía a su servicio, usaba el sol de cada día para sus cultivos y para criar lo que criaba de manera natural, y por eso yo lo distinguía como el ojo de dios en el reino, la inteligencia que aportaba orden y otorgaba a todo su valor. Él me quería y yo aún siento mi propio placer al hacerlo reír, y puede que no me engañe cuando recuerdo el contacto de mi mano infantil en su mejilla sin afeitar, el olor a vino en su aliento, el humo de tabaco impregnado a su pelo espeso y ondulado, o su expresión de fingido asombro en su felicidad absurda cuando jugábamos. Tenía los ojos juntos, del color de la uva negra, y los abría mucho en nuestros juegos. Se reía como un caballo y enseñaba unos dientes grandes y blancos. Era un hombre fuerte, fornido y robusto —la complexión que yo heredé— y había surgido como huérfano de los callejones de la Europa oriental cosmopolita, como los anfibios de Darwin salían del mar, y se había convertido en hacendado, marido y padre. Era un judío que no hablaba yíddish y un granjero criado en la ciudad. No me permitían jugar con los niños de la aldea, ni asistir a sus toscas escuelas. Vivíamos solos, aislados en nuestra finca, ni judíos ni cristianos, ni amigos ni peticionarios de los austrohúngaros, sino en el orgullo de la vida construida por uno mismo. A día de hoy aún no sé cómo se las arregló, ni qué rabia devoradora lo indujo a negar toda clasificación que la sociedad impone y a vivir como una anomalía, sin lazos con el pasado en un mundo que, como se vio, no tenía futuro alguno. Pero yo siento reverencia por el hecho de que lo hiciera. Por erguirse en la vida, quedó expuesto a las espadas de los jinetes mongoles, las hoces de los campesinos en la revolución, los ceños fruncidos de banqueros monstruosos y los gestos cruciformes de prelados. Debido a su arrogancia, se vio amenazado por el poder acumulado de toda la historia europea, que estaba dispuesta a decapitarlo, a clavar su cabeza a un poste y a convertirlo en espantapájaros en sus propios campos, con los brazos rígidamente extendidos hacia la vida. Pero cuando llegó el momento de esta transformación, se llevó a cabo con extrema facilidad, por medio de una palabra de su hijo. Yo fui el instrumento de su caída. Irónicamente, el linaje y el mito, la cultura, la historia y el tiempo adoptaron la forma de su propio hijo.

La observé durante varios días. Recordaba el sarpullido de la pasión en su carne. Estaba tan avergonzado de mí mismo que me sentía continuamente enfermo: la más vaga, más difusa náusea, náusea de la sangre, náusea del hueso. En la cama por la noche me costaba respirar, y espantosas oleadas de fiebre rompían en mí y me dejaban reseco en mi terror. No podía expulsar de mi mente la imagen de su cuerpo derrocado, las amplias blancuras, sus pies calzados en el aire; cada noche la hacía gritar de éxtasis en mis sueños y un día, al amanecer, desperté mojado en mi propia savia. Esa fue la crisis que me venció, porque, a causa del miedo de ser descubierto por la criada y por mi madre, a causa del miedo de ser descubierto por todos ellos como el archicriminal de mis sueños, corrí a él, acudí a él en busca de la absolución, confesé y me acogí a su misericordia. Papá, dije. Él estaba en la perrera cruzando a una pareja de bracos. Empleaba esa raza para cazar. Había armado una especie de arnés para la hembra para que no huyera, una especie de picota, y la perra aullaba desesperada y, si bien con el rabo mostraba su disponibilidad, apartaba el trasero de las arremetidas del macho en erección, que la montaba y embestía y fallaba y la volvía a montar y no conseguía mantenerla quieta. Mi padre se golpeaba la palma de la mano izquierda con el puño de la derecha. Métesela, vociferaba, venga, entra ahí, dale ya. Finalmente el macho lo consiguió y empezó el apareo. La hembra ahora permanecía inmóvil y en silencio, cayéndole la baba por los belfos, dejando escapar algún que otro gemido. Y al final el macho se corrió, y se quedó erguido con las patas delanteras en el lomo de ella, colgándole la lengua mientras jadeaba, y aguardaron como perros a que se produjese la detumescencia. Mi padre se arrodilló junto a ellos y los apaciguó con palabras en susurros. Buenos perros, dijo, buenos perros. En este momento hay que vigilarlos, me dijo. Si intentan separarse demasiado pronto, se hacen daño. Papá, dije. Se volvió y me miró por encima del hombro, allí arrodillado junto a los perros, y vi su felicidad, y su esplendor con el pantalón de faena remetido en las botas de montar negras y la camisa con el cuello desabrochado y el vello negro del pecho ensortijado hasta la garganta, y dije, Papá, habría que llamar a estos perros *Mamá* y *Ledig*. Y me di la vuelta tan deprisa que ni siquiera recuerdo el momento en que se demudó su rostro. No esperé siquiera a ver si me entendía, me di la vuelta y me eché a correr, pero sí estoy seguro de una cosa: no me llamó.

En nuestra casa había una solana, una especie de invernadero con una pared exterior de cristal y el techo inclinado de cristal verde con armazón de acero. Era un elemento muy lujoso en esa región, y era el sitio preferido de mi madre para estar. Lo había llenado de plantas y libros, y le gustaba tumbarse allí en una chaise longue a leer y fumar. Allí la encontré, como ya preveía, y la contemplé con asombro y fascinación porque conocía su destino. Era de una belleza extraordinaria, de pelo oscuro, con la raya en medio, recogido en un moño, y las manos pequeñas, y la adorable redondez de la barbilla, los asomos bajo la barbilla de cierta incipiente gordura, como un rasgo de indolencia en su carácter. Pero un hombre no se fijaría tanto en eso como en su cuello, tan adorable y grácil, o en el turgente busto pudorosamente cubierto. Un hombre no desearía ver las señales del futuro. Como era mi madre, nunca me había parado a pensar en que era mucho más joven que mi padre. Se había casado con él recién salida del colegio; era la mayor de cuatro hijas y sus padres estaban impacientes por acomodarla en próspero bienestar, que es lo que ofrece un hombre maduro. No es que los padres desconocieran el elemento erótico para el hombre en esa clase de matrimonios; lo conocían perfectamente. La rectitud, el decoro, son siempre muy prácticos. La contemplé con asombro y sobrecogimiento. Me sonrojé. ¿Qué pasa?, dijo ella. Bajó el libro y sonrió y me tendió los brazos. ¿Qué, Willi; qué pasa? Me eché a sus brazos y rompí a llorar y ella me estrechó y mis lágrimas mojaron el vestido oscuro que llevaba puesto. Me cogió la cabeza y susurró, ¿Qué, Willi; qué te has hecho, pobre Willi? De pronto, dándose cuenta de que mis sollozos habían pasado a ser entrecortados e histéricos, me

apartó sin soltarme —las lágrimas y los mocos caían de mí—
y abrió los ojos desorbitadamente en una expresión de sincera
alarma.

Esa noche oí desde el dormitorio los sonidos pasmosos y
excitantes de su perdición. Volví a oír esos terribles sonidos de
golpes sobre un cuerpo en Berlín después de la guerra, matones
del Freikorps en las calles agrediendo a rameras que habían sacado a rastras del burdel y arrancándoles la ropa del cuerpo y
abatiéndolas a palos sobre los adoquines. Me incorporé en la
cama, casi incapaz de respirar, aterrorizado, pero sintiendo una
innegable excitación. Dale ya, masculié, golpeándome la palma
con el puño. Dale ya. Pero de pronto no lo resistí más y entré
corriendo en su habitación y me planté entre ellos. Levanté de
la cama a mi madre, que no dejaba de gritar, la estreché entre
mis brazos, y a voz en cuello exigí a mi padre que parase, que
parase. Pero él alargó los brazos por encima de mí, la agarró
del pelo con una mano y le asestó un puñetazo en la cara con la
otra. Yo monté en cólera, la aparté de un empujón y me aba-
lancé sobre él, lanzándole golpes, diciéndole a gritos que iba a
matarlo. Esto ocurrió en Galitzia en el año 1910. Todo ello iba
a ser destruido en cualquier caso, incluso sin mí.

EL CAZADOR

El pueblo está dispuesto en terrazas en la ladera del monte, a orillas del río, un pueblo fabril de casas de madera y edificios públicos con fachadas de piedra roja. Hay una biblioteca llamada Lyceum con una única sala. Hay varias tabernas, antiguas casas con porche reformadas, con letreros de neón de Miller y Bud colgando de las ventanas delanteras. Justo en la margen del río se encuentra la vieja metalistería, una nave alargada de ladrillo de dos plantas con una torre en un extremo; tiene una alambrada alrededor y muchas ventanas rotas. El río está helado. Una capa de nieve nueva cubre el pueblo. A los lados de las calles la nieve acumulada del invierno se ha amontonado y llega a la altura del hombro. El humo se eleva desde las chimeneas de las casas y el cielo lo absorbe enseguida. El viento viene del río y barre la ladera entre las casas.

Un autobús escolar se abre paso por las estrechas calles en pendiente. Desde los porches, las madres y los padres miran mientras sus hijos acceden al autobús. Es lo único que se mueve en todo el pueblo. Los padres cogen brazadas de leña apilada junto a la puerta y vuelven a entrar. En el bosque, detrás de las casas, se alzan árboles negros; son negros en contraste con la nieve. Gorriones y pinzones vuelan de rama en rama e hinchan las plumas para mantener el calor. Revolotean hasta el suelo y brincan en la nieve endurecida bajo los árboles.

Los niños entran en la escuela por las grandes puertas de roble provistas de barras horizontales para abrirlas. No es una escuela grande pero sus proporciones, cuadradas y altas, crean salas huecas y escaleras resonantes. Los niños se sientan en filas con las manos cruzadas y miran a su maestra. Es alegre y amable. Lleva aquí justo el tiempo suficiente para que su deseo inmodesto de transformar a estos niños se haya convertido en respeto por lo que son. Tienen los pequeños rostros en carne viva por el frío; la debilidad de su piel clara asoma en manchas en las mejillas y en la palidez azul de los párpados. Sus párpados son membranas traslúcidas, tan finos y delicados que ella no se explica cómo duermen, cómo consiguen no ver con los ojos cerrados.

Les dice que se alegra de verlos allí con semejante frío, pese a que sopla un fuerte viento valle arriba y se avecina otra tormenta. Empieza el trabajo del día con gimnasia, pidiéndoles que se agachen y se doblen y salten y den vueltas a los brazos y hagan volteretas para que vean cómo es el mundo visto del revés. ¿Cómo es?, exclama, intentándolo ella misma, haciendo volteretas en la colchoneta hasta marearse.

Los niños no se animan pero la gimnasia los alerta sobre el estado de ánimo de ella. La observan con interés para ver qué viene a continuación. Con ella a la cabeza, salen del gimnasio pequeño y escasamente iluminado, recorren los pasillos vacíos, suben y bajan escaleras, oyéndola decir que son una patrulla perdida en las cavernas de un planeta en algún lugar lejano del espacio. Buscan indicios de vida. Vagan por las aulas sin usar, donde dibujos hechos con ceras cuelgan de una chincheta y los tablones de corcho se han abarquillado y desprendido del marco. Mirad, dice ella, levantando la bota de agua roja de un niño, rescatada de las profundidades del armario de un aula. ¡Nunca se sabe!

Cuando bajan al sótano, el portero que dormita en su cubículo despierta sobresaltado ante un grupo de niños que lo miran fijamente. Es un hombre corpulento con aspecto de oso y lleva pantalón de faena y una camisa de lana roja a cuadros. La maestra siempre lo ha visto con la misma ropa. Lleva una barba gris de dos días. Somos una patrulla perdida, le anuncia, ¿ha visto alguna criatura viviente por los alrededores? El portero arruga la frente. ¿Cómo?, dice. ¿Cómo?

En el sótano hace calor. La caldera emite un rugido grave. Ella le pide que abra la puerta de la caldera para que los niños vean la fuente de calor, el fuego en su cavidad. Los invita a todos a tirar uno por uno un puñado de carbón a través de la puerta. Ellos lo llevan a cabo como un sacramento.

A continuación ella insiste en que el portero abra los cuartos de material y la antigua cocina del comedor, y aquí señala cajas sin usar de sopa instantánea y alimentos enlatados, y luego grandes ollas y gruesas cazuelas de aluminio y una pila de bandejas de metal con compartimentos para la comida. Eh, eso no puede llevárselo, dice el portero. ¿Y por qué no?, contesta ella, este es el colegio de estos niños, ¿no? Entrega a cada niño una bandeja o una olla, y se marchan al piso de arriba, golpeándolos con los puños para espantar a las criaturas de carne húmeda y ojos rotatorios y cuernos carnosos que acaso acechan tras los recodos.

Por la tarde ya ha oscurecido, y el autobús escolar recibe a los niños en el aparcamiento situado detrás del edificio. Las farolas nuevas instaladas por las autoridades del condado irradian una luz ambarina. Bajo la luz ambarina el autobús escolar amarillo es del color de una yema de huevo oscura. Cuando se pone en marcha, los niños, desdibujados sus rostros detrás de las ventanillas, se vuelven para mirar a la joven maestra. Ella se despide de ellos, abriendo y cerrando los dedos como un aleteo. Las ventanillas del autobús se deslizan ante ella, rompiendo su imagen y volviendo a formarla, y creando la ilusión óptica de que el edificio de piedra que se alza a sus espaldas se desliza sobre sus cimientos en dirección contraria.

El autobús ha doblado para acceder a la calle. Avanza despacio frente al colegio. Las cabezas de los niños dan una sacudida al unísono cuando el conductor cambia de marcha. El autobús se pierde de vista al llegar a la hondonada de la cuesta. En ese momento la maestra cae en la cuenta de que no ha reconocido al conductor. No era el hombre bajo y fornido con gafas sin montura: era un joven de cabello largo y claro y cejas blancas, y la ha mirado en el momento en que se encorvaba sobre el volante, con los brazos a punto de realizar el esfuerzo de iniciar el giro del autobús.

Esa noche en casa la joven calienta agua para un baño y la echa en la bañera. Se baña y orina en el agua. Saca las manos del agua y la deja resbalar entre los dedos. Tararea una melodía inventada. El cuarto de baño es grande, con revestimiento de tablas de madera pintado de gris. La bañera descansa sobre cuatro garras de hierro forjado. En lo alto de la pared hay una pequeña ventana apenas abierta y por la ranura se filtra el aire nocturno. Se recuesta y el aire frío se desliza por la superficie del agua y le acaricia el cuello con su dedo.

Por la mañana se viste y se peina hacia atrás y se recoge el pelo y se pone unos pequeños pendientes de ópalo en forma de lágrima que le regalaron cuando se licenció. Va a pie al trabajo, abre el colegio, enciende el radiador, borra la pizarra y vuelve a la puerta de entrada para esperar a los niños en su autobús amarillo.

No llegan.

Va al aula, reorganiza las clases del día en la mesa, reparte hojas de papel rígido dejando una en el pupitre de cada niño. Regresa a la puerta de entrada y espera a los niños.

No se ve la menor señal de ellos.

Busca al portero en el sótano. La caldera emite una especie de gemido, se produce una rítmica intensificación de su ruido de funcionamiento, y él está allí mirándola con cara de perplejidad. Le da la hora, y coincide con la hora de su propio reloj. Ella vuelve a subir y se planta en la puerta de entrada con el abrigo puesto.

El autobús amarillo entra por el camino de acceso del colegio y se detiene ante la puerta. Ella apoya la mano en el hombro de cada uno de los niños cuando descienden por los peldaños del autobús. El joven del pelo y las cejas rubios le sonríe.

En este pueblo han tenido lugar ritos sagrados y sucesos legendarios. En un partido de fútbol semiprofesional resultó muerto un jugador. Una vez vino y habló un candidato a la presidencia. Aquí se celebró un funeral multitudinario por las víctimas de un incendio en una fábrica de calzado. Da por sentado que el nuevo conductor de autobús desconoce todo eso.

La mañana del sábado la maestra acude a la residencia de ancianos y les lee en voz alta. Ellos, allí sentados, escuchan el relato. Son las caras de los niños en un tiempo distinto. Incluso cree reconocer a abuelos y abuelas por el parentesco. Cuando se acaba la lectura, aquellos que aún pueden andar se acercan a ella y le tiran de las mangas y el cuello de la blusa, interrumpiéndose mutuamente para explicarle quiénes son y qué fueron en su día. Hablan a gritos. Cada cual se burla de lo que dice el otro. Agitan las manos ante su cara para captar su atención.

Sale de allí cuanto antes. En la calle se echa a correr. Corre hasta que la residencia de ancianos se pierde de vista.

Hace mucho frío, pero brilla el sol. Decide subir hasta la mansión en lo alto de la cuesta más elevada del pueblo. De pronto las empinadas calles doblan y cambian de sentido, convirtiéndose en sucesivos toboganes. Lleva botas de cordones y vaqueros. Trepa a través de ventisqueros en los que se hunde hasta los muslos.

La vieja mansión se halla al sol por encima de la línea de árboles. Cuentan que uno de los dueños de la fábrica la construyó para su prometida, y poco después de tomar posesión la mató con una escopeta. En las columnas griegas faltan grandes pedazos y ella ve asomar tela metálica entre el yeso. Del pórtico cuelgan carámbanos, y hay nieve apilada contra la casa. No tiene puerta delantera. Entra. La luz del sol y la nieve llenan el vestíbulo y la magnífica escalera. Ve el cielo a través del techo desplomado y un cráter en el tejado. Avanza con cuidado y se acerca a la puerta de lo que debió de ser el comedor. La abre. Huele a podrido. Se oye un susurro y un silbido y ve una constelación de pares de ojos en la oscuridad. Abre más la puerta. Varios gatos están arrinconados en un ángulo del salón. Le gruñen y contraen la cola.

Sale y rodea hacia la parte de atrás, un campo abierto, blanco bajo el sol. Hay una escalerilla de aluminio picado apoyada contra el alféizar de una ventana de la planta superior. Sube por la escalerilla. La ventana está reventada. Atraviesa el marco y se queda inmóvil en un dormitorio bien iluminado y espacioso. Un hemisferio de hielo cuelga del techo. Parece la base de la luna. Se detiene ante la ventana y ve en el borde del campo a un hombre con una chaqueta naranja y una gorra roja. Se pregunta si él la ve desde esa distancia. El hombre se apoya la escopeta en el hombro y un momento después ella oye un extraño chasquido, como si alguien hubiera asestado un golpe con la palma de la mano en el revestimiento exterior de la casa. No se mueve. El cazador baja la escopeta y retrocede por el campo hacia el linde del bosque.

A última hora de la tarde la joven maestra telefonea al médico del pueblo para pedirle que le recete algo. ¿Qué problema tenemos?, pregunta el médico. Ella inventa una respuesta de autodesaprobación a la vez que se muestra segura y firme, consiguiendo incluso dejar escapar una risita. El médico le dice que telefoneará a la farmacia y le recetará Valium, de dos miligramos, para que no se amodorre. Ella se acerca a la calle Mayor, donde el farmacéutico abre la puerta y, sin encender la luz, la lleva al mostrador del fondo. El farmacéutico hunde la mano en un tarro grande y saca un puñado de comprimidos, y mete el Valium uno por uno, con el pulgar y el índice, en un frasco.

La joven va al cine de la calle Mayor y paga la entrada. El cine lleva el mismo nombre que el pueblo. Se sienta en la oscuridad y traga un puñado de comprimidos. No distingue la película. La pantalla es blanca. Luego lo que ve formarse en la pantalla blanca es el pueblo en su manto de nieve, las casas de madera en la ladera del monte, el río helado, el viento que arrastra la nieve por las calles. Ve a los niños salir por las puertas de sus casas con sus libros y bajar por la escalinata a la calle. Ve la vida exactamente tal como es fuera del cine.

Después cruza el centro del pueblo. Lo único abierto es el quiosco. Varios hombres hojean revistas. Dobla por la calle de la Mecánica y pasa por delante del taller de herramientas y moldes y cruza las vías del ferrocarril hacia el puente. Empieza a correr. En medio del puente el viento es una fuerza y ella tiene la impresión de que quiere empujarla por encima de la balaustrada y tirarla al río. Corre encorvada, con la sensación de que se abre paso a través de algo que solo cede ante ella al desgarrarlo.

Al otro lado del puente la calle gira bruscamente a la izquierda, y en el recodo, al pie de una cuesta con pinos, hay una casa marrón con un letrero de neón en la ventana: LOS RÁPIDOS. Sube por los peldaños del porche, entra en Los Rápidos y, sin mirar a derecha ni izquierda, se dirige hacia el fondo, donde encuentra el lavabo. Cuando sale, se sienta en uno de los reservados de madera contrachapada y barnizada y fija la mirada en la mesa. Al cabo de un rato, un hombre con delantal se acerca y ella pide una cerveza. Solo entonces alza la vista. La luz es tenue. Ante la barra hay un par de ancianos. Pero a solas en un extremo, instalado con su vaso y un paquete de tabaco, está el nuevo conductor del autobús, el de pelo rubio y largo, y le sonríe.

Él se ha sentado con ella. Durante un rato no cruzan palabra. Él levanta el brazo y se vuelve en el asiento para mirar hacia la barra. ¿Quieres otra?, dice. Ella mueve la cabeza con un gesto de negación pero no da las gracias. Hunde la mano en el bolsillo de su abrigo y coloca un billete de dólar arrugado junto a la botella. Él levanta un dedo.

¿Eres de por aquí?, pregunta.

De la parte este del estado, contesta ella.

Yo soy de Valdese, dice él. Más adelante yendo por la Dieciséis.

Ah, sí.

Sé que eres la maestra de los niños, dice él. Yo soy su conductor.

Lleva un pantalón y una cazadora vaqueros y una camisa de lana. Es lo mismo que lleva en el autobús. No debe de tener abrigo. Algo le cuelga de una cadena alrededor del cuello pero queda oculto bajo la camisa. Un asomo de barba rubia y dispersa se le extiende por la barbilla y la línea de la mandíbula. Tiene las mejillas lampiñas. Sonríe. Se le ve una mella en un incisivo.

¿Qué hay que hacer para llegar a maestro?

Tienes que ir a la universidad. Suspira: ¿Qué hay que hacer para llegar a conductor?

Es un empleo municipal, responde él. Necesitas un permiso de conducir y no tener antecedentes.

¿Y cuáles podrían ser esos antecedentes?

Bueno, ya sabes, si te han detenido o algo así. Cualquier clase de antecedente penal. O si te han dado de baja en el ejército por mala conducta.

Ella espera.

Una vez en tercero tuve una maestra, explica él. Creo que era la mujer más guapa que he visto. Ahora creo que no era más que una niña. Como tú. Pero era muy orgullosa y movía la cabeza y caminaba de una manera que me hacía desear ser mejor alumno.

Ella se ríe.

Él coge la botella de cerveza de ella y simula una actitud de reproche y levanta el brazo en dirección al camarero y pide dos con una seña.

Es muy fácil, dice ella, conseguir que se enamoren de ti. Tanto niños como niñas, es muy fácil.

Y para sí admite que ella lo intenta, conseguir que la quieran; adopta una gracia que en realidad no tiene en ningún otro momento. Se mueve como una bailarina, los toca y se roza con ellos. Es abierta y no exhibe el menor miedo, y se crea así una apariencia de misterio a los ojos de ellos.

¿Tienes hermanas?, pregunta ella.

Dos. ¿Cómo lo has sabido?

¿Son mayores que tú?

Una es mayor y la otra menor.

¿A qué se dedican?

Trabajan en las oficinas del aserradero allí en el pueblo.

Ella dice: Yo me fiaría de un hombre que tuviera hermanas.

Él echa la cabeza atrás y toma un largo trago de su botella de cerveza, y ella observa su nuez subir y bajar, y el asomo de barba rubia y dispersa en su cuello moverse como juncos flotando en el agua.

Después salen de Los Rápidos y él la lleva a su furgoneta. Es bastante bajo. Ella se sube y se fija en las botas de trabajo cuando él entra en la cabina por el otro lado. Son unas botas buenas, de cuero amarillo nuevo, y las lleva limpias. Le cuesta arrancar el motor.

¿Qué haces aquí si vives en Valdese?, pregunta ella.

Esperarte. Se ríe y el motor se enciende.

Cruzan lentamente el puente y luego la vía del tren. Siguiendo las indicaciones de ella, él llega al final de la calle Mayor y dobla por la cuesta y la lleva a su casa. Para junto a la puerta lateral.

Es una casa pequeña y se la ve oscura y fría. Él apaga el motor y los faros y se inclina sobre el regazo de ella y pulsa el botón de la guantera. Dice: Da la casualidad de que tengo un poco de vino para una fiesta. Saca una botella plana de una bolsa marrón y cierra la guantera y, al echarse hacia atrás, le roza el muslo con el brazo.

Ella fija la mirada al frente a través del parabrisas. Dice: Vaya un currante estúpido. Intentando ligarse a la maestra. Hay que ver, con su vino para la fiesta en una bolsa. ¿Cómo se atreve?

Se baja de la cabina de un salto, rodea la furgoneta rápidamente y, subiendo por los peldaños de atrás, entra en la cocina.

Cierra de un portazo. Se hace el silencio. Espera en la cocina, inmóvil, a oscuras, de pie detrás de la mesa, de cara a la puerta. No oye nada más que su propia respiración.

De pronto la puerta trasera se inunda de luz, la cortina blanca de la puerta de cristal se convierte en una pantalla blanca, y a continuación la luz se apaga, y oye la furgoneta retroceder hacia la calle. Está jadeando, y en ese momento se desvanece la ira, y se echa a llorar.

Sola en la cocina oscura, llora; un olor amargo se desprende de su cuerpo, un olor a quemado, que la ofende. Calienta agua en el fogón y la sube a la bañera.

El lunes por la mañana la maestra espera a los niños en la puerta de la escuela. Cuando el autobús entra por el camino, ella retrocede y se queda parada en la entrada. Ve la puerta abierta del autobús pero no si él intenta verla.

Esta mañana está muy animada. Hoy es un día especial, niños, anuncia, y los sorprende cantándoles una canción a la vez que se acompaña con el autoarpa. Les deja tañer el autoarpa mientras ella pulsa los acordes. Mira, dice a cada uno, estás creando música.

A las once llega el fotógrafo. Es un hombre barrigudo con un lazo negro al cuello. No recibo estas llamadas de los colegios hasta primavera, dice.

Se trata de una ocasión especial, explica la maestra. Queremos una foto de nosotros ahora. ¿Verdad, niños?

Observan muy atentos cuando él monta el trípode y la cámara. Lleva una bolsa negra con cierres de latón que producen un chasquido al abrirlos. Contiene cables y focos.

Antes había varias clases, dice él. Ya veis qué pocos quedáis ahora. Tener que calentar todo este edificio para una sola aula.

Para cuando está listo, la joven maestra ha apartado los bancos contra la pizarra y agrupado a los niños en dos filas, los más altos sentados en los bancos, los más bajos sentados delante de ellos en el suelo con las piernas cruzadas. Ella se queda de pie a un lado. Hay quince niños mirando a la cámara y su maestra sonriente con las manos entrelazadas ante ella, como una cantante de ópera.

El fotógrafo observa la escena y frunce el entrecejo. Pero si estos niños no están preparados para la foto.

¿Qué quiere decir?

Pero si no llevan corbata ni zapatos nuevos. Hay niñas con pantalón.

Usted sáquela, dice ella.

No están presentables. Estos niños ni siquiera van peinados.

Sáquenos tal como estamos, insiste la maestra. De pronto se aparta de la hilera y, con ademán colérico, se quita el pasador que le sujeta el pelo y sacude la melena para dejarla caer sobre los hombros. Los niños se sobresaltan. La maestra se arrodilla ante ellos en el suelo, de cara a la cámara, y estrecha a dos de ellos con sus brazos. Con un apremiante abrir y cerrar de manos, los insta a rodearla, y ellos se colocan alrededor. Una niña empieza a llorar.

Los acerca hacia sí, sintiendo sus cuerpos, los huesos delgados de sus brazos, sus pequeños hombros, sus piernas, sus traseros.

Sáquela, dice ella con un susurro vehemente. Sáquela tal como estamos. Estamos mirándolo. Sáquela.

TODO EL TIEMPO DEL MUNDO

Una cosa que he observado: lo deprisa que levantan esos edificios. Se llevan los escombros en carretillas, cuadriculan la excavación, colocan el encofrado, y arriba con él. Placas de hormigón en el suelo y, de noche, lámparas de trabajo suspendidas como estrellas. Cuando una bandera lo corona todo como si fueran a zarpar hacia algún lugar, instalan el ascensor, tienden el cableado, las tuberías, acoplan el paramento de granito y ponen las ventanas a través de las cuales ves que han enlucido las paredes interiores de los apartamentos, y no te das cuenta y hay ya un toldo hasta el bordillo de la acera, un portero, y arriba, justo enfrente de mi ventana, un dormitorio totalmente amueblado y una chica desnuda bailando.

Otra cosa: cómo se deja arrastrar la gente en la calle por perritos sujetos a una correa. Por lo general, un perrito de patas cortas que mantiene la correa tirante de manera que salta a la vista quién manda. Olfatea aquí y allá para hacer lo que hace, lo hace y ya está listo para reanudar la marcha, dejando que su ayuda de cámara bípedo lo recoja. Son la realeza, estos perros, se paran para olisquearse mutuamente, menean sus colas bien peinadas, es su paseo, con sus pelajes lustrosos y sus orejas dobladas y sus ojos relucientes, y la correa, una tira de cuero, tensa como una médula espinal, como si todo ello fuese una sola criatura, de forma extraña, con cuatro patas cortas y un cerebro delante, y dos patas largas sin cerebro detrás.

¿Y cuando llueve en la ciudad? Aunque solo sean cuatro gotas, enseguida aparece el despliegue de paraguas. Gente provista de esos trastos que son como sombreros ensartados en picas. Tiene gracia, la elemental lógica de dibujos animados de esta situación. Pero cuando llueve de verdad, con viento y lluvia a la vez, los paraguas salen volando, y eso tiene aún más gracia, la gente despegándose del suelo.

Seguro que en las praderas de Mongolia no tienen a mano paraguas.

Para eludir a las viejas encorvadas y sus carritos de la compra y sus andadores y bastones y a sus ayudantes negras que ocupan tres cuartas partes de la acera, corro por la calzada. O sea, los coches no dan tantos problemas. En una situación de tráfico normal, están parados cuando paso corriendo junto a las bocinas que emiten su disonante protesta masiva, así que me pongo las orejeras y voy tan tranquilo.

Pero, en realidad, corro porque no sé qué otra cosa hacer. Perdí la fe en el lugar donde estoy hace ya tiempo. O sea, ¿por qué, frente a todos los cines ante los que paso, hay gente en cola esperando para entrar? ¿Qué o quién los ha convencido? ¿Y qué decir de los propios cines, con sus historias filmadas por las que supuestamente debo preocuparme? Eso de sentarme a oscuras y preocuparme por actores que interpretan historias... O la necesidad de comprar antes palomitas de maíz... ¿Comprar palomitas de maíz en los cines como quien enciende una vela votiva en una catedral? La obligación de comer palomitas de maíz, que no comes en ningún otro momento, mientras ves imágenes en movimiento por las que tienes que preocuparte es una peculiar costumbre antropológica para la que no tengo una explicación aceptable.

Este no es mi lugar. Yo no soy de este reino. Si fuese de este reino, no me sentiría así. No comentaría estas cosas.¿Por qué las chicas ven un apartamento en un edificio nuevo como ocasión ideal para bailar desnudas? Y lo de la gente sujeta a correas sosteniendo paraguas por encima de la cabeza. ¿Y lo de los coches que no se mueven, balando su disonancia masiva como si fueran ovejas mongolas?

Y cómo puedo evitar pensar que cuantas personas veo en la acera están tan solas y sin amigos como yo, que somos totalmente anónimos, hablando con pretendida importancia por nuestros móviles mientras caminamos como actores en películas por las que todo el mundo tiene que preocuparse.

Por supuesto, vistos de cerca se nos distingue. Yo soy un individuo esbelto y fibroso, estoy así de correr. Corro. No sé qué otra cosa hacer con el fin de llenarme los pulmones de material particulado carcinogénico. Podría subir por la escalera del bloque de apartamentos de enfrente y llamar a la puerta de la chica desnuda que baila, pero no lo hago. Corro al parque y luego corro con los otros corredores en torno al embalse.

Un tipo con una camiseta en la que se lee ¡EL PROGRAMA ESTÁ EN MARCHA! a veces se acerca y trota a mi lado. Nunca sé cuándo aparecerá. A veces son dos o tres los que llevan ese logo en la camiseta, como si no pudieran correr sin más, como si tuvieran que formar un equipo de tíos enrollados para que todos los demás se sientan excluidos. Corres bastante bien, dice el tipo con una mueca agramatical, y sin el menor esfuerzo me adelanta y se aleja con trote ágil. En tales ocasiones, tengo la sensación de que mis pies no pisan el suelo, sino que pedalean en el aire.

Y luego están las corredoras, mujeres que corren de dos en dos con los hombros atrás y las barbillas en alto: no llevan el nombre impreso, son como aves de patas largas que avanzan con sus mallas y los jerséis atados por las mangas a la cintura flameando como enseñas por encima de sus traseros.

Tal vez preguntes a quién le hablo. Supongamos, por ejemplo, que eres uno de esos chinos delgados, sin papeles, que reparten comida a domicilio en bicicletas de neumático ancho. Me verías tal como yo veo todo lo demás, o sea no del todo normal. Quiero decir que todavía no soy una persona característica e impasiblemente triste. No circulo en una bicicleta de neumático ancho entregando comida china en apartamentos donde chicas desnudas bailan y perritos de pelaje rizado y ojos relucientes se comen las sobras. Así que incluso a mí, en mi ininteligible parloteo, puede vérseme como un aspecto más de este reino extraño.

En Mongolia el aire es limpio y frío y ves las estrellas por la noche, las ves de verdad. Los pastores parecen casi chinos, con sus rebaños de ovejas y cabras y con camellos y yaks para su transporte regio. Allí no hay teléfonos móviles. No ves a pastores pasearse con teléfonos móviles al oído por delante de porteros que los miran de reojo. Son hombres fuertes de complexión robusta y saben que el reino de la tierra con sus yaks y camellos y cabras y caballos salvajes es su territorio. Aceptan la responsabilidad. No correrían solo por correr. Si tuvieran un embalse, no correrían alrededor, se postrarían de rodillas para ver el cielo nocturno lleno de estrellas reflejado en el agua, a menos que esta se congelase y quedase opaca de noche, como pasa con todo en la estepa. En cuyo caso verían el claro de luna dentro del hielo.

Tal vez preguntes cómo paso el tiempo cuando no corro. Solo, esa es la respuesta, tan solo como cuando corro. Mi única compañía es el gramático que vive conmigo en mi cerebro. Si me preguntas *a* quién hablo, siempre hablo *con* él o *con* ella. Así que digo *con* quién. Así que no digo *más grande*, sino que digo *mayor*. Digo *le di* y *la cogí*. Digo que *tú y yo* no vamos a ninguna parte, no digo que *yo y tú* no vamos a ninguna parte. Digo que *tú y yo* no vamos a ninguna parte es una locución. Digo que *tú y yo* no vamos a ninguna parte puede ser en cierto modo una metáfora, pero no es una sinécdoque ni una metonimia. Cuando corro, tampoco voy a ninguna parte, ya que no tengo más destino que regresar a mi ventana, que está enfrente de la chica desnuda que baila. Ella y yo tampoco vamos a ninguna parte.

Como no sea con el gramático, nunca sé bien con quién hablaré. Pulso la tecla de llamada rápida de mi móvil. Te encuentro a ti. Puede que me preguntes con quién creo que estoy hablando. Digo que estoy hablando contigo. Y se puede saber quién es, dices. Y entonces reconozco quién es, es mi madre.

Tienes todo el tiempo del mundo, dice ella.

¿Hasta cuándo?

Hasta que pase algo, dice mi madre.

¿Qué puede pasar?

Ay, si lo supiéramos, dice, y corta la comunicación. Vuelvo a pulsar la tecla de llamada rápida asignada a ella y unas palabras en el contestador vuelven a asegurarme que tengo todo el tiempo del mundo. ¿Ahora entiendes por qué corro? (¿Con quienquiera que crea que estoy hablando?)

Siempre me alegro cuando hay mal tiempo, aunque es difícil pasar corriendo junto a los solares en construcción con las grúas en la calle y junto a los coches con sus bocinas de disonancia masiva y sus limpiaparabrisas chasqueando y sus faros iluminando la lluvia. Compito con los repartidores chinos en sus bicicletas de neumático ancho por los pasadizos entre los coches. Pruebo la acera, pero las viejas con andadores y carritos de la compra y sus iracundas ayudantes negras están por todas partes, provistas de paraguas que amenazan con sacarte los ojos. Y los perritos, ahora con botines, brincando de aquí para allá e intentando arrancarse con los dientes los botines que impiden que se les mojen las patas y enredando así sus correas como para hacer tropezar y caer a las viejas y obligar a saltar por encima de ellas a corredores como yo igual que si estuviéramos en una carrera de obstáculos.

Estoy mojado y tengo frío por el agua de lluvia que me gotea cuello abajo, pero solo cuando llego al parque veo el aguacero en su totalidad. Circundo el embalse con el cielo negro encima de mí, y la lluvia, en gotas grandes y flagelantes, reventando como palomitas de maíz en el agua oscura. Los Programadores me adelantan chapoteando, hoy sin hablar, y más adelante esas mujeres de patas largas dejan huellas momentáneas en el agua mientras trotan con sus jerséis negros, ahora flácidos, adheridos al contorno de sus traseros recién dibujados.

Cuando abandono el parque, las calles son como ríos, y en la mañana negra iluminada por los faros de los coches inmóviles las bolsas de basura son arrastradas por el agua y la gente se apresura para llegar al trabajo con los paraguas vueltos del revés por el viento como árboles que hubiesen brotado de repente.

Solo los niños van tan tranquilos avanzando trabajosamente hacia el colegio con sus impermeables amarillos y sus estuches de violín colgados a la espalda.

Un rayo de sol ilumina la calle por una rendija en el cielo negro. Las nubes se dispersan, el aire de pronto es cálido y húmedo, y en cuestión de minutos me veo trotar en una mañana azul y radiante. El agua gotea desde los toldos de los bloques de apartamentos, los riachuelos borboteantes corren junto al bordillo. Me siento como si hubiese pasado de un elemento a otro.

En mi manzana, delante de mi edificio, se han derramado unos papeles de una bolsa de plástico rota: cartas comerciales, facturas, publicidad. Cojo una carta escrita a mano en papel de vitela azul, con la sensación de que iba dirigida a mí. Mi portero atiende a un perro mojado sujeto a una correa y el perro se sacude cuando atravieso el vestíbulo. La tinta de mi carta se corre como lágrimas cuando leo, mientras subo a mi planta, el dolor de una amante abandonada. No puede entender por qué él la ha dejado, necesita verlo, vuelve, dice, ven a mí, porque ella todavía lo ama, siempre lo amará, y es todo muy triste, muy triste, muy triste, y no sé quién ha tirado la carta, si él después de leerla o si ella después de escribirla, pero deseo pulsar la tecla de llamada rápida correspondiente a la persona con quien hablo y expresar mi gratitud, porque cuando llego arriba, en el edificio de enfrente, la persiana está subida en la ventana de la chica que baila desnuda y yo lo único que he deseado siempre es la especificidad.

Solo tengo que pensar eso y suena mi teléfono móvil. Con quién hablo, digo. Con quién crees que estás hablando, dices. Digo, mi padre. Y así es.

Te he prevenido sobre la especificidad, dice mi padre. Nada es posible excepto aquello que ha ocurrido.

¿Y qué es aquello que ha ocurrido?

En este caso algo muy triste, dice mi padre. Existen límites incluso para lo que podemos hacer nosotros, dice, y corta la comunicación.

Pese a la advertencia de mi padre, me ducho y me afeito y me visto bien y espero a última hora de la tarde para visitarla. Abajo saludo con la cabeza a mi portero, cruzo la calle al trote directamente, y le pido al portero de ella que me anuncie. Noto que el corazón me late con fuerza. Subo en el ascensor. Llego a su planta. Su puerta está abierta.

Adelante, dice una voz, y entro en una habitación tenuemente iluminada. Hay allí un perro lazarillo, un enorme pastor alemán. Desde su arnés de cuero se eleva una correa oblicuamente en la penumbra. Paciente, tolerante, el perro avanza hacia mí paso a paso, con cuidado. Sé que eres tú, dice la voz, y la interlocutora sale de la oscuridad, una vieja corpulenta cogida a un andador al que está atada la correa. Me suena de algo. El pelo recogido en un moño como un estropajo de acero. Mandíbula grande y huesuda, nariz fina. Ojos ciegos que sobresalen en el esfuerzo de ver. Es la clase de fealdad en la vejez que connota una antigua belleza. Lleva un amplio vestido de punto negro, remangado por encima de los codos. Vueltas de perlas cuelgan de su cuello y tintinean contra el andador. ¿Te has atrevido a volver?, dice. ¿Te has atrevido?

Miro más allá de ella hacia un comedor tenuemente iluminado. A la trémula luz de una vela cuya llama resplandece y titila como una estrella en el cielo, veo tendida en la mesa a una chica específicamente muerta, marcados los contornos de su cuerpo en la mortaja blanca que la ciñe. No recuerdo su nombre, pero sé que en otro tiempo la amé. Sus ojos cerrados sugieren una mente abstraída en sus reflexiones. Llegas tarde, dice la vieja, llegas tarde, dice con enorme satisfacción. Su triunfo queda reafirmado por el olor a comida china procedente de la cocina. Voy allí, y varios asistentes al velatorio sentados a la mesa de la cocina alzan la vista, apartándola de los contenedores de cartulina blancos abiertos donde hunden los palillos. Por un momento creo saber exactamente qué ha pasado. Pero de pronto, por encima de las cabezas de los presentes ante su comida china y a través de la ventana de la cocina que da a una calle lateral oscura, veo en la ventana iluminada a una chica que baila desnuda.

Y ahora estoy otra vez en casa e inexplicablemente triste. Al mismo tiempo siento que he sido juzgado de manera injusta. Esta no es la clase de especificidad que yo anhelo.

Tú, aquel con quien creo estar hablando, quizá preguntes qué hago cuando no estoy corriendo o anhelando especificidad: cuestiono mi posición en la vida. Creo que estoy jubilado, pero tengo la sensación de ser demasiado joven para haberme jubilado. Por otra parte, o alternativamente, no sé de ningún trabajo que pueda estar haciendo que indique que no estoy jubilado. Como podrás imaginar, sería muy inquietante para cualquiera saber que hay cosas sobre sí mismo que no sabe.

No soy permanentemente desdichado, no digo eso. Pero mi inquietud crece hasta que tengo que hablar con alguien. En tales ocasiones pulso la tecla de llamada rápida correspondiente a mi psicoterapeuta.

¿Sí? ¿Con quién cree que está hablando?

¿Doctor Sternlicht?

El mismo.

Vuelvo a tener esa sensación.

Era de esperar.

Es como si viviera en el exilio. Estoy solo. No tengo a nadie.

Era de esperar.

¿Por qué? ¿Por qué era de esperar? Siempre dice lo mismo.

No, digo otras cosas. Digo que está estancado. Digo que cambie de estilo de vida, que amplíe sus horizontes. Tiene toda una ciudad a su disposición: museos, conciertos, el desfile de la vida. Digo, salga y diviértase. Tiene todo el tiempo del mundo.

¿Hasta cuándo?

¿Qué?

Ha dicho que tengo todo el tiempo del mundo. ¿Hasta cuándo?

Hasta que pase algo.

¿Qué puede pasar?

Ay, si lo supiéramos. Pero no lo sabemos, dice, y corta la comunicación.

La idea de ampliar mis horizontes me resulta atractiva, así que me encamino al Museo de Historia Natural. Y para cambiar de estilo de vida, decido coger el autobús. Despierto metafóricamente al hecho de que nunca he valorado la parada de autobús vista como el invento antiguo que es. Los carruajes se detenían en las posadas, las carretas de bueyes iban chirriando de la plaza de una aldea a otra, las piraguas desembarcaban en las orillas de los ríos de Mongolia. La lógica de dibujos animados de la parada de autobús me arranca una sonrisa de amor a todo el género humano. Espero fielmente en esta parada e inhalo ligeramente el material particulado carcinogénico de la ciudad.

Hay aquí una vieja con un andador acompañada de su ayudante negra, cuyo rostro inexpresivo oculta una gran ira. También tres hombres de mediana edad delgados con el pelo cortado al rape y chándales a juego. Llega a la parada gente más confiada, un hombre con uniforme de portero, un sacerdote, una chica guapa en minifalda a cuyo trasero lanzo una mirada furtiva. También un par de niños pequeños y autosuficientes, chico y chica, cada uno con su propio estuche de violín bajo el brazo. Por sus vaqueros y cazadoras, por no hablar ya de su común compromiso con el violín, podrían ser gemelos.

Veo nuestro autobús a cierta distancia. Lleva a esa distancia ya un rato. Lo veo por encima de los techos de los coches. No parece moverse nada. Tal como van las cosas, cientos de nosotros estarán esperando en esta parada antes de que el autobús llegue. Andanadas de bocinazos disonantes estallan en mis oídos. De pronto pierdo mi amor por el género humano. Recupero mi antiguo estilo de vida y echo a correr entre los coches, porque solo así llegaré al Museo de Historia Natural.

En cuanto cruzo la puerta, oigo el característico murmullo de museo. Quizá sea el murmullo de visitantes que ya se han ido hace mucho, porque miro alrededor y soy aquí la única persona. Veo que estoy en la Sala de los Mongoles. Recorro la *taiga*, que es el nombre de este bosque boreal agreste y nevado de coníferas de hojas aciculares, piceas y pinos. Digo que «recorro» porque estoy allí: esta sala es un terrario en el que entras y, mientras atravieso este bioma exuberante, la tierra gira, y, al dejar atrás el gélido bosque boreal, con sus estrellas frías visibles incluso en la oscura luz del día invernal, y sus linces merodeadores y depredadores avanzando sigilosamente a través de la nieve, y su saltarina liebre, y su campañol ciego aterrorizado y tambaleante, me encuentro transportado en esta rotación hasta la estepa verde, donde la nieve se ha convertido en lluvia y el viento lluvioso alisa el pelo de los abrigos de los pastores, y los pastores robustos y sus hijos, calladamente indiferentes a la meteorología, pasean a sus yaks y sus cabras y sus ovejas por las suaves elevaciones de los prados naturales. Pero las cosas siguen cambiando, y gradualmente la tierra se aplana, se vuelve más templada, y estoy en el desierto de Gobi de Mongolia, donde el sol ciega y las serpientes se enroscan a la sombra de las rocas, y pequeños tornados de arena te aguijonean las piernas. He aquí un monje budista con una túnica de color azafrán que se aleja bailando de los aguijonazos de la arena. Así que no estoy solo. Lo sigo mientras baila descalzo en círculos por la arena caliente y, girando y girando, abandona la sala de Mongolia del Museo de Historia Natural y se sube a un autobús que espera. Lo ocupan exclusivamente monjes budistas con túnicas de color azafrán. La puerta del autobús se cierra con un silbido como si pudiera marcharse, pero por supuesto no puede, no porque sea un autobús budista, sino porque está atrapado en el tráfico inmóvil.

Ahora reanudo mi carrera, me dirijo hacia el centro. Corro bien, aún decidido a ampliar mis horizontes. Pero de pronto caigo en la cuenta de que ya he atravesado trabajosamente la *taiga* y recorrido la estepa hasta el desierto, pasando del frío al color, de la nieve al sol, muchas veces. El hecho es que conozco el Museo de Historia Natural tan bien como la palma de mi mano. ¿Qué horizonte nuevo va a ser ese? No solo he estado en el museo incontables veces, sino que nunca he visto nada aparte de la sala de Mongolia y nunca sin ese monje budista girando en la arena.

Parece que una avalancha de personas avanza en mi misma dirección, corredores que corren entre los coches, paseantes que caminan a buen ritmo por las aceras. Ya cerca de Times Square, entro en un portal que tiene vitrinas con fotos en blanco y negro de bailarinas, y abro mi teléfono móvil.

Hola. ¿Con quién hablo?

¿Con quién desea hablar?

Con mi médico internista. ¿Es usted?

El mismo.

Me siento débil, me tiemblan las piernas. Acabo de correr cuarenta manzanas, pero estoy en buena forma y no debería sentirme así. Estoy aquí en Times Square, hay alrededor miles de personas esperando no sé qué y nunca me he sentido tan solo. Creo que tengo el pulso irregular.

No está solo.

¿Ah, no?

Tener el pulso irregular es algo muy corriente.

¡De qué sirve hablar con usted!

Solo está asustado. Es comprensible. Pero se le pasará. Esto no es una situación apremiante, ya lo sabe; tiene todo el tiempo del mundo.

¿Ah, sí?

Sí.

¿Hasta cuándo?

Hasta que ocurra algo.

¿Qué puede ocurrir?

Ay, si lo supiéramos. Pero no lo sabemos. Por otro lado, ¿qué elección teníamos?

¿Quiere decir que seguiré sintiéndome insoportablemente solo y que me temblarán las rodillas siempre que esté en medio de una multitud?

Probablemente así será, contesta. Y en otras situaciones también.

¿Por qué no me lo ha dicho antes?

Se lo hemos estado repitiendo toda la vida.

¿Ah, sí?

Le informamos periódicamente. Para que cuando ocurra, si ocurre, esté preparado.

¿Preparado para qué? ¡Está poniéndome de los nervios!

Poner de los nervios es una expresión coloquial. Las expresiones coloquiales son sensibles al paso del tiempo. En realidad no son útiles a largo plazo.

¿Cómo?

Haga el favor de utilizar solo palabras perdurables. Son igual de importantes que las relaciones gramaticales.

Cuelgo ya, digo, corto, ahí tiene dos palabras sensibles al paso del tiempo, digo, y cierro el teléfono.

Abandono el portal y me arrastra la multitud que empuja hacia delante con gran agitación. Heme aquí desesperado, lamentando la pérdida de no sé qué o quién, y nada de ello importa a la gente que me rodea, que avanza impetuosamente con los ojos encendidos y gritos de alegría. Me dejo llevar y, levantando la vista, veo el despliegue de carteles y anuncios y vídeos gigantescos de corredores en carrera y coches de carreras chocando y actores de cine dándose de tiros y otros actores de cine besándose en escenas de películas por las que quieren que te preocupes. Un brillo antinatural envuelve Times Square, una luz más intensa que la luz del día, con colosales carteles de modelos enfurruñadas, y estudios de radiodifusión construidos en voladizo con sus indicativos luminosos, y modernos bloques de oficinas de cristal que reflejan los colores irisados de los carteles luminosos y los vídeos: todo ello basta para hacerme olvidar mis problemas de aquí con los vaivenes de la enorme multitud, de la que formo parte, bañado, como si dijéramos, por el radiante sol de Broadway, más intenso que la propia luz del sol, tanto que el azul del cielo se vuelve blanco.

Pero ahora la multitud, detenida y apiñada, se queda inmóvil mientras todos los carteles zumbantes se apagan uno tras otro y las pantallas de vídeo quedan en blanco y, a la luz natural del día, aparece un enorme escenario en el centro de Times Square. Me abro paso a empujones y la multitud se aparta ante mí.

Sentado en el escenario hay un conjunto de lo que, calculo, debe de ser un millar de niños, los chicos en camisa blanca y corbata roja, las chicas con blusón blanco y fular rojo, y las secciones de violines aguardando con los violines encajados bajo las barbillas y los arcos en alto, y los pequeños violonchelistas encorvados sobre sus violonchelos, y las docenas de bajistas medio ocultos detrás de sus bajos, y las hileras de instrumentistas de viento con su selección de metales reflejando el sol, y los timbaleros, el triple del número habitual, esperando con semblantes serios e intrépidos, y filas de arpistas infantiles a ambos lados enmarcando el conjunto en oro celestial. Un millar de caras concienzudas se alzan hacia la directora de orquesta que ha ocupado su lugar en el podio, con su vestido largo y blanco. Levanta los brazos, eleva el mentón, baja la batuta, y tengo que contener las lágrimas porque esta es la famosa Orquesta Infantil del Universo e interpreta la pieza *Bienvenida seas, dulce primavera* solo un poco desafinada.

Me abruma la emoción y acabo llorando por el remordimiento de una vida casi demasiado dolorosa para sobrellevarla.

Abriéndome paso a codazos entre la multitud embelesada hacia una de las calles laterales, corro temerariamente, cruzando avenidas donde, como si no hubiera un concierto en Times Square, la gente se dedica a sus asuntos corrientes, los paseadores de perros paseando a jaurías de perros con correas, los corredores corriendo, las viejas con andadores, los coches inmóviles, los conductores apeados para permanecer en pie junto a sus puertas abiertas.

Una manzana o dos al oeste, subo corriendo por la escalinata de una iglesia de piedra negra con chapitel y atravieso la puerta de roble. El interior es frío y húmedo y huele a cemento. Bancos vacíos. Hileras de velas votivas en pequeños vasos rojos. Veo una puerta afiligranada a un lado, la abro, y entro en un contenedor semejante a una caja en el que hay un banco, y sé qué decir exactamente porque lo pienso con desesperación.

Bendígame, padre, porque he pecado.

Lo siento, ese es el único consuelo que no ofrecemos.

¿Y entonces qué consuelo ofrecen?

La ilusión corpórea. Una identidad de género.

¿Qué es la ilusión corpórea?

Un eufemismo para la repugnante creencia de que habita un cuerpo.

Un momento. ¿Eso es un consuelo? ¿Que un sacerdote me diga que soy una ilusión de mí mismo?

Y memoria cultural. Eso no es moco de pavo. Debería dar gracias por eso. Por mantenerlo dentro del contexto que usted ya conocía. Por envolverlo con aquello que era.

¿Envolverme? ¿Envolverme?

El consuelo último es el olvido, claro está. Existe una conciencia progresiva, pero hasta cierto punto. Así que uno sabe pero no sabe. Así que hay que repetírselo una y otra vez. Hasta que...

¿Hasta cuándo?

...se requiera una conciencia sensible no procesada. Pero en estos momentos tiene usted todo el tiempo del mundo.

Tengo todo el tiempo del mundo.

Sí.

Hasta que se requiera una conciencia sensible.

Sí.

¿Y eso cuándo será?

Cuando pase algo.

¿Qué puede pasar?

Ay, si lo supiéramos.

Otra vez en Times Square, y no hay ni un alma a la vista. En el vacío reverberante, el zumbido de los carteles de Broadway es como un rugido de maquinaria. Me cuelo en un cine. No hay nadie para venderme una entrada. Nadie vendiendo palomitas de maíz. Soy el único en la sala. La película muestra un cielo rojo oscuro como si el mundo estuviese en llamas. Un viento caliente arrastra basura por las calles de una ciudad. Bolsas de basura rotas ruedan de aquí para allá, trozos de papel giran en el aire. Violines destrozados, pisoteados. No hay coches, no hay tráfico. Donde antes había edificios, ahora quedan cráteres, montones de escombros y estacas de acero retorcidas. En lo alto, el cielo se ha convertido en una bóveda de bronce con nubes de color humo que se deslizan rápidamente. No entiendo esta película. ¿Qué ha pasado? El agua corre por las calles. Sombras humanas avanzan a saltos, se ciernen, retroceden a toda prisa. Aparece un chino en bicicleta pedaleando frenéticamente, sus neumáticos anchos dejan una huella en el agua. Al cabo de un momento, una jauría de perros aullantes lo sigue chapoteando. Ahora sirenas, oigo sirenas.

Todo es demasiado real para mi gusto. Me voy. Cuando llego a mi calle, casi me sorprendo al encontrarla intacta. He perdido el sentido del tiempo. ¿Qué hora es? ¿Qué día es? El portero saluda con un gesto. El ascensor funciona. Cierro mi puerta al entrar y escucho mi propia respiración. Después de ampliar mis horizontes, sé con toda certeza que soy un deportado. Estoy donde no me corresponde.

De hecho, ¿es este mi piso? Hay comida en la nevera que no es mi comida. Hay fotos en la pared de personas a quienes no conozco. Y un dibujo distinto en la alfombra.

Abro las puertas del pequeño balcón y salgo al aire templado de la noche. Las luces de la ciudad están encendidas. Enfrente, un monje budista baila con la chica desnuda. Tengo que hablar con alguien.

En este momento entiendo que no necesito un teléfono móvil y nunca lo he necesitado.

¿Con quién pienso? ¿Es el Programa?

Sí.

Tengo preguntas para las que espero respuestas.

¿Está tranquilo?

Estoy bastante tranquilo.

¿Qué quiere saber?

Hace tiempo que no tengo fe en el lugar donde estoy. ¿Por qué fingir lo contrario?

¿Tiene usted alguna pregunta que no sea retórica?

¿Dónde estoy? ¿Qué ciudad es esta? Porque no es mi ciudad.

Reconocemos que nos hemos quedado a un paso de la perfección.

¿Eso es una respuesta?

A diferencia de usted, nosotros no teníamos todo el tiempo del mundo. El tiempo era esencial.

¿Por qué era esencial el tiempo?

Esa respuesta usted ya la conoce.

¿Ah, sí?

Claro. Ya ha visto lo que pasó.

¿Ah, sí?

Sí.

Todos los demás se han ido.

Cierto.

Y ahora solo estoy yo. Sin más compañía que la muchedumbre ilusoria.

Sí. Establecimos que la procreación sencillamente no tenía sentido. Era cíclica y no nos había llevado a ninguna parte.

¿La procreación no nos había llevado a ninguna parte?

Correcto. Y como el tiempo era esencial, elegimos la vía más lógica. De lo contrario nos habríamos quedado sin la posibilidad de saber.

De saber ¿qué?

Lo que no sabemos.

No puedo aceptarlo. Tiene que haber otros.

Podemos confirmar o negar. Pero, de hecho, la gran labor fue archivar. Y se nos acabó el tiempo.

¿Entonces no hay nada más? ¿Entonces de verdad soy el único? ¿Soy el elegido?

Podría decirse así. Aunque lo que menos nos preocupaba era quién sería. En cuanto dispusimos de los medios, y supimos de qué éramos capaces, todo lo que no era pertinente quedó de lado. Fue una apoteosis gloriosa para nosotros.

Una apoteosis gloriosa para ustedes.

Gloriosa en el sentido de que tiene los atributos de la gloria. *Apoteosis* en el sentido de último acto.

¡Basta ya!

Ha dicho que estaba tranquilo.

Ya no estoy tranquilo. ¡Yo me lavo las manos!

Eso podría ser una sinécdoque.

¡No es una sinécdoque!

Podría ser una metonimia.

¡No es una metonimia! Yo no he dado nunca mi consentimiento a esto. ¡Me han puesto aquí sin mi consentimiento! ¡Tengo mis derechos! ¿Me oyen?

Un momento, por favor. Un momento, por favor...

¿Sí? ¡Hable conmigo!

Un momento. Un... No sabemos si existe la posibilidad de una respuesta. Pero si existe, la revelación será para usted.

¿Qué?

Si se revela algo, será a usted.

Ah, no. No.

La revelación, si la hay, será suya.

¡No, no, no, no, no! Aún tengo opciones. Todo ser vivo tiene opciones.

Ya no está equipado corpóreamente para tener opciones.

Programa, escúcheme. ¿Puede escuchar? Ha cometido un error.

Eso seremos nosotros quienes lo juzguemos.

Por favor. Le ruego...

Pronto se sentirá mejor.

Permítame ser nada. ¡Quiero ser nada!

Nada no existe. Si nada existiera, sería algo.

El cielo se ha vuelto de un profundo color azul. Reina la quietud en la ciudad. El aire es cálido. Percibo la más ligera y suave de las brisas. Me encaramo a la barandilla de la terraza. Veo salir las estrellas con la misma claridad que si estuviese en Mongolia.

La noche se oscurece, y las constelaciones de estrellas parecen saludarme. En un arrebato de júbilo que nace de mi corazón, levanto los brazos y saludo al firmamento. ¡Bienvenida seas, dulce primavera!

Rozo algo con la mano.

Es el cielo. Estoy tocando el cielo. Lo palpo con las yemas de los dedos. Es duro, metálico, con una textura de pequeñísimas rugosidades, puntitos, como el braille, algunos resplandecientes. Pero de pronto empiezan a reblandecerse y fundirse. ¿O es mi mano la que se funde?

Y por un momento creo haber percibido un zumbido reverberante, como el de un motor lejano.

Los relatos que aparecen aquí salieron a la luz originalmente en las siguientes publicaciones y libros, a veces con una forma distinta:

«Wakefield», «Edgemont Drive» e «Integración» aparecieron por primera vez en *The New Yorker*.

«El atraco» se publicó en *The New Yorker* y después se adaptó para *La ciudad de Dios*.

«Todo el tiempo del mundo» se publicó en *The Kenyon Review*.

Una versión anterior de «Texto para el encarte del disco: las canciones de Billy Bathgate» apareció en *The New American Review*.

«Walter John Harmon», «Una casa en la llanura» y «Jolene: una vida» se publicaron por primera vez en *The New Yorker* y se incluyeron posteriormente en el libro *Sweet Land Stories*.

«El escritor de la familia» (publicado originalmente en *Esquire*), «Willi» (publicado originalmente en *The Atlantic*) y «El cazador» se incluyeron en el libro *Vidas de los poetas*.

Este título de Miscelánea

está compuesto con la tipografía Jenson.

Nicolaus Jenson, su creador, diseñó esta marca

para estamparla en sus más cuidadas ediciones.

Nosotros la reproducimos aquí a título de curiosidad.

Impreso en los talleres de Egedsa.

Calle Roís de Corella, 12-16,

Sabadell (Barcelona).

Primavera de 2012

Nos gustaría conocer tu opinión. Entra en www.miscelaneaeditores.com